JN434798

티보가家 사람들

2

로제 마르탱 뒤 가르

티보가 사람들

소년원

Le pénitencier

정지영 옮김

일러두기

· 이 책은 갈리마르 출판사에서 펴낸 Bibliothèque de la Pléiade판의 로제 마르탱 뒤 가르 전집 I, II(1955)에 실린 *Les Thibault*를 번역한 것이다.
·「티보가 사람들」은 총 여덟 작품으로 이루어진 대하소설이다. 이 책『티보가 사람들—소년원』은 그중 두 번째 작품이다.
· 주는 모두 옮긴이의 주이다.

차례

소년원

티보가 사람들

1

지난해에 집 나갔던 두 소년을 데리고 왔던 그날 이래로 앙투안이 퐁타냉 부인의 집에 온 적은 한 번도 없었다. 그러나 가정부는 그를 이내 알아보고는 저녁 아홉시가 되었는데도 스스럼없이 그를 집 안으로 안내했다.

퐁타냉 부인은 자기 방에 있었다. 두 아이들도 그녀 곁에 있었다. 그녀는 벽난로 앞 램프 밑에서 상반신을 꼿꼿이 세우고 앉아 큰 소리로 책을 읽고 있었다. 제니는 안락의자에 쪼그리고 앉아, 땋아 늘인 머리카락을 만지작거리며, 시선은 벽난로의 불길에 고정시킨 채 듣고 있었다. 다니엘은 조금 떨어져서 다리를 꼬고 앉아 무릎 위에 그림판을 올려놓고 목탄으로 어머니의 스케치를 마무리하고 있었다. 방 문턱의 어두운 그늘 속에 잠시 멈추어 선 앙투안은 좋지 않은 시간에 찾아왔다는 것을 느꼈다. 그렇다고 되돌아설 수도 없었다.

퐁타냉 부인은 약간 쌀쌀하게 그를 맞았다. 무엇보다도 그녀는 퍽 놀란 모양이었다. 그녀는 아이들을 그 방에 그대로 두고 앙투안을 응접실로 안내했다. 그리고 그의 방문 목적을 알자 아들을 부르러 갔다.

다니엘의 실제 나이는 열다섯이었으나 열일곱 살은 되어 보였다. 엷은 수염이 나 있고, 그것이 입의 선을 나타내고 있었다. 앙투안은 어색해하면서 '나는 단도직입적으로 말하는 사람이라는 걸 너도 알지'라는 뜻을 풍기는 듯한 약간 도전적인 태도로 다니엘을 정면으로 바라보았다. 그리고 전에도 그랬듯이, 퐁타냉 부인 앞에서는 어떤 숨은 본능의 힘이 그의 솔직한 태도를 약간 과장되게 만들었다.

"내가 온 이유는" 하고 앙투안은 말했다. "너를 만나기 위해서야. 어제 우리가 만나고 나서 여러 가지 생각을 하게 됐어." 다니엘은 놀란 것 같았다. "그래" 하며 앙투안이 말을 계속했다. "우리는 몇 마디 나누지 못했어. 너나 나나 바빴으니까. 그런데 내 생각으로는… 어떻게 말해야 할까…. 그런데 너는 자크 소식을 묻지 않았어. 그래서 자크가 너에게 편지를 쓰고 있구나 하고 생각한 거야. 그렇지 않아? 자크가 너에게, 내가 모르는 여러 가지를, 내가 알아야 할 여러 가지를 편지에 쓰는구나 하고 짐작했어. 아니야, 잠깐, 내 말 좀 들어봐. 자크는 작년 유월에 파리를 떠났어. 이제 곧 사월이 되지. 그러면 그 애가 그곳에 간 지 아홉 달이 돼. 난 그동안 그 애를 한 번도 못 만났고, 또 편지 한 장 받아보지 못했어. 하지만 아버지는 그 애를 자주 만나셔. 아버지는 그 애가 건강하게 공부하고 있다고 말씀하셨어. 그리고 멀리 떨어져 있는 데다가 엄한 규율 덕분에 벌써 좋은 결과를 나타내고 있다고 하셨어. 아버지가 잘못 보신 걸까? 아니면 아버지는 속고 계시는 걸까? 어제 너를 만난 뒤로 난 갑자기 걱정스러워졌어. 그 애가 그곳에서 불행할지도 모른다는 생각이, 그러면서도 아무것도 모르기 때문에 내가 그 애를 도와주지 못한다는 생각이 갑자기 떠오른 거야. 이 생각 때문에 난 참을 수가 없어. 그래서 나는 솔직히 말해 너를 만나야겠다고 생각했어. 그 애에 대한 너의 우정에 호소하겠어. 그렇다고 비밀 이야기를 다 털어놓으라는 건 아니야. 하지만 그 애는 너에게 그곳에서 일어나는 일을 편지로 알려주겠지. 나를 안심시켜줄 수 있는 사람은 오직 너뿐이야. 아니면 내가 일에 뛰어들 기회를 주든지."

다니엘은 냉정한 태도로 듣고 있었다. 그의 첫 반응은 이 부탁을 거절하겠다는 것이었다. 그는 고개를 똑바로 세우고 착잡한 시선으로 앙투안을 바라보다가 당황한 듯 어머니 쪽으로 몸을 돌렸다. 그의 어머니는 아들이 어떤 행동을 취하는지 호기심에 차서 바라보고 있었다. 한참 기다렸으나 별 반응이 없었다. 이윽고 부인이 미소를 지었다.

"얘야, 솔직히 말해보렴." 그녀는 손으로 대담한 제스처를 하며 말했다. "진실을 말하고 나서 후회하는 법은 없으니까."

그러자 다니엘도 같은 몸짓을 하며 이야기할 결심을 보였다. 그렇다. 그는 이따금 티보로부터 편지를 받고 있었다. 그러나 그것은 갈수록 더 짧아졌고, 점점 더 설명이 줄어들고 있었다. 다니엘은 친구가 어느 고매한 시골 선생 댁에 맡겨져 있다는 것은 잘 알고 있었다. 그러나 그곳이 어디일까? 지금까지 온 편지의 겉봉에는 북쪽 철도선의 우편 차 소인이 찍혀 있을 뿐이었다. 혹시 예비학교* 같은 곳일까?

앙투안은 자신의 놀라움을 드러내지 않으려고 애썼다. 자크는 무엇이 두려워서 가장 친한 친구에게까지 진실을 감추려고

* 프랑스 대학 입학 자격시험을 위한 예비학교를 말한다.

했을까! 왜? 부끄러워서? 어쩌면 티보 씨가 모든 사람들에게 자기 아들을 보낸 곳이 크루이 소년원이란 말 대신에 '우아즈 강변의 종교 시설'이라고 속인 것과 같은 이유에서일까? 그 편지라는 것도 동생이 누군가가 불러주는 대로 받아 적은 것이나 아닐까 하는 의심이 갑자기 들었다. 그렇다면 어쩌면 동생은 공포에 떨고 있지나 않을까? 그는 보베*에서 발행되는 어느 혁신계 신문이 기획했던 캠페인과 '사회보존단체'에 대한 격렬한 비난들이 떠올랐다. 그 사건들은 티보 씨가 명예 훼손으로 고소해서 결국 허위임이 밝혀졌었다. 그렇지만?

앙투안은 자기 자신의 판단에 맡기는 도리밖에 없었다.

"그 편지들 가운데 하나를 내게 보여주겠어?" 그는 물었다. 다니엘이 얼굴을 붉히는 것을 보자 그는 뒤늦게 미소를 머금으며 말했다. "한 통만 보고 싶은데 어때? 아무거나 좋으니까…."

다니엘은 아무런 대답도 없이, 눈으로 어머니에게 상의도 하지 않고, 일어서서 방을 나갔다.

퐁타냉 부인과 단둘이 되자 앙투안은 전에 느꼈던 여러 가지 감정, 곧 서먹서먹함이라든가 호기심이라든가 사람의 마음을 끄는 힘 같은 것을 다시 느꼈다. 부인은 물끄러미 앞을 바라보고 있었다. 그녀는 아무런 생각도 하지 않는 것 같았다. 그러나 그녀가 거기에 있다는 사실만으로 앙투안의 내적인 생활, 그 예민한 통찰력을 활기 있게 해주는 데 충분했는지 모른다. 이 부인의 주위를 감도는 공기는 무언가 특수한 전도력을 풍기고 있었다. 바로 그 순간 앙투안은 분명히 거기에 무언가 비난 같

* 프랑스 북부 지역의 도시.

은 것이 감도는 것을 느꼈다. 앙투안의 느낌은 틀리지 않았다. 자크의 운명이 어떻게 되었는지 모르는 부인은 특별히 앙투안이나 티보 씨를 드러내어 비난하려고 하지는 않았으나, 단 한 번 위니베르시테가街를 방문했던 기억을 되살리고는 그곳에서 벌어지고 있는 일들이 별로 좋은 것이 못 된다고 생각했다. 앙투안은 그녀의 그런 생각을 감지했고, 그것이 대충 옳다고 느꼈다. 만일에 누군가가 아버지의 행동을 비난했다면 분명히 그는 항의했을 것이다. 그러나 이 순간 내심으로는 퐁타냉 부인 편이었으며, 티보 씨에 반대하고 있었다. 이미 작년에도—그는 그 일을 잊지 않았다—그가 처음으로 퐁타냉 가족 사이에 감돌고 있는 이 분위기를 맛보고 집에 돌아가자 며칠 동안 자기 집 분위기가 숨 막히게 느껴졌었다.

다니엘이 돌아왔다. 그는 앙투안에게 헌 봉투 하나를 내밀었다.

"이게 제일 처음 편지예요. 제일 긴 거고요" 하면서 그는 의자에 가서 앉았다.

사랑하는 퐁타냉에게

나의 새집에서 편지를 쓴다. 넌 나에게 편지하려고 하지 마. 그건 여기선 절대 금지야. 그 밖의 모든 건 아주 좋아. 내 선생님은 훌륭하시고 내게 친절하셔. 난 공부를 많이 하고 있어. 친절한 친구들이 많이 있어. 게다가 일요일에는 아버지와 형이 나를 보러 오고. 그러니까 내가 잘 있다는 걸 알겠지. 사랑하는 다니엘, 우리의 우정으로 간청하는데, 우리 아버지를 너무 비난하지 말아 줘. 너는 모든 걸 다 이해할 수 없어. 나는 아버지가 아주 훌륭하신 분이라는 걸 알고 있고, 내가 학교에서 시간만 낭비하던 파리에서 날 멀리 떼어놓으신 건 잘하신 일이라고 생각해. 이젠 나도 아버지의 판단이 옳다고 생각하게 되었어. 그리고 만족하고 있고. 네게 주소를 알리지 않는 것은 네가 내게 편지를 쓰지 않도록 확실히 하기 위해서야. 만일 네 편지가 왔다간 난 끔찍한 벌을 받을 거야.

사랑하는 다니엘, 기회가 오면 다시 편지할게.

자크

앙투안은 편지를 두 번 읽었다. 동생의 필체임을 알아보지 못했다면 이 편지가 동생이 쓴 것이라고 믿지 않았을 것이다. 겉봉에 쓴 주소는 다른 사람의 글씨였다. 힘이 없고 서투르며 분명치 않은 농부의 필체였다. 편지의 형식이나 내용이 앙투안을 당황하게 했다. 이런 거짓말을 왜 썼을까? **친구들**이라니! 자크는 티보 씨가 크루이의 소년원 안에 좋은 집안의 아이들을 위해서 지어놓았으나, 그때까지 항상 비어 있던 그 유명한 '특별동'에서 감방살이를 하고 있었다. 그가 이야기할 수 있는 사람이라고는 식사를 날라다주던가 또는 산책을 데리고 가는 하인 아니면 일주일에 두세 번 공부를 시키러 콩피에뉴에서 오는 선생뿐이었다. **아버지와 형이 나를 보러 오고**라니! 티보 씨는 달마다 첫째 주 월요일에 이사회를 개최하기 위해 크루이를 공식적으로 방문했고, 그날은 사실 파리로 돌아오기 전에 자기 아들을 몇 분 동안 응접실에 불러내곤 했었다. 앙투안은 휴가 때 동생을 방문하고 싶다고 했었지만 티보 씨가 반대했었다. '네 동생을 교도하는 데 있어서' 하고 티보 씨는 말하곤 했었다. '중

요한 것은 격리 규율을 지키는 것이다.'

그는 두 무릎 위에 팔꿈치를 댄 채 손가락 사이로 편지를 빙빙 돌리고 있었다. 그는 한동안 안정을 찾지 못하고 있었다. 갑자기 너무나 막막해지고 외롭게 느껴졌기 때문에 우연히 알게 된 이 명석한 부인에게 모든 것을 다 털어놓을 뻔했다. 그는 부인을 향해 얼굴을 들었다. 부인은 치마 위에 두 손을 놓고 생각에 잠긴 모습으로 기다리는 것 같았다. 그녀의 눈빛은 날카로웠다.

"우리가 뭔가 도움이 되어드릴 수 있을지요?" 하고 그녀는 반쯤 미소를 지으며 작은 목소리로 말했다. 가벼운 머리카락의 희끄무레한 빛이 그녀의 미소와 얼굴 전체를 훨씬 젊게 만들었다.

그러나 앙투안은 모든 것을 다 털어놓으려고 하다가 주저했다. 다니엘은 보라는 듯이 그를 응시하고 있었다. 앙투안은 자기가 우유부단해 보이지나 않을까 두려웠다. 게다가 전에 퐁타냉 부인에게 심어주었던 활기찬 사나이의 인상을 그르칠까 봐 더욱 그러했다. 거기에 그는 더 그럴듯한 이유를 붙였다. 곧 자크가 그렇게도 애써 감추려 하는 비밀을 폭로하지 말아야 한다는 것이었다. 마음이 초조해지고, 뭔가 꺼림칙하게 느낀 앙투안은 손을 내밀고, 즐겨 짓는 천성적인 얼굴 표정과 함께 자리를 뜨기 위해 일어났다. 그런 그의 태도는 상대편에게 '내게 물어보지 마시오. 당신들은 내 마음을 짐작하고 있습니다. 우리는 서로 이해하고 있습니다. 안녕히'라고 말하는 것 같았다.

밖으로 나온 앙투안은 곧장 걷기 시작했다. 그는 되뇌었다.

'냉정할 것. 결단력이 있을 것.' 오륙 년 동안 과학을 공부한 앙투안으로서는 피상적이긴 하지만 논리적으로 이치를 따지지 않을 수 없었다. 곧 '자크는 불평하고 있지 않다. 그러니까 자크는 불행하지 않다.' 그런데 그는 완전히 정반대의 생각을 하고 있었던 것이다. 이 소년원에 대해 예전에 벌인 신문지상의 캠페인이 계속 뇌리를 떠나지 않았다. 특히 **아이들의 도형장**徒刑場이란 제목의 그 기사에서 영양실조, 형편없는 숙박 시설, 체벌, 수위들의 가혹 행위 등 그곳 아이들의 물질적, 정신적인 참상을 소상하게 묘사하고 있었던 것이 생각났다. 자신도 모르게 화가 치민 듯한 몸짓을 했다. 어떻게 해서라도 가련한 동생을 그곳에서 빼내고야 말겠다! 해볼 만한 일이다! 그러나 어떻게? 아버지에게 알리고, 의견을 나누는 것이 문제가 되는 것은 아니었다. 사실 앙투안이 항의한다는 것은 그의 아버지의 뜻에 항거하는 것이며, 아버지가 설립해서 운영하고 있는 '사업'에 정면으로 도전하는 것이나 다름없었던 것이다. 자식으로서의 이러한 항거 행위가 그에게는 너무나 새로운 일이어서 처음에는 거부감 같은 것을 느꼈으나 곧 자부심을 갖게 되었다.

그는 작년 자크가 집으로 돌아온 다음 날에 있었던 일을 상기했다. 새벽부터 티보 씨는 앙투안을 서재로 불러들였다. 베카르 신부가 막 도착한 직후였다. 티보 씨는 큰 소리로 외쳤다. "그 몹쓸 녀석! 그 녀석의 의지를 꺾어야 해!" 그는 털북숭이의 큰 손을 활짝 폈다가 천천히 손마디를 꺾으며 다시 오므렸다. 그러고 나서 만족스러운 미소를 띠며 이렇게 말했다. "해결책이 있을 것 같아." 그리고 잠시 뒤에 두 눈을 치켜뜨며 이렇게 말했다. "크루이." "자크를 소년원에요?" 하고 앙투안이 외쳤다. 열띤 토론이 전개되었다. "문제는 그 애의 의지를 꺾는 일이다" 하고 티보 씨는 손마디를 딱딱 꺾으며 되풀이했다. 신부는 머뭇거리고 있었다. 그때 티보 씨는 자크가 받게 될 특수 교육에 관해 설명했는데, 얼핏 듣기에는 그럴싸하고 온정이 넘치는 일 같았다. 그러고는 목청을 다해서 구구절절 강조하며 결론을 내렸다. "이렇게 해서, 악의 유혹으로부터 보호받게 되고, 혼자 있으니까 사악한 충동도 안 생길 테고 해서, 공부에 취미를 붙이게 될 거야. 그러노라면 열여섯 살이 되겠지. 바라건대 그때는 위험 없이 우리 곁에서 다시 생활할 수 있게 될 거다." 신부도 동의했다. "고립시켜두는 방법이 훌륭한 치료가 될 수 있습니다" 하고 신부가 넌지시 말했다. 티보 씨의 주장과 신부의 동의로 머리가 혼란해진 앙투안은 마침내는 그들의 생각이 옳다고 여기게 되었던 것이다. 오늘 그는 그런 자기 자신은 말할 것도 없고 아버지도 원망하고 있었다.

그는 자신이 어디를 가고 있는지 길도 보지 않고 빠른 걸음으로 걸었다. 벨포르의 사자* 앞에서 그는 돌아섰다. 그리고 줄담배를 피우면서 성큼성큼 다시 걷기 시작했다. 굉장한 모험을 감행해야 했다. 크루이로 달려가서 정의의 재판관의 모습으로 나타날 것….

어떤 여자가 그에게 다가와서 아양 떠는 목소리로 몇 마디 속삭였다. 그는 아무 대답도 않고 생미셸 대로를 계속 걸어 내려갔다. "재판관의 모습으로!" 하고 그는 되뇌었다. "이사진들

* 파리의 당페르로슈로(路) 광장에 세워져 있는 기념상으로 보불전쟁에서 도시 벨포르를 사수한 기념으로 건립되었다.

의 거짓을 폭로할 것, 감독관들의 잔인성을 폭로할 것, 한바탕 소란을 피우고 동생을 데려올 것!"

그러나 그의 의기는 당장 가라앉았다. 머리는 두 가지 방향을 좇고 있었다. 커다란 계획 이외에 변덕스러운 생각이 갑자기 떠올랐다. 그는 센강을 건너갔다. 기분 전환을 하고자 하는 마음이 자신을 어디로 이끌고 가는지 잘 알고 있었다. 안 될 게 뭐야? 집에 돌아가서 잠을 청하기에는 너무 흥분되어 있지 않은가? 그는 숨을 깊이 들이마시며 상반신을 똑바로 세우고 미소 지었다. 그리고 '강해질 것, 사나이가 될 것' 하고 생각했다. 가벼운 발걸음으로 어둡고 좁은 골목길로 접어들었을 때 뭔가 애정 어린 충동이 그를 다시 고무시켰다. 곧 그의 결심은 대뜸 분명하게, 이미 결실을 본 듯했다. 십오 분 전부터 그의 마음을 사로잡고 있던 두 가지 계획 중 하나를 실천에 옮기려는 순간에, 다른 하나의 계획도 금세 거의 이루어지기나 한 것처럼 여겨졌다. 그는 늘 하던 익숙한 몸짓으로 색유리 문을 밀고 들어가면서 이렇게 결심했다.

'내일, 토요일에, 병원을 비울 수는 없어. 그러나 일요일, 일요일 아침에 소년원으로 가야지!'

2

아침 급행열차가 크루이역에는 서지 않기 때문에 앙투안은 콩피에뉴역 바로 한 정거장 앞인 베네트역에서 내려야 했다. 그는 흥분해서 열차에서 뛰어내렸다. 다음 주에 시험을 치러야 했으나 기차 안에서는 가지고 온 의학 서적에 정신을 집중할 수 없었다. 결정의 시간이 다가오고 있었다. 이틀 전부터 그의 상상력은 이 십자군의 임무 수행을 아주 면밀하게 구상하고 있었던 것이다. 그래서 자크의 감금은 이미 끝난 일이라고 생각하고 있었다. 그리고 동생의 마음을 달래주는 것만을 그는 걱정하고 있었다.

화사한 햇빛 아래 평평하고 아름다운 길을 그는 이 킬로미터는 걸어야 했다. 올해 들어 처음으로 몇 주일 동안 비가 온 뒤에, 마침내 봄이 삼월 아침의 신선한 향기 속에 태어나는 것 같았다. 쇠스랑으로 갈아놓아 벌써 푸릇푸릇한 길 양편의 밭들을 앙투안은 황홀한 눈으로 바라보았다. 가벼운 아지랑이가 기지개를 켜고 있는 지평선의 맑은 하늘 아래 우아즈의 언덕들이 햇빛에 반짝이고 있었다. 그는 한순간 자기가 잘못 판단했던 것이 아닌가 싶을 정도였다. 주위는 그만큼 조용했고 그만큼 순수했다! 이것이 아이들 감옥의 배경이란 말인가?

소년원에 도달하려면 크루이 읍내 한복판을 가로질러야 했다. 그런데 마지막 집들을 돌아서자 갑자기 그는 충격을 받았다. 채소 한 포기 없는 서회질의 평원 한가운데, 초벽 바른 담으로 둘러싸여, 새로 만든 무덤처럼 홀로 뚝 떨어져 서 있는 기와 지붕의 커다란 건물, 그리고 그 건물에 나란히 창살이 쳐진 창문들과 태양에 빛나는 시계의 문자판이 시야에 들어오자 앙투안은 이제까지 한 번도 본 적이 없지만 바로 저곳이라는 것을 멀리서도 알 수 있었다. 이층의 돌에 새겨진 자선 단체의 비문이 금박 활자로 두드러져 보이지 않았다면 영락없는 감옥이었다.

오스카르 티보 재단

그는 소년원으로 인도하는, 나무 한 그루 서 있지 않은 좁은 길로 들어섰다. 작은 창문들은 방문객이 오는 것을 멀리서 바라보고 있는 것 같았다. 그는 정문으로 다가가서 종을 울렸다. 종은 일요일의 침묵 속에 울렸다. 문이 열렸다. 우리에 묶여 있는 야수같이 큰 개가 무섭게 짖어댔다. 앙투안은 안마당으로 들어갔다. 작은 정원이라고 할 수 있는 자갈길로 둘러싸인 잔디밭이 본관 앞에 둥글게 원을 그리고 있었다. 그는 자기가 감시당하고 있음을 느꼈으나, 줄을 팽팽히 당기며 계속 짖어대는 개 말고는 아무도 보지 못했다. 입구 왼쪽으로 작은 기도실이 있었고 돌로 된 십자가가 높이 세워져 있었다. 오른쪽으로 좀 더 낮은 건물 한 채가 있는데, 수위실이라는 팻말이 붙어 있었다. 앙투안은 그쪽으로 향했다. 그 건물 앞에 이르는 순간 닫혀 있던 문이 열렸다. 개는 여전히 짖어댔다. 그는 들어갔다. 바닥에 타일이 깔렸고, 황토색으로 칠한 현관에는 수도원의 응접실처럼 새 의자들이 놓여 있었다. 그 방은 난방이 지나치게 잘되어 있었다. 실물 크기의 티보 씨의 석고 흉상이 오른쪽 벽을 장식하고 있었는데, 벽이 낮은 이 방에서는 거대한 느낌을 주었다. 회양목 가지로 장식된 검은 나무로 만든 초라한 십자가가 반대쪽 벽 위에서 티보 씨의 흉상과 대조를 이루려고 애쓰는 것처럼 보였다. 앙투안은 방어 태세로 서 있었다. 아, 그래, 잘못 생각했던 것이 아니었구나! 어디를 보나 감옥 냄새가 난다!

마침내 구석의 한쪽 벽에 난 창문이 열렸다. 어느 감시인의 머리 하나가 쑥 나왔다. 앙투안은 그에게 자기 명함과 아버지의 명함을 함께 내밀었다. 그리고 무뚝뚝한 말투로 원장을 만나고 싶다고 했다.

오 분 정도가 흘렀다.

짜증이 난 앙투안은 건물 안으로 들어가려고 했다. 바로 그 순간에 복도에서 가벼운 발소리가 들렸다. 엷은 밤색의 플란넬 양복을 입고 금발에 통통하며 안경을 쓴 젊은이가 만면에 미소를 띠고 두 팔을 앞으로 내민 채 터키식 슬리퍼*를 신고 깡총거리며 앙투안을 향해 뛰어오고 있었다.

"안녕하십니까, 의사 선생님! 뜻밖의 일이군요! 동생분께서 얼마나 기뻐할까요! 저는 선생님을 잘 알고 있답니다. 이사장님께서 의사이신 큰아드님 이야기를 자주 하시지요! 그러지 않았더라도 얼굴만 뵈어도 단번에 알 수 있겠는데요…. 정말" 하고 그는 웃으며 말했다. "정말 그래요! 아무튼 제 사무실로 좀 들어가시지요. 아, 용서하십시오, 제가 원장인 펨므입니다."

원장실로 앙투안을 안내하기 위해 뒤를 바짝 좇아가고 있는 그의 모습은 마치 앙투안이 발을 헛디뎌 넘어지지 않을까 걱정이라도 되는 듯, 그리고 혹시 넘어질 경우 그를 붙들어주기라도 하려는 것처럼 보였다.

그는 정중하게 앙투안을 의자에 앉게 하고 자신은 책상 앞에 가서 앉았다.

"이사장님께서는 건강하시겠지요?" 하고 묻는 그의 목소리는 맑고 부드러웠다. "이사장님은 늙지를 않으세요. 특별한 분이시지요! 선생님과 함께 오시지 못한 게 참으로 유감입니다!"

* 회교권 지역에서 신는 슬리퍼형 실내화.

앙투안은 의혹에 찬 시선으로 주위를 살펴보았다. 그리고 금발의 중국 사람 같은 얼굴과, 금빛 안경테 뒤에서 작고 가느다란 두 눈을 생글거리며 끊임없이 깜박이고 있는 원장의 모습을 탐탁지 않게 바라보고 있었다. 이 수다스러운 환대에 전혀 준비가 되어 있지 않은 데다가, 사복 형사의 무서운 얼굴 아니면 기껏해야 중학교 교장의 근엄한 얼굴을 보리라 상상했던 이 유배지의 원장이 파자마 바람의 미소 띤 청년의 모습으로 나타나자 너무도 당황한 앙투안은 냉정을 되찾기에 애를 써야만 했다.

"이를 어쩌나!" 하고 펨므 씨가 갑자기 외쳤다. "마침 대미사 시간에 오셨군요! 아이들은 모두 성당에 있습니다. 동생분도 마찬가지지요. 어쩌면 좋지요?" 그는 자기 시계를 꺼내어 보았다. "아직 한 이십 분은, 아니 영성체가 길어지면 한 삼십 분은 더 있어야겠는데요. 길어지기가 쉽지요. 이사장님께서도 선생님께 벌써 이야기하셨으리라고 믿습니다만 우리에게는 훌륭한 부속 사제가 계십니다. 젊고 활동적이고 누구와도 비교할 수 없을 정도로 능숙한 신부입니다! 그분이 이곳에 오신 이래로 재단 안의 신앙심이 확 바뀌었습니다. 그런데 이를 어쩌지요, 어쩌면 좋을까요?"

앙투안은 떨떠름하게 자리에서 일어났다. 그가 조사하고자 하는 목표가 그의 뇌리를 떠나지 않고 있었다.

"지금 방에 아무도 없다고 하셨는데" 하고 앙투안이 작은 사나이를 바라보며 말했다. "이곳을 한번 둘러본다면 실례가 될까요? 좀 더 자세히 보고 싶군요. 어렸을 때부터 이곳 이야기를 너무 많이 들어와서…."

“정말입니까?” 원장이 놀라서 물었다. “그야 어렵지 않지요” 하고 그는 덧붙였다. 그러나 그는 자기 의자에서 움직일 생각을 하지 않았다. 그는 미소를 지었다. 그리고 계속 미소를 지으면서 잠시 생각에 잠기는 것 같았다. “오, 아시겠지만, 건물엔 흥미로운 게 아무것도 없답니다. 작은 병영과 다를 게 조금도 없어요. 그러니까 선생님도 저와 마찬가지로 잘 알고 계실 테지요.”

앙투안은 그대로 서 있었다.

“아니요, 내겐 아주 흥미로울 것 같습니다” 하고 앙투안은 잘라 말했다. 그리고 원장이 우스꽝스러우면서도 의아해하는 표정을 지으며 주름진 작은 두 눈으로 그를 살펴보자 앙투안은 “정말입니다.” 하고 완강하게 말했다.

“그러시다면, 선생님, 좋습니다. 잠깐 웃옷을 걸치고 신발을 신고 나서 모시겠습니다.”

원장은 물러갔다. 앙투안은 벨 누르는 소리를 들었다. 그런 뒤에 마당에서 종이 다섯 번 울렸다. ‘옳지’ 하고 앙투안은 생각했다. ‘경보를 울리는 거로군. 적이 침입했다고!’ 그는 가만히 앉아 있을 수 없었다. 심자형의 유리창으로 다가갔다. 그러나 유리가 너무 더러웠다. ‘냉정할 것’ 하고 그는 속으로 말했다. ‘눈을 크게 뜨고, 확신을 가지자. 그리고 행동하자. 이게 내가 할 일이다.’

마침내 펨므 씨가 다시 나타났다.

그들은 밖으로 나갔다.

“우리의 안뜰이랍니다!” 하고 원장이 거드름을 피우며 소개하면서 점잖게 너털웃음을 웃었다. 그러고는 다시 짖기 시작한 큰 개한테로 뛰어가서 옆구리를 난폭하게 발로 찼다. 그러자 개는 제집으로 들어갔다.

"원예에 대해서 좀 아시겠지요? 그야 당연하겠지요. 의사분들은 식물에 대해서도 조예가 깊으신걸, 내, 참!" 그는 작은 뜰의 한가운데로 가서 자못 만족스러운 듯 멈추어 섰다. "선생님의 의견을 좀 말씀해주십시오. 이쪽 벽면을 무엇으로 가리면 좋겠습니까? 담쟁이가 좋을까요? 그런데 담쟁이로 덮자면 몇 년이 걸려야 하니…."

앙투안은 아무런 대꾸도 하지 않고 그를 본관 건물 쪽으로 끌다시피 해서 갔다. 두 사람은 아래층을 둘러보았다. 앙투안은 눈을 부릅뜨고 아무리 작은 문이라도 닫혀 있는 문은 다 위엄 있게 열어보면서 앞장서서 걸어갔다. 그는 모든 것을 샅샅이 살펴보았다. 벽의 윗부분은 흰색으로 칠해져 있었고, 바닥에서 이 미터까지는 검은 콜타르로 칠해져 있었다. 창문이란 창문은 모두 원장실의 창문처럼 젖빛 유리였고, 쇠창살이 쳐져 있었다. 앙투안은 창문 하나를 열어보고 싶었다. 그런데 특별한 열쇠가 필요했다. 원장이 호주머니에서 기구를 꺼내서 십자창문을 열었다. 앙투안은 원장의 노랗고 통통한 작은 손이 얼마나 능숙하게 그 기구를 다루는지를 지켜보았다. 그는 경찰이 수색하는 듯한 눈초리로 안뜰을 내려다보았다. 뜰에는 아무도 없었다. 사각형의 커다란 뜰은 진흙을 밟아 말려서 만들어졌으며, 나무 한 그루 없이 유리조각을 꽂아놓은 높은 담으로 둘러싸여 있었다.

펨므 씨는 열심히 방의 용도에 대해 설명했다. 자습실, 목공 작업실, 열쇠공 작업실, 전기공 작업실 등등. 방들은 작았으나 잘 정돈되어 있었다. 식당에서는 일하는 소년들이 흰 나무로 된 식탁들을 닦는 일을 마무리하고 있었다. 구석마다 있는 하수에서 퀴퀴한 냄새가 풍겼다.

"학생 각자가 식사한 뒤에 이곳에 와서 자기 식기와 컵과 숟가락을 씻는답니다. 칼은 절대로 안 쓰지요. 포크는 말할 것도 없고…." 앙투안은 무슨 영문인지 몰라 그를 바라보았다. 그는 두 눈을 껌벅이며 덧붙였다. "뾰족한 것은 아무것도…."

이층에는 다른 자습실과 작업실들이 잇달아 있었고, 샤워실도 있었다. 샤워실은 자주 사용되는 것 같지는 않았으나 원장은 그 시설에 대해 특히 자랑스럽게 여기고 있었다. 그는 두 팔을 벌리고 두 손을 앞으로 내밀면서 이 방 저 방으로 유쾌하게 왔다 갔다 했다. 설명을 계속하면서 기계적인 동작으로 작업대를 벽 쪽으로 밀어붙이기도 하고, 땅에 떨어진 못을 줍기도 하고, 수도꼭지를 잠그기도 하고, 제자리에 놓여 있지 않은 모든 것을 제대로 놓았다.

삼층은 기숙사였다. 기숙사는 두 종류였다. 대부분의 방에는 십여 개의 침대가 한 줄로 놓여 있었고, 회색 이불이 덮여 있었다. 방 한가운데 가는 철책으로 둘러쳐진 쇠로 된 새장 같은 것만 없었다면 침대마다 정리용 나무상자가 달려 있는 모습이 군병영의 내무반과 비슷했을 것이다.

"저기다 아이들을 가둡니까?" 하고 앙투안이 물어보았다.

펨므 씨는 놀랍고 어이없다는 듯이 두 팔을 들고는 웃음을 터뜨렸다.

"천만에요! 저기에서는 감시원이 잔답니다. 보세요, 사방 거리가 똑같은 지점에 침대를 놓지요. 그러면 모든 걸 다 볼 수 있고 들을 수 있지만 위험은 없거든요. 게다가 경보 벨이 있답니다. 그 선은 마룻바닥 밑으로 설치되어 있지요."

다른 침실들은 가축우리처럼 철책이 쳐진 작은 방으로 나란히 나뉘어져 있었다. 그 문지방에서 펨므 씨는 멈추어 섰다. 그의 미소는 때때로 자기 잘못을 깨달은 사람이 생각에 잠겨 있는 듯한 표정을 띠었는데, 그럴 때면 순간적으로 그의 인형 같은 얼굴에 어떤 불상佛像의 우울함이 깃들곤 했다.

"아, 선생님" 하며 그가 설명했다. "여기가 **골칫덩어리**들이 있는 방입니다! 이 아이들은 선도되기에는 진정으로 너무 늦게 온 아이들이에요. 몹쓸 아이들이지요…. 좀 악독한 아이들이 있으니까요, 안 그렇습니까? 그런 아이들을 밤에는 따로 격리시키지 않을 수 없답니다."

앙투안은 철책 가운데의 한 곳으로 가서 얼굴을 가까이 대고 들여다보았다. 어둠 속에서 흐트러진 침상과 벽마다 외설적인 그림들과 글씨들로 가득 차 있는 것을 알아보았다. 그는 주춤 뒤로 물러섰다.

"보지 마시지요. 너무나 슬픈 일입니다." 원장이 앙투안을 잡아당기며 한숨지었다. "여기가 중앙 통로입니다. 밤새도록 감시원이 왔다 갔다 하지요. 이 방에서는 감시원은 잠을 자지 않습니다. 또 전깃불도 밤새 켜둡니다. 방마다 단단히 잠가놓지만 이 어린 망나니들은 충분히 나쁜 짓을 할 수 있으니까요…. 사실입니다!" 그는 고개를 가로저었다. 그러더니 두 눈을 가늘게 뜨고 웃음을 터뜨렸다. 그러자 슬픈 표정이 싹 없어졌다. "여기에선 온갖 종류의 아이들을 다 보지요!" 하고 그는 어깨를 으쓱하며 솔직하게 결론을 내렸다.

앙투안은 보는 것마다 너무나 관심이 끌려서 준비해온 질문들을 잊고 말았다. 그러나 이 말은 빼놓지 않았다.

"이 아이들에게 처벌은 어떻게 합니까? 이곳의 감방도 가보았으면 하는데요."

펨므 씨는 한 발 뒤로 물러서며 두 눈이 휘둥그레지더니 두 손을 가볍게 쳤다.

"아니, 감방이라니요! 의사 선생님, 여기가 뭐 로켓* 같은 곳인 줄 아셨군요! 아니에요, 아니에요. 이곳에는 감방은 없어요, 다행스럽게도! 우리 소년원 규칙이 그걸 금지하고 있습니다. 그리고 잘 아시겠지만 이사장님께서 절대로 그런 걸 허용하지 않으실 겁니다!"

앙투안은 어리둥절해하면서 안경 너머로 눈썹을 깜빡이고 있는 그의 주름진 작은 두 눈이 나타내는 아이러니를 참을 수밖에 없었다. 그 눈의 눈썹은 안경 너머로 깜빡이고 있었다. 그는 자기가 이곳에서 의혹을 품은 사람의 역할을 한다는 것이 몹시 거북스럽게 느껴지기 시작했다. 그가 보아온 어떤 것도 그로 하여금 이런 역할을 하도록 자극한 것은 없었다. 앙투안은 자신이 크루이에 온 이유는 이곳에 대해 뭔가 의혹을 품고 있었기 때문이라는 사실을 원장이 눈치챈 것은 아닌가 하고 좀 꺼림칙하게 생각했다. 이따금 펨므 씨의 두 눈썹 언저리에서 번득이고 있는 간교한 빛을 엿볼 수 있기는 해도 그의 천진함이 너무나 천연덕스러워 그가 앙투안의 의혹을 알아차렸는지 어쨌는지는 알아보기 어려웠다.

* La Roquette. 과거 파리에 있었던 감옥을 말한다.

원장은 웃음을 그치고 앙투안에게 다가와서 그의 팔을 잡았다.

"선생님께서는 농담을 하셨던 거죠, 아닌가요? 지나치게 엄격한 것이 어떤 결과를 낳는지는 저와 마찬가지로 선생님께서도 잘 아실 것입니다. 반항이라든가 또는 그보다 더욱 나쁜, 위선…. 이사장님께서는 세계 박람회가 있던 해에 파리 총회에서 이 문제에 관해 아주 훌륭한 연설을 하셨지요…."

그는 목소리를 낮추었다. 그리고 특별한 친밀감을 가지고 앙투안을 바라보았다. 그것은 마치 엘리트에 속하는 앙투안과 자신만이 이런 교육 문제를 토론할 수 있으며, 대다수의 사람들은 잘못 생각하기 쉽다는 태도였다. 앙투안은 으쓱해졌다. 그리고 그에 대해 품고 있는 호의적인 인상이 한층 더해갔다.

"병영에서처럼 우리에게도 마당 안에 건축가가 **징계소**라고 이름 붙인 작은 건물이 하나 있기는 있습니다…."

"?"

"…하지만 우리는 그곳에 석탄과 감자들을 넣어둔답니다. 감방들이 무슨 소용이 있겠습니까?" 하며 그는 이야기를 계속했다. "우리는 설득으로 훨씬 더 큰 성과를 보고 있는데요!"

"정말인가요?" 하고 앙투안이 물었다.

원장은 미묘한 미소를 띠었다. 그리고 다시 앙투안의 팔에 손을 얹었다.

"이해해주시기 바랍니다" 하며 그는 속을 털어놓았다. "제가 설득이라고 말하는 것은, 먼저 선생님께 알려드리는 편이 좋겠습니다만, 몇 가지 음식을 주지 않는 것을 의미합니다. 우리 아이들은 모두 잘 먹지요. 나이가 그렇지 않습니까? 아무것도 바르지 않은 마른 빵만 준다는 것은, 선생님, 이것은 아주 기대 이상의 설득력을 가지고 있답니다…. 그러나 그걸 잘 이용할 줄 알아야지요. 설득하고자 하는 아이를 고립시키지 않는 것이 우리의 기본 방침입니다. 그러니까 우리가 얼마나 감방의 고립과는 거리가 먼 방법을 쓰고 있는지 이제는 아시겠지요! 그래요! 가장 풍성한 식사 시간인 점심때, 맛있는 고기스튜 냄새가 풍기고, 다른 아이들이 맛있게 먹는 게 보이는 식당의 한구석에서 그 아이에게 굳은 빵 한 조각을 먹게 하는 겁니다. 그거예요, 그건 참기 어렵지요! 안 그렇습니까? 그 나이에는 며칠이 못 가서 눈에 보이게 마르지요! 두 주일, 세 주일쯤, 절대로 더 길게 잡지는 않습니다. 아무리 말 안 듣는 아이들도 이 방법을 통해 언제나 효과를 보았습니다. 설득하는 겁니다!" 하고 그는 눈을 동그랗게 뜨며 결론을 내렸다. "저는 절대로 다른 벌을 내린 적이 없습니다. 저한테 맡겨진 이 어린것들에게 단 한 번도 손찌검한 적도 없답니다!"

그의 얼굴은 자부심과 애정으로 빛났다. 그는 이 망나니들을, 그를 애먹이는 아이들까지도 정말 사랑하고 있는 것 같아 보였다.

두 사람은 다시 아래층으로 내려왔다. 펨므 씨는 시계를 꺼냈다.

"끝으로 아주 감동적인 광경을 선생님께 보여드리도록 허락해주십시오. 이 모습은 이사장님께도 말씀드려주십시오. 분명히 만족하실 것입니다."

두 사람은 정원을 가로질러 성당 안으로 들어갔다. 펨므 씨가 성수로 십자를 그었다. 앙투안은 육십여 명의 아이들이 생마포 작업복 차림으로 꼼짝도 않고 질서 정연하게 줄지어 포석 위에 무릎 꿇고 있는 모습을 뒤에서 보았다. 수염을 기른 네 명의 감시원이 붉은 천으로 가장자리를 장식한 푸른 옷을 입고 아이들을 지켜보며 왔다 갔다 하는 모습도 보았다. 제단 위에서 두 학생의 시중을 받으며 신부가 미사를 끝내려던 참이었다.

"자크는 어디 있나요?" 앙투안이 작은 목소리로 물었다.

원장은 그들이 서 있는 머리 위의 특별석을 가리켰다. 그리고 발끝으로 걸어서 문 쪽으로 다시 왔다.

"동생분께서는 언제나 저 위에 자리를 잡습니다." 둘이서 함께 밖으로 나오자마자 펨므 씨가 말했다. "동생분은 거기서 혼자 있지요. 시중들어주는 소년과 함께 말입니다. 지금 생각났는데, 우리가 전에 말씀드렸던 대로 자크에게 새 하인을 고용했다는 말씀을 아버님께 전해주십시오. 한 일주일 전부터입니다. 전에 있던 레옹 영감은 나이가 들어서요. 작업실의 감독관 일이 더 적당하다고 생각합니다. 새로 온 사람은 로렌 출신의 젊은이랍니다. 그래요, 아주 훌륭한 젊은이지요. 막 제대한 청년입니다. 군에서는 연대장의 당번병이었지요. 우리는 그 청년의 신원을 완전히 파악했습니다. 동생분이 산책할 때 싫증을 덜 느낄 겁니다. 안 그렇습니까? 아니, 참, 제가 너무 수다를 떨었군요. 아이들이 밖으로 나오는군요."

개가 다시 무섭게 짖기 시작했다. 펨므 씨는 개를 못 짖게 달랜 다음 안경을 고쳐 쓰고 앞뜰 한가운데로 가서 우뚝 섰다.

성당의 양쪽 문이 활짝 열렸다. 그리고 아이들은 양옆에 감시를 받으며 세 명씩 짝지어 마치 군인들이 행진하듯이 보조를 맞추어 밖으로 나왔다. 아이들은 모자를 쓰지 않고 있었다. 그리고 운동화를 신고 있어서, 걸을 때마다 체조학교에서 나는 조심스러운 발자국 소리가 나곤 했다. 작업복은 깨끗했으며, 허리쯤에 가죽 혁대를 차고 있었는데, 버클이 햇빛에 반사되어 반짝거렸다. 나이가 가장 많은 아이들이 열일곱 아니면 열여덟 살쯤 되어 보였고, 제일 어린 축은 열 살이나 열한 살쯤으로 보였다. 대부분의 아이들은 얼굴이 창백했고, 두 눈은 내리깔고 있었으며, 얌전한 태도에 젊은이다운 데가 없어 보였다. 앙투안은 온 정신을 집중해서 이 아이들을 관찰하고 있었는데, 단 한 명도 슬쩍 곁눈질을 하거나, 미소를 띤다거나 음흉한 표정을 짓는 것을 볼 수 없었다. 이 아이들은 골칫덩어리 같아 보이지는 않았다. 앙투안은 이 아이들이 이제는 학대를 받고 있는 것 같지 않다는 것을 스스로 시인할 수밖에 없었다.

그 작은 행렬이 나무로 된 계단 위로 오랫동안 삐걱거리는 소리를 내면서 기숙사 안으로 사라지자, 앙투안은 그에게 어떠냐고 묻는 듯한 펨므 씨 쪽으로 몸을 돌렸다.

"훌륭한 몸가짐입니다." 그가 말했다.

이 작은 사나이는 아무런 대답도 하지 않았다. 그러면서 포동포동한 그의 한쪽 손을 천천히 다른 쪽 손 속에 넣고 마치 비누질하듯 비볐다. 그리고 안경 너머 자부심으로 빛나는 그의 두 눈은 감사의 뜻을 나타내고 있었다.

정원에 완전히 인적이 끊어진 뒤에야 비로소 햇빛을 받고 있는 성당 계단 위에 자크가 나타났다.

정말 저 애가 자크인가? 어쩌나 많이 변했던지, 또 얼마나 키가 컸던지 앙투안은 자크를 보면서도 알아보지 못할 정도였다. 자크는 작업복을 입고 있지 않았다. 그는 아래위 나사로 만든 옷을 입고, 펠트 모자를 썼으며, 어깨 위에는 외투를 걸치고 있었다. 자크 뒤에는 한 스무 살쯤 되어 보이는 금발에 땅딸막한, 그리고 감시원의 복장을 하지 않은 청년이 따라 나오고 있었다. 둘은 계단을 내려왔다. 둘 다 앙투안과 원장이 그곳에 있다는 것을 보지 못한 것 같았다. 자크는 두 눈을 내리깔고 조용히 걷고 있었다. 그러다가 펨므 씨로부터 몇 미터 떨어진 곳에 이르러서야 고개를 들고 놀란 표정을 지으며 걸음을 멈추었다. 그리고 얼른 모자를 벗었다. 그의 태도는 무척 자연스러웠다. 그러나 앙투안은 자크가 일부러 놀란 체하고 있을지도 모른다는 의심이 들었다. 그러나 자크의 얼굴에는 아무런 동요도 보이지 않았다. 미소를 짓기는 했으나 진정으로 기뻐하는 기색은 조금도 보이지 않았다. 앙투안은 손을 앞으로 내밀면서 다가갔다. 자크도 반가운 체했다.

"자크, 뜻밖의 반가움이지, 안 그러니?" 원장이 외쳤다. "하지만 잔소리 좀 해야겠구나. 성당에 갈 때는 외투를 잘 입고 단추를 채워야지. 특별석은 추우니까 감기 걸릴라!"

자크는 펨므 씨의 말이 들리자마자 형에게서 얼굴을 돌렸다. 존경에 가득 찬 듯, 그보다는 불안스러운 표정으로 원장의 얼굴을 바라보았다. 그 표정은 마치 원장의 말 한마디 한마디가 지니고 있을지도 모르는 모든 의미를 다 이해하려고 애쓰는 것 같았다. 그러고 나서 아무런 대답도 않고 즉각 외투를 입었다.

"너, 굉장히 컸구나, 정말…." 하고 앙투안은 중얼거렸다. 그는 놀라움을 금치 못하고 동생을 관찰하면서 자신을 어리둥절하게 만드는 동생의 모습, 태도, 표정의 이 완전한 변모를 분석해보려고 애썼다.

"두 분이 밖에 좀 계시겠습니까, 날씨도 좋은데?" 하고 원장이 제안했다. "함께 마당을 몇 바퀴 돌아보고 난 뒤에 자크에게 방으로 안내하도록 하면 어떻겠습니까?"

앙투안은 주저했다. 그는 눈으로 동생에게 물었다.

"어떠니?"

자크는 형의 말을 듣지 못한 것 같았다. 앙투안은 자크가 이렇게 소년원 창문 아래에 그대로 있는 것을 별로 탐탁하게 여기지 않는 것으로 생각했다.

"아니." 그가 말했다. "네… 네 방에 가 있는 게 더 낫겠지, 안 그래?"

"좋으실 대로 하십시오" 하고 원장이 큰 목소리로 말했다. "하지만 그 전에 선생님께 보여드리고 싶은 것이 있습니다. 선생님은 모든 우리 식구들을 다 보셔야 합니다. 자크 너도 따라오려무나."

자크는 펨므 씨 뒤를 따랐다. 펨므 씨는 현관 벽에 붙여서 지은 부속 건물 쪽으로 두 팔을 벌리고, 장난꾸러기 초등학생처럼 웃으며 앙투안을 이끌고 갔다. 그곳에는 열두어 칸의 토끼장이 있었다. 펨므 씨는 가축 사육을 무척 좋아했다.

"저놈들은 월요일에 새로 낳은 거랍니다." 그가 신이 나서 설명했다. "벌써, 저것 좀 보세요, 눈을 떴어요. 얼마나 사랑스럽습니까! 이쪽에 있는 놈들이 수컷들이지요. 저놈 좀 보세요, 선생님" 하면서 토끼장 안으로 팔을 뻗어서 샹파뉴종의 커다란 은색 털 토끼 한 마리를 두 귀를 잡아 집어 올리자 토끼가 버둥거렸다. “이것 보세요, 이놈은 성질이 사나운 놈입니다!”

거기에 조금도 악의는 보이지 않았다. 그리고 그는 천진한 웃음을 머금고 있었다. 앙투안은 토끼장처럼 철책이 쳐진 위층의 공동 침실들을 생각했다.

펨므 씨가 몸을 돌렸다. 그는 어정쩡한 미소를 지었다.

“아이구, 내가 너무 수다를 떨었군요. 두 분께선 순전히 예의상 제 말을 듣고 계시다는 걸 잘 압니다. 안 그렇습니까? 제가 자크의 방까지 모셔다드리지요. 그리고 물러가겠습니다. 자크, 앞장서서 길을 안내하렴.”

자크가 앞장서서 걷기 시작했다. 앙투안이 자크에게 가서 한 손을 그의 어깨에 얹었다. 지난해에 마르세유에서 데리고 올 때의 허약하고 신경질적이고 키가 작았던 동생의 모습은 상상하기도 힘들었다.

“너 이제 내 키만큼 자랐구나.”

그의 손이 동생의 어깨로부터 새의 목처럼 가늘어진 목 뒤로 올라갔다. 사지는 힘껏 잡아당겨져 늘어난 것처럼 보였다. 길게 늘어진 팔목이 소매 밖으로 쭉 나와 있었고, 바지는 발목까지 드러나 보일 정도로 짧았다. 그의 걸음걸이에는 꿋꿋함과 어딘가 모를 어색함이 깃들어 있으면서, 동시에 탄력성과 젊음이 뒤섞여 있었는데, 그것은 완전히 새로운 모습이었다.

특별 원생들을 위한 건물은 수위실 건물에 붙어 있었다. 그곳으로 가려면 사무실을 통해서 가야만 했다. 똑같은 방 다섯 개가 황토색으로 칠해진 복도를 향해 나란히 있었다. 자크가 유일한 **특별 원생**이어서 다른 방들은 비어 있으며 자크의 시중을 드는 청년이 그 방 중 하나를 쓰고, 나머지 방들은 창고로 쓰고 있다고 펨므 씨는 설명했다.

"여기가 우리 죄수의 감방이랍니다." 하고 원장이 자크를 향해 통통한 손가락을 튕기며 말했다. 자크는 어리둥절한 표정으로 원장을 바라보다가 원장이 방 안으로 들어가도록 뒤로 비켜섰다.

앙투안은 방 안을 주의 깊게 살펴보았다. 겉으로 보기에는 수수하나 갖출 것은 다 갖춘 호텔 방 같았다. 그 방은 작은 꽃무늬 벽지로 도배를 했고, 천장이 높았으나 철책과 쇠창살이 달린 불투명 유리로 된 두 개의 채광창이 있어서 꽤 밝았다. 그 채광창은 천장 바로 아래에 나 있었는데, 천장이 높아서 바닥에서 삼 미터 이상 되는 곳에 있었다. 햇빛은 들어오지 않았으나 중앙 난방으로 너무 더울 정도였다. 가구라고는 소나무 옷장 하나, 등나무 의자 두 개, 검은 책상 하나가 고작이었는데, 책상 위에는 책들과 사전 등이 마구 뒤섞여 꽂혀 있었다. 당구대같이 편편하고 네모난 작은 침대 위에는 아직까지 사용한 흔적이 없는 홑이불이 덮여 있는 게 보였다. 대야 아래에는 깨끗한 헝겊이 놓여 있었고, 수건걸이에는 깨끗한 수건이 여러 장 걸려 있었다.

주위를 기울여 언뜻 살핀 앙투안의 심경에 마침내 혼란이 생겼다. 한 시간 전부터 그가 보아온 것들은 자신이 예견했던 것과 정반대였기 때문이다. 곧 자크는 다른 원생들과 격리되어 혼자 살고 있었다. 모두가 자크를 애정 어린 마음으로 대우해 주고 있었다. 원장은 선량해 보였으며, 혹독한 감독인 같은 인상은 별로 풍기지 않았다. 티보 씨가 얘기하던 것과 조금도 다를 바가 없었다. 앙투안이 아무리 자기 생각에 집착하더라도 지금까지 품고 있던 의심을 하나하나 떨쳐버리지 않을 수 없었던 것이다.

그는 자기를 바라보고 있는 원장의 시선을 느꼈다.

"넌 정말 편안하게 지내고 있구나." 앙투안은 자크 쪽으로 몸을 돌리며 재빨리 말했다.

자크는 아무 대답도 하지 않았다. 그가 외투와 모자를 벗자 하인이 그의 손에서 받아 외투걸이에 걸었다.

"형님께서 네가 편안히 지낸다고 말씀하셨어." 하고 원장이 앙투안의 말을 되풀이했다.

자크는 재빨리 몸을 홱 돌렸다. 그는 공손하고 예의 바른 태도를 취했는데 앙투안은 지금까지 동생의 그런 몸가짐을 본 적이 없었다.

"네, 원장님, 아주 편안합니다."

"과장은 않겠습니다" 하며 원장이 웃으며 말을 이었다. "간단한 일이지요. 우리는 다만 모든 게 깨끗하도록 신경 쓰고 있습니다. 특히 이건 아르튀르를 칭찬해야 할 겁니다" 하고 원장이 하인을 향해서 말을 덧붙였다. "이 침대는 마치 검열이라도 받기 위한 것처럼 정돈되어 있습니다…."

아르튀르의 얼굴이 빛났다. 그를 바라보고 있던 앙투안은 다정한 몸짓을 해 보이지 않을 수 없었다. 둥근 머리, 살갗이 늘어진 얼굴, 생기 없는 두 눈, 그리고 미소와 시선에는 어딘가 성실성과 친절이 깃들어 있었다. 그는 문간에 선 채 수염을 비틀고 있었다. 그의 얼굴색은 수염과 구별되지 않을 만큼 검게 그을려 있었다.

'희미한 등잔과 한 묶음의 열쇠 꾸러미를 들고 어두운 지하실 속에 있으리라고 상상했던 감시자가 이 청년이라니' 하고 앙투안은 생각했다. 그리고 자신도 모르게 스스로를 탓하면서 책이 있는 곳으로 가까이 가서 즐거운 마음으로 책들을 살펴보았다.

"살루스티우스? 너 라틴어 공부 많이 했니?" 하고 그는 물었다. 그러나 그의 입가에는 비웃는 듯한 여운이 남아 있었다.

대답은 펨므 씨가 했다.

"실은 이런 말을 자크 앞에서 하는 게 잘못인지는 모르겠습니다만" 하고 그는 머뭇거리는 척하면서, 그리고 자크에게 눈을 껌벅거리면서 말했다. "선생님이 자크의 열성에 대해 만족하고 계시다는 것을 아울러 말씀드려야겠습니다. 우리는 하루에 여덟 시간씩 공부하고 있답니다" 하며 그는 더욱 진지하게 말을 계속했다. 그는 줄곧 말하면서 벽에 걸린 흑판 쪽으로 가서 그것을 바로 세워놓았다. "그렇다고 해서 매일 날씨가 좋든 나쁘든 간에 아르튀르와 함께 두 시간씩 산책하는 것을—아버님께서는 그것을 몹시 중요하게 여기십니다—등한시하지는 않습니다. 둘 다 다리가 튼튼하지요. 저는 둘이서 자유롭게 산책길을 바꾸도록 내버려두고 있습니다. 늙은 레옹과 함께 산보 다닐 적에는 달랐지요. 제 생각에 그때는 별로 멀리 다니지는 못했던 것 같습니다. 대신 그때는 울타리를 따라 걸으며 약초를 채집하곤 했었지요. 안 그러니? 선생님께 말씀드립니다만, 레옹 영감은 젊은 시절 약국에서 일한 적이 있어서 많은 식물들을 라틴어 학명으로 안답니다. 많은 공부가 되었지요. 하지만 저는 이 두 사람이 시골길로 긴 산책을 하는 편이 더 낫다고 생각했지요. 그게 건강에 더 좋으니까요."

펨므 씨가 이야기하는 도중에 앙투안은 동생 쪽으로 여러 번 몸을 돌렸다. 자크는 꿈속에서 이야기를 듣고 있는 듯한 모습이었다. 그리고 이따금 마지못해 듣는 척하는 것 같았다. 그럴 때면 그의 입술은 막연한 고뇌의 표정으로 인해 약간 벌어졌고, 눈썹은 떨리곤 했다.

"아이구, 나 좀 봐. 수다를 떨었네요. 자크가 이렇게도 오랜만에 형님을 만나는 때!" 하고 외치면서 나서 펨므 씨는 익숙한 작은 몸짓을 하며 문 쪽으로 뒷걸음질 쳤다. "열한시 기차를 타시겠어요?" 하고 그가 물었다.

앙투안은 거기에 대해 전혀 생각하지 않고 있었다. 그러나 펨므 씨의 어조는 그 사실이 너무도 당연하다는 것을 전제하고 있었다. 그리고 앙투안도 돌아가주었으면 하는 이 제의에 반대할 이유가 없었다. 무엇보다도 이곳의 쓸쓸한 분위기와 자크의 무관심이 불쾌했던 것이다. 이제 다 끝난 일인가? 그는 더 이상 이곳에서 할 일이 없었다.

"그러지요" 하고 앙투안이 말했다. "유감스럽습니다만 일찍 돌아가야겠습니다. 왕진 약속이 있어서…."

"너무 섭섭하게 생각하지 마세요. 열한시 기차 뒤에는 저녁에나 기차가 있으니까요. 곧 뵙겠습니다!"

두 형제만 방 안에 남았다. 잠시 어색한 순간이 흘렀다.

"형이 의자에 앉아" 하고 자크가 침대 위에 앉을 채비를 하며 말했다. 그러다가 또 다른 의자 하나가 방에 있는 것을 보고 생각을 바꾸어 그것을 앙투안에게 내주면서 자연스러운 말투로 반복했다. "형이 의자에 앉아" 하고 말하는 그의 어투는 "형이나 앉아" 하는 것과 다를 바가 없었다. 그리고 자신도 의자에 앉았다.

앙투안은 어느 것 하나 놓치지 않았다. 즉시 수상하게 여긴 그는 이렇게 물었다.

"보통 때는 네 방에 의자가 한 개뿐이니?"

"응, 그런데 아르튀르가 자기 의자를 빌려줬어. 공부하는 날에도 그래."

앙투안은 그 문제에 대해 더 캐묻지는 않았다.

"숙소가 이만하면 훌륭한 편이구나" 하고 그는 자기 주위를 다시 한번 휘둘러보며 말했다. 그러고 나서 깨끗한 홑이불과 수건들을 가리키며 이렇게 물었다.

"자주 갈아주니?"

"일요일마다."

앙투안은 늘 하듯이 짧고 유쾌한 어조로 말했다. 그러나 그 목소리는 방의 울림과 자크의 수동적인 태도 때문에 쏘아붙이는 듯, 거의 공격적으로 들렸다.

"실은" 하고 그는 말했다. "난 걱정하고 있었어. 왠지는 모르겠지만, 네가 여기서 구박당하고 있지나 않나 해서…"

자크는 놀란 듯이 형을 바라보고 나서 미소 지었다. 앙투안은 자크에게서 눈을 떼지 않았다.

"그래, 우리끼리 얘긴데, 너 정말 뭐 불편한 거 없니?"

"아무것도 없어."

"내가 여기에 온 김에 원장에게 뭐 말해주길 바라는 거 없어?"

"뭘 말이야?"

"내가 어떻게 아니. 네가 생각해보렴." 자크는 생각해보는 것처럼 하다가 다시 미소를 띠면서 고개를 흔들었다.

"정말 없어. 형도 보다시피 모든 게 다 잘돼 있어."

자크는 다른 모든 것과 마찬가지로 목소리도 변해 있었다. 분명하지는 않으나 열정적이고, 저음이며, 정정한 사내의 음성인 것이 미성년자의 신체치고는 별로 어울리지 않는 목소리였다.

앙투안은 동생을 물끄러미 바라보았다.

"네가 이렇게도 변하다니… 아니, 네가 변했다기보다는 넌 이젠 예전의 네가 아니야, 전혀 아니야…."

앙투안은 자크의 이 새로운 용모에서 예전의 모습을 찾아보려고 자크에게서 눈을 떼지 않았다. 머리카락은 예전과 같은 적갈색이었으며 약간 더 짙은 색으로 변해서 갈색으로 보였으나 빳빳하고 머리 밑까지 털이 난 것은 여전했다. 예전처럼 가늘고 잘생기지 못한 코, 이제는 만져지지 않을 정도의 황금빛 솜털이 주위에 솟은 여전히 튼 입술, 여전히 강직한 그러나 좀 더 넓어진 턱, 여전히 앞쪽으로 입을 향해 길게 뻗은 두 귀, 그러나 이 모든 것이 예전의 어린 시절의 모습과 조금도 닮은 데가 없었다. '성질조차 변했다고 말할 수 있을 것 같군' 하고 그는 생각했다. '전엔 그렇게 변화무쌍했고 항상 고통 속에 헤매던 애가 이제는 평온한, 잠자는 듯한 얼굴이라니…. 전엔 그렇게 신경질적이던 이 애가 이제는 임파선 환자같이 조용하다니….'

"좀 일어서 봐!"

자크는 형이 자기를 살펴보도록 온화한 미소를 지으며 자신을 내맡기고 있었다. 미소를 짓는 그의 시선에는 무언가 감추어져 있는 듯했다.

앙투안은 그의 두 팔과 두 다리를 손으로 만져보았다.

"정말 많이 컸구나! 이렇게 빨리 크느라 피로를 느끼지는 않니?"

자크는 고개를 저었다. 앙투안은 그의 두 손목을 잡고 자기 앞에 세웠다. 그는 적갈색 주근깨가 짙게 박힌 동생의 창백한 피부, 그리고 눈 아래쪽에 움푹 들어간 거무스름한 테를 알아보았다.

"안색이 좋지 않구나" 하고 그는 심각한 어조로 말을 계속했다. 그는 눈살을 찌푸리고는 무엇인가 말할 듯하다가 입을 다물었다.

갑자기 자크의 온순하고 무표정한 모습을 본 앙투안은 자크가 마당에 나타났을 때 자신의 뇌리를 스쳤던 의구심이 되살아났다.

"미사 뒤에 널 기다리고 있다는 걸 누군가가 네게 알려줬지?" 그는 불쑥 물었다.

자크는 무슨 말인지 못 알아들은 듯이 형을 물끄러미 바라보았다.

"네가 성당에서 나올 때" 하며 앙투안이 다그쳤다. "내가 거기에 있을 줄 넌 알고 있었지?"

"아니야, 어떻게 알았겠어?" 자크는 솔직하게 놀라움을 표시하며 미소를 지어 보였다.

앙투안은 더 이상 캐묻지 않았다. 그리고 중얼거렸다.

"난 그런 줄 알았어…. 담배 피워도 돼?" 그는 화제를 바꾸려고 말을 이었다.

자크는 불안스럽게 그를 바라보았다. 앙투안이 그에게 담뱃갑을 내밀었다.

"아니, 난 안 피워." 하고 대답하는 자크의 얼굴은 침울해졌다.

앙투안은 더 이상 무슨 말을 해야 할지 몰랐다. 제대로 대답을 하지 않는 사람과 이야기를 계속할 때 항상 그렇듯이 그는 질문하는 데 지쳐버렸다.

"그래, 정말로" 하고 그가 다시 이야기를 시작했다. "아무것도 필요한 게 없단 말이지? 필요한 건 다 가지고 있는 거야?"

"응, 그래."

"잠자리는 편해? 이불은 부족하지 않고?"

"오, 그래. 오히려 너무 더울 정도야."

"네 선생은 어때? 친절하니?"

"아주 친절하셔."

"이렇게 늘 혼자서만 공부하는 게 지겹지는 않니?"

"아니."

"저녁엔?"

"저녁 먹은 다음에 자. 여덟시에."

"그리고 일어나기는?"

"여섯시 삼십분에 종이 울리면 일어나."

"부속 사제는 자주 널 보러 오시니?"

"응."

"좋은 사람이야?"

자크는 앙투안 쪽으로 베일에 싸인 듯한 시선을 들었다. 그는 형의 질문을 이해하지 못했으므로 대답하지 않았다.

"그리고 원장도 와봐?"

"응, 자주."

"친절해 보이더라. 원생들이 좋아하니?"

"모르겠어. 물론 좋아하겠지."

"너는 전혀… 딴 원생들을 만나지 않니?"

"전혀."

질문을 할 때마다 자크는 두 눈을 내리깐 채 몸을 약간 떨고는 했다. 그런 그의 모습은 한 주제에서 다른 주제로 옮아가는 데 무언가 무척 힘들어하는 눈치였다.

"그리고 시는? 아직도 시를 쓰니?" 앙투안은 쾌활한 어조로 물었다.

"오, 안 써."

"왜?"

자크는 고개를 저었다. 그러고 나서 온화한 미소를 띠었는데, 그 미소는 한동안 그의 입가에 머물러 있었다. 만약 앙투안이 '너 아직도 굴렁쇠 놀이를 하니?' 하고 물었더라도 같은 미소를 지었을 것이다.

그러자 앙투안은 다른 말이 생각나지 않아 다니엘 이야기를 해보아야겠다고 결심했다. 자크로서는 전혀 예기치 않았던 화제였다. 그는 두 뺨에 약간 홍조를 띠었다.

"어떻게 그 애 소식을 들을 수 있겠어?" 하고 자크가 대답했다. "여기에선 어떤 편지도 받을 수 없어."

"하지만 너는" 하고 앙투안이 계속했다. "그 애한테 편지를 쓰지 않니?"

그는 동생에게서 눈길을 떼지 않았다. 자크는 앙투안이 시 이야기를 했을 때와 같은 그런 미소를 띠었다. 그리고 가볍게 어깨를 으쓱해 보였다.

"모든 것이 다 옛날이야기야… 그런 얘긴 더 하지 마."

그것은 무슨 뜻에서 한 말이었을까? 만일 자크가 '아니, 난 한 번도 편지 쓴 적 없어'라고 대답했더라면 앙투안은 동생을 윽박질러 당황케 했을지도 모른다. 그것도 은밀한 쾌감을 가지고서 그랬을지 모른다. 왜냐하면 동생의 수동적인 태도가 그의 신경을 건드리기 시작했기 때문이다. 그러나 자크가 단호하면서도 침울한 어조로 그 질문을 회피하자 앙투안은 어안이 벙벙해졌다. 바로 그 순간에 갑자기 자크의 눈길이 자기 뒤 문 쪽으로 향하는 것을 느꼈다. 그렇지 않아도 반사적인 적의를 품고 있던 앙투안에게는 다시 모든 의혹이 되살아난 것이다. 그 문은 유리가 끼워져 있었다. 그것은 아마 방 안에서 일어나는 일을 밖에서 감시하려고 그렇게 한 것 같았다. 그리고 문 위에는 유리가 없이 철책만 쳐진, 들여다보는 구멍이 있었다. 그것도 틀림없이 방 안에서 하는 이야기들을 들을 수 있도록 하기 위한 것이었다.

"복도에 누가 있지?" 앙투안이 불쑥 물었다. 그러나 목소리는 낮추었다.

자크는 형이 정신이 나간 게 아닌가 하는 태도로 앙투안을 바라보았다.

"뭐라구, 복도에? 응, 때로는… 왜? 지금 막 레옹 영감이 지나가는 걸 봤어."

그 순간 노크 소리가 났다. 레옹 영감이 앙투안에게 인사를 하러 온 것이다. 레옹 영감은 늘 하는 태도로 책상 구석에 걸터앉았다.

"아무렴, 동생이 건강한 걸 보셨지요? 지난가을 이래로 꽤 많이 튼튼해졌지요?"

영감은 웃고 있었다. 그는 아래로 길게 수염을 기른 나폴레옹 시대의 늙은 근위병의 얼굴을 하고 있었다. 그의 호걸스러운 웃음은 두 볼을 충혈시키고, 그것을 붉은 혈관이 감싸서 눈의 흰자위 안까지 올라가 시선을 흐려놓고 있었으며, 그 시선에는 인자해 보이면서도 심술기가 서려 있었다.

"날 작업장으로 다시 보냈지요" 하고 그는 양어깨를 흔들면서 설명했다. "자크 도련님과는 퍽이나 정이 들었었는데! 하지만" 하고 그는 방을 나가며 말했다. "자기의 인생을 불평해서는 안 되지요…. 이사장님께 안부나 전해주세요. 뭐 꼭 주문이랄 건 없지만 레옹 영감의 안부라고. 아버님께서도 잘 알고 계십니다요, 그럼!"

"충직한 노인이구나." 앙투안은 영감이 나가자 말했다.

그는 하던 이야기를 계속할 말머리를 찾고 있었다.

"네가 원한다면 내가 그 애에게 편지를 전해줄 수 있어." 그는 말했다. 그러나 자크가 무슨 말인지 알아듣지 못하자 그는 이렇게 되물었다. "넌 퐁타냉에게 몇 자 쓰고 싶지 않니?"

그는 자크의 태연한 표정에서 감동의 표시, 과거를 회상하는 모습을 찾아보려고 애썼다. 그러나 헛수고였다. 자크는 이번에는 미소조차 띠지 않고 고개를 저었다.

"아니, 고마워. 그 애한테 아무것도 할말이 없어. 모두 과거 일이야."

앙투안은 그 정도로 그쳤다. 그는 지쳐버렸다. 게다가 시간은 지나고 있었다. 시계를 꺼내보았다.

"열시 반이구나. 오 분 뒤에는 떠나야겠다."

자크는 갑자기 당황해하며 무엇인가 말할 것이 있는 것 같아 보였다. 그는 형에게 건강이 어떤지, 기차 시간이 어떻게 되는지, 시험 치르는 일은 어떤지 등을 물었다. 앙투안은 자리에서 일어났다. 그때 그는 한숨지으며 말하는 자크의 어조에 깜짝 놀랐다.

"벌써? 조금만 더 있어…."

앙투안은 자기가 쌀쌀하게 대한 것에 자크가 실망했으리라는 것, 그리고 자신의 방문이 자크가 겉으로 나타내는 것보다는 기쁨을 가져다주었는지도 모른다고 생각했다.

"내가 와서 반가웠니?"하고 앙투안이 쑥스러워하면서 물었다.

자크는 멍하니 무슨 생각엔가에 사로잡혀 있는 것처럼 보였다. 앙투안의 말에 그는 소스라쳐 놀라더니 다소곳한 미소를 띠며 대답했다.

"물론이지, 아주 반가웠어. 고마워, 형."

"그렇다면 언제 다시 오도록 하겠다. 잘 있어" 하고 앙투안은 마음이 상해서 말했다. 그는 다시 한번 정면으로 동생을 바라보았다. 그의 통찰력은 온통 깨어 있었다. 동생을 생각하는 애정 또한 그의 마음을 뭉클하게 했다.

"얘, 나는 자주 네 생각을 한단다." 그가 말했다. "난 네가 여기서 불행하지나 않을까 늘 그게 걱정이야…." 형제는 문 가까이에 서 있었다. 앙투안이 동생의 손을 잡았다. "그럴 때면 내게 말해줘야 한다, 알겠지?"

자크는 뭔가 어정쩡한 태도를 취했다. 그는 마치 무슨 비밀이야기라도 하려는 듯 몸을 형 쪽으로 수그렸다. 마침내 결심을 하고 재빨리 말했다.

"형, 아르튀르에게, 내 시중드는 그 애에게 뭘 좀 줬으면 좋겠어… 아주 친절해…." 앙투안이 어리둥절해하며 머뭇거리자 자크는 이렇게 말했다. "그래 줄래?"

"하지만" 하고 앙투안이 말했다. "그랬다가 시끄럽게 되지 않겠니?"

"아냐, 아냐. 가면서 친절하게 잘 있으라고 인사하고 팁을 조금만 줘…. 그래 줄래?" 그의 태도는 거의 애원하듯 했다.

"물론 그러지. 그런데 넌, 솔직히 대답해 봐, 뭐 필요한 것 없어? 대답해 봐…. 너 불행하지 않아?"

"아니!" 자크는 대답했다. 그런 그의 말투에는 무언가 알 수 없는 짜증스러워하는 뉘앙스가 깃들어 있었다. 그는 더욱 목소리를 낮추어 이렇게 물었다. "얼마나 줄래?"

"모르겠다. 얼마나 줄까? 십 프랑? 이십 프랑?"

"오, 그래, 이십 프랑!" 자크는 기뻐서 어쩔 줄 모르며 말했다.

"고마워, 형." 그러면서 형이 내미는 손을 꽉 잡았다.

앙투안이 방을 나왔을 때 아르튀르가 복도를 지나갔다. 그는 주저하지 않고 팁을 받았다. 아직 어린애 같은 솔직한 그의 얼굴이 기뻐서 붉게 물들었다. 그는 앙투안을 원장실까지 안내했다.

"열한시 십오분 전이군요." 펨므 씨가 말했다. "시간은 충분합니다만 지금 출발하시는 것이 좋겠습니다."

두 사람은 티보 씨의 동상이 내려다보고 있는 현관을 가로질러 갔다. 이제 앙투안은 그 동상을 아무런 저항감 없이 쳐다보았다. 아버지가 오로지 자신의 힘만으로 이루어놓은 이 '사업'에 대해 자부심을 가질 만하다고 생각했다. 그리고 자기가 그런 아버지의 아들이라는 것에 무엇인가 긍지를 느꼈다.

펨므 씨는 앙투안을 정문까지 배웅하고 이사장님께 안부를 전해달라고 거듭 말했다. 그는 말하는 동안 줄곧 금테 안경을 쓴 두 눈에 주름을 지으면서 웃고 있었다. 그러면서 두 손으로 친숙하게 앙투안의 손을 잡았다. 그의 손은 여자 손처럼 통통하고 부드러웠다. 드디어 앙투안이 손을 뺐다. 키 작은 그 호인은 맨머리에 햇빛을 받으며 두 손을 높이 들고 여전히 웃음을 띤 채, 우정의 표시로 머리를 가볍게 흔들면서 길에 서 있었다.

'내가 계집애처럼 흥분했었구나.' 앙투안은 걸으면서 생각했다. '이곳은 잘 관리되어 있고, 그리고 무엇보다도 자크가 불행하지는 않아.'

'제일 어리석었던 것은' 하고 그는 문득 생각했다. '자크와 친구처럼 이야기하지 않고, 예심판사처럼 대하면서 시간을 허비했던 거야.' 그는 자기가 떠나는 것을 보고 동생이 아쉬워했으리라고 생각했다. '그 애 잘못도 있어' 하면서 그는 언짢게 생각했다. '매사에 그렇게 무심했으니!' 그럼에도 불구하고 그는 자신이 먼저 동생에게 좀 더 다정하게 대하지 않았던 것을 후회했다.

앙투안에게는 애인이 없었다. 그는 그저 그때그때 우연히 만나는 여자들과 즐기는 것으로 만족하고 있었다. 그러나 스물네 살의 가슴속에 때때로 고뇌가 없는 것은 아니었다. 곧 약자를 동정해주고, 누군가에게 자기가 힘이 되어줄 수 있기를 바랐던 것이다. 동생으로부터 멀어질수록 동생에 대한 애정이 더욱 커졌다. 이제 언제나 다시 볼 수 있을까? 무슨 구실만 있었다면 그는 곧바로 되돌아갔을지도 모른다.

그는 햇빛 때문에 고개를 숙이고 걸었다. 고개를 들었을 때 자신이 길을 잘못 들었음을 알게 되었다. 길가의 아이들이 밭을 가로질러 가는 지름길을 가르쳐주었다. 그는 걸음을 재촉했다. '만약 기차를 놓친다면' 하고 그는 장난삼아 생각했다. '어떻게 하지?' 소년원으로 되돌아가는 것을 상상해보았다. 그러면 자크와 함께 하루를 보낼 수 있을 것이다. 자크에게 자신의 여러 가지 공상적인 걱정거리며, 아버지 몰래 여기 온 일 등을 이야기해주어야지. 동생을 신뢰하는 친구로서의 자신을 보여주어야지. 동생에게 마르세유에서 돌아오던 길에 마차 속에서 있었던 일이며, 그날 저녁에 둘은 진정한 친구가 될 수 있을 것이라고 믿었던 것도 상기시켜 주어야지. 기차를 놓쳤으면 하는 바람이 어찌나 강했던지 그는 어떻게 해야 할지를 알지 못한 채 발걸음을 늦추었다. 갑자기 기관차의 기적 소리가 들려왔다. 그의 왼편 작은 나무숲 위로 기관차의 연기가 솟아오르고 있었다. 그는 더 이상 아무 생각 없이 뛰기 시작했다. 기차역이 보였다. 기차표는 호주머니 속에 있었으므로 플랫폼 반대쪽으로라도 아무 칸에나 뛰어오르기만 하면 되었다. 두 팔꿈치를 몸에 붙이고, 머리는 뒤로 젖힌 채, 수염을 바람에 날리며, 한껏 숨을 들이마셨다. 그는 자신의 근력을 자랑스럽게 여기고 있었다. 그래서 제때 도착할 수 있으리라고 자신했다.

그러나 그는 도로가 경사졌다는 것을 계산에 넣지 않았던 것이다. 정거장까지 도로가 급커브를 이루면서 작은 다리 밑으로 나 있었다. 걸음걸이를 빨리하여 최선을 다해 뛰었으나 헛일이었다. 그가 다리에 이르렀을 때 역에 정차했던 기차는 이미 출발하기 시작했다. 그는 백 미터쯤 남겨두고 기차를 놓친 것이었다.

자존심이 강한 그는 자신의 패배를 인정하지 않았다. 자신이 일부러 놓쳤다고 생각하고 싶었다. '내가 원했었다면 화물칸에라도 뛰어오를 수 있었어' 하고 그는 잠시 뒤에 생각했다. '그랬다면 내겐 선택의 여지가 없었을 거야. 자크를 다시 보지 못하고 떠났을 테지.' 그는 자신에 만족하며 걸음을 멈추었다.

조금 전에 마음속으로 그리던 일이 마침내 구체화된 것이다. 곧 여인숙에서 점심을 먹은 다음, 소년원으로 되돌아가서 한나절을 동생을 위해 보내겠다던 생각.

3

앙투안이 티보 재단의 문 앞에 다시 섰을 때는 한시 조금 못 미쳐서였다. 펨므 씨가 외출하려고 나오던 참이었다. 그는 어찌나 놀랐던지 얼마 동안 넋이 나간 사람처럼 꼼짝 않고 있었다. 그리고 안경 너머로 보이는 그의 두 눈은 춤을 추는 듯했다. 앙투안이 낭패스러운 일의 자초지종을 이야기했다. 그제야 펨므 씨는 웃음을 터뜨리더니 다시 수다를 떨기 시작했다.

앙투안은 오후 내내 자크와 산책하고 싶다고 했다.

"원 참…" 하고 원장이 난처해하며 말했다. "우리의 규칙상….”

그러나 앙투안은 집요하게 간청하다시피 해서 마침내 허락을 받아냈다.

“선생님께서 이 일을 이사장님께 설명드려주십시오…. 제가 자크를 불러오지요.”

“저도 함께 가겠습니다.” 앙투안이 말했다.

앙투안은 펨므 씨를 따라 같이 온 것을 곧 후회했다. 두 사람은 너무나 좋지 않은 때 그곳에 왔기 때문이다. 앙투안이 복도에 들어서자마자 관리소 측에서 **화장실**이라고 부르는 구석진 곳에 쭈그리고 앉아 있는 동생이 눈에 띄었던 것이다. 그리고 아르튀르는 문을 활짝 열어놓은 채 등을 기대고 서서 파이프 담배를 피우고 있는 것이 아닌가.

앙투안은 급히 방으로 들어갔다. 원장은 두 손을 비비며 기뻐하는 것 같아 보였다.

“아시겠지요?” 원장이 큰 소리로 말했다. “우리가 감시해야 할 아이들은 저곳에서까지 감시받고 있답니다.”

자크가 돌아왔다. 앙투안은 자크가 거북스러워하리라고 예상했다. 그런데 태연히 단추를 채우는 그의 표정은 아무런 감정도 드러내지 않았을뿐더러 앙투안을 다시 보게 된 놀라움조차도 나타내지 않았다. 펨므 씨가 자크에게 여섯시까지 형님과 외출하는 것을 허락한다고 설명했다. 자크는 마치 무슨 말인지 잘 모르겠다는 태도로 그의 얼굴을 빤히 쳐다보았다. 그러나 아무 말도 입 밖에 내지는 않았다.

“자, 이젠 가봐야겠습니다. 실례합니다” 하며 펨므 씨가 낭랑한 목소리로 말을 이었다. “읍 의회 의원들의 회의가 있습니다.

제가 읍장이거든요!" 그는 문간에서 외치며 마치 그 말이 가장 우스운 희극이기나 한 것처럼 웃음을 터뜨렸다. 앙투안도 미소 지어 보였다.

자크는 천천히 옷을 입었다. 앙투안이 보기에도 아르튀르는 자크에게 친절하게 옷을 건네주었다. 그는 자크의 구두를 닦아 주려고까지 했다. 자크는 그가 하는 대로 내버려두었다.

아침에 앙투안을 몹시 놀라게 할 정도로 단정하게 정돈되어 있던 방 안은 그 모습이 아니었다. 그는 왜 그런지 생각해보았다. 점심 먹은 쟁반이 책상 위에 그대로 남아 있었다. 더러운 접시 하나, 빈 컵 하나, 빵 부스러기들. 깨끗한 수건은 없어졌다. 그 대신 거칠고 더러워진 걸레 같은 헝겊이 수건걸이에 걸려 있었다. 대야 밑에는 낡고 더러운 오일클로스*가 깔려 있었다. 새하얀 시트가 있던 자리에는 생마포로 만든 구겨진 시트가 덮여 있었다. 갑자기 의혹이 되살아났다. 그러나 그는 아무것도 묻지 않았다.

단둘이 길에 나섰다.

"어디로 갈까?" 앙투안이 쾌활한 목소리로 물었다. "너 콩피에뉴 모르지? 우아즈강을 따라서 약 삼 킬로미터 가면 있어. 거기 가볼까?"

자크는 동의했다. 그는 형의 의견에 조금도 거슬리는 일이 없도록 애쓰는 것 같았다.

앙투안은 한 팔을 동생의 팔에 끼고 나란히 걸었다.

* 방수포의 한 종류로 기름으로 방수 처리한 천.

"그 수건 일은 어떻게 된 거야?" 앙투안이 물었다. 그는 웃으면서 자크를 바라보았다.

"수건 일이라니?" 무슨 말인지 이해하지 못한 자크가 형의 말을 되받아 물었다.

"그래. 오늘 아침 나를 데리고 다니며 건물을 구경시켜 주는 동안에는 네 방에 멋진 하얀 시트와 예쁜 새 수건들을 넣어둘 만한 시간적 여유가 있었던 거야. 그런데 뜻밖에도 내가 불쑥 다시 나타났단 말이야. 그래서…."

자크는 어색한 미소를 지으며 걸음을 멈추었다.

"형은 마치 이곳에서 일어나는 것을 어떻게 해서든지 나쁘게만 생각하려고 드는 것 같아" 하고 마침내 자크는 약간 떨리면서 낮은 목소리로 말했다. 그는 입을 다물고 다시 걷기 시작했다. 그러나 마치 이런 쓸데없는 것을 화젯거리로 삼는 것이 몹시 짜증스럽다는 듯 즉각 애써 이야기를 계속했다. "그건 형이 상상하는 것보다 훨씬 간단한 일이야. 시트며 수건은 매달 첫째와 셋째 일요일만 바꾸게 되어 있어. 내 시중을 들기 시작한 지 이제 겨우 열흘밖에 안 된 아르튀르가 지난 일요일에 시트와 수건을 바꿔놓았거든. 그런데 오늘이 일요일이기 때문에 오늘 아침에 또 바꾸는 줄 알았던 거야. 그런데 세탁물 관리소에서 아르튀르에게 잘못한 걸 알려주고 새 시트와 수건을 도로 갖다놓으라고 한 거야. 난 다음 일요일이 되기까진 새것을 받을 권리가 없어." 그는 다시 입을 다물었다. 그리고 시골 풍경을 바라보았다.

산책은 출발부터 실패였다. 앙투안은 곧 화제를 바꿔보려고 했다. 그러나 자신이 서둘렀다는 아쉬움이 뇌리를 떠나지 않았다. 그 때문에 하고자 했던 솔직하고 유쾌한 어조를 띨 수가 없었다. 앙투안이 질문할 때마다 자크는 "그래"라든가 또는 "아니야"로만 대답하면서 추호의 관심도 나타내지 않았다. 그러다가 느닷없이 이렇게 말했다.

"형, 제발 그 시트 이야기는 원장에게 하지 마. 그랬다간 별것도 아닌 일에 아르튀르가 야단맞게 될 거야."

"알겠다."

"아버지한테도야, 알겠어?" 자크가 덧붙여 말했다.

"아무에게도 말하지 않을 테니까 걱정 마! 이젠 그 일은 다 잊어버렸다. 이봐" 하며 앙투안은 말을 이었다. "솔직하게 말하지. 실은 말야, 왜 그랬는지는 모르지만, 여기에서 모든 게 다 잘못되어 가고 있고, 그래서 너는 행복하지 못할 거란 생각을 했었어…."

자크는 몸을 약간 돌렸다. 그리고 진지한 표정으로 형의 얼굴을 살펴보았다.

"그래서 오전 내내 구석구석을 살펴보는 데 열중했지." 앙투안은 계속해서 말했다. "그런데 마침내 내가 잘못 생각했음을 알게 되었어. 그래서 기차를 놓친 척했지. 너와 이야기를 나누는 시간도 못 가진 채 떠나고 싶지 않았던 거야, 알겠니?"

자크는 아무 대답도 하지 않았다. 이런 한담을 계속하는 것이 그의 마음에 들었을까? 앙투안은 확신할 수 없었다. 그는 화제를 잘못 이끌고 가지나 않았나 걱정하면서 입을 다물었다.

길이 제방으로 내려가는 내리막길이었으므로 그들의 발걸음은 한결 가벼워졌다. 두 사람은 운하를 개설한 강 지류에 이르렀다. 수문 위로 작은 철교가 가로질러 놓여 있었다. 잔잔한

수면 위에 세 척의 커다란 빈 거룻배가 갈색 선체를 그대로 드러낸 채 떠 있었다.

"너 거룻배 타고 여행하고 싶지 않아?" 하고 앙투안이 쾌활하게 물었다. "포플러 사이로 운하 위를 미끄러지듯이 흘러가면서, 수문이 있는 곳에서는 멎고, 또 아침의 안개 속을, 저녁에는 뱃머리에서 석양빛을 받으며 아무것도 생각하지 않고, 두 다리는 물 위로 내려뜨리고 담배를 피우며…. 너 여전히 그림을 그리니?"

이번에는 자크가 몸을 떠는 것이 분명했다. 그리고 앙투안은 자크의 얼굴이 붉어지는 것을 똑똑히 보았다.

"왜?" 자크가 어정쩡한 목소리로 물었다.

"그냥" 하고 앙투안은 멋쩍은 듯 대답했다. "왜냐하면 모두 스케치에 재미있는 소재가 될 것 같아서야. 저 세 척의 배며 수문이며 다리며…."

예선도曳船道*가 점점 넓어져서 도로가 되어 있었다. 두 사람은 우아즈강의 큰 지류에 이르렀다. 불어난 강물이 그들을 향해서 물결쳐 왔다.

"저 봐, 콩피에뉴야." 앙투안이 말했다.

그는 걸음을 멈추었다. 햇빛을 막으려고 이마에 한 손을 얹었다. 저 멀리 푸른 나뭇잎들 위로 한 묶음의 종각 뾰족탑들과 교회의 작고 둥근 종루가 보였다. 그는 종각의 이름들을 말하려다가 동생 쪽을 바라보았다. 그의 옆에서 자크도 마찬가지로 손으로 햇볕을 가리고 지평선의 경치를 바라보는 척했지만 실

* 배를 끄는 길.

은 자기 발 아래 땅만 보고 있다는 것을 앙투안은 알아차렸다. 그는 앙투안이 다시 걷기를 기다리는 것 같았다. 그래서 앙투안은 아무 말 않고 다시 걷기 시작했다.

일요일인 그날은 콩피에뉴 시의 모든 사람들이 다 밖으로 나온 것 같았다. 앙투안과 자크는 인파 속에 섞여들었다. 징병 검사가 있는 것이 틀림없었다. 왜냐하면 나들이 옷차림을 한 젊은이들이 떼를 지어 행상인들에게서 삼색 리본들을 사는가 하면, 서로서로 팔짱을 끼고 보도를 가득 메우면서 군가를 부르며 비틀거리고 있었기 때문이다. 산책로에서는 화사한 옷차림의 소녀들과 병영에서 빠져나온 용기병龍騎兵들 사이에 끼여 가족들이 서로 인사를 나누고 있었다.

갈피를 못 잡고 어리둥절해진 자크는 점점 더 거북스러워짐을 느끼면서 이 모든 사람들을 물끄러미 바라보고 있었다.

"딴 데로 가, 형…." 그가 애원하다시피 했다.

두 사람은 산책로 한가운데로 나 있는 어둡고 한적하며 가파른 언덕길로 접어들었다. 광장에 이르자 눈이 부셨다. 자크는 두 눈을 깜박거렸다. 두 사람은 걸음을 멈추었다. 그리고 아직은 그늘을 만들 정도로 자라지 못한 오점형五點形으로 심어진 나무 아래에 앉았다.

"형." 자크가 손을 앙투안의 두 무릎 위에 놓으며 말했다. 생자크 성당의 만종이 울렸다. 종소리의 메아리가 햇빛과 조화를 이루는 것 같았다.

앙투안은 동생이 남모르게 봄의 첫 일요일을 만끽하는 것으로 생각했다. 그는 무심코 이렇게 물었다.

"무슨 생각을 하고 있지?"

그러나 자크는 대답 대신 자리에서 일어났다. 두 사람은 아무 말 없이 공원 쪽으로 발길을 옮겼다.

자크는 화려한 이 경치에 아무런 주의도 기울이지 않았다. 그는 무엇보다도 사람이 많은 곳으로부터 도망갈 생각만 하는 것 같았다. 난간이 있는 테라스라든가, 성 주변의 침묵이 그의 주의를 끌었다. 앙투안은 초록색 잔디 위에 깎아 다듬어놓은 회양목이며 동상들의 어깨 위에까지 늘어진 나뭇가지들이며 눈에 뜨이는 것들을 이야기하면서 자크의 뒤를 따라갔다. 그러나 자크로부터는 얼버무리는 대답을 얻어냈을 뿐이었다.

자크가 느닷없이 물어왔다.

"형은 그 애하고 이야기했어?"

"그 애라니?"

"퐁타냉 말이야."

"그럼. 라틴구區에서 그 애를 만났지. 그 애가 지금은 루이 르그랑 중학교 통학생이란 거 알아?"

"그래?" 하고 자크는 반문하더니 떨리는 목소리로 또다시 물었다. 그 목소리는 자크가 전에 그렇게도 자주 보이곤 하던 위협적인 말투를 언뜻 생각나게 했다. "형, 그 애한테 내가 어디 있다고 말하지 않았겠지?"

"그 애는 아무것도 묻지 않더라. 왜 그래? 넌 그 애가 아는 게 싫으니?"

"싫어."

"왜?"

"그거야 뭐."

"그래, 그것도 훌륭한 이유지. 하지만 또 다른 이유가 있니?"

자크는 멍하니 형을 바라보았다. 그는 앙투안이 농담을 하고 있다는 것을 알아차리지 못했다. 그는 수심에 싸여 다시 걷기 시작했다. 그러다가 갑자기 이렇게 덧붙였다.

"그런데 지즈는? 그 애는 알고 있어?"

"네가 어디 있는지 말이야? 아니, 모를걸. 하지만 아이들 속이란 모르지…." 앙투안은 자크가 꺼낸 이 화제를 핑계 삼아 계속했다. "그 애는 어떤 때는 다 큰 소녀같이 보여. 이쁜 눈을 크게 뜨고 다른 사람 이야기를 다 들어. 그러다가도 또 어떤 때는 그저 어린애야. 어제저녁에는 유모가 그 애를 찾아 온 집 안을 뒤지고 다녔는데, 글쎄 현관에 있는 테이블 아래에서 인형을 가지고 놀고 있지 않겠니? 이제 곧 열한 살이 되는 애가!"

형제는 등나무 정자 쪽으로 내려가고 있었다. 자크는 층계 밑의 얼룩무늬가 진 장밋빛 대리석 스핑크스상 옆에 멈추어 섰다. 그는 햇빛에 반짝이는 그 대리석상의 반들반들한 이마를 쓰다듬었다. 자크는 지즈 생각을 하고 있는 걸까? 아니면 유모 생각을? 가장자리에 술이 달린 양탄자가 깔린 현관에 있는 오래된 테이블과 명함들이 놓여 있는 책상 위의 쟁반이 갑자기 눈앞에 떠오른 것일까? 앙투안은 그러리라고 믿었다. 그는 쾌활한 어조로 이야기를 계속했다.

"도대체 그 애는 어떻게 그 모든 생각들을 하는지 난 도무지 모르겠어! 우리 집이 어린아이에겐 즐거운 곳이 못 되지! 유모는 그 아이를 몹시 사랑하지만, 너도 유모가 어떤지는 잘 알지? 유모에게는 모든 게 다 걱정스럽기 때문에 그 애에게는 아무 일도 못 하게 하면서, 한시도 그 애한테서 눈을 떼지 않지…."

앙투안은 웃음을 터뜨리면서 자크가 즐거운 말상대이기나

한 것처럼 동생을 바라보았다. 그만큼 이런 가족 생활의 자질구레한 일들이 그들에게는 소중한 보물과도 같았으며, 그들에게만 의미 있고, 앞으로도 계속 다른 어떤 것과도 바꿀 수 없는 무엇인가 유일한 것을 만들어주리라는 것, 곧 어린 시절의 추억으로 영원히 남아 있으리라는 것을 앙투안은 알고 있었다. 그러나 자크는 마지못해 미소만 살짝 지어 보였을 뿐이다.

그러나 앙투안은 이야기를 계속했다.

"식사 시간도 재미가 없지. 아버지는 아무 말씀도 안 하시거나, 아니면 유모에게 회의에서 한 연설을 다시 해주시든가, 그날 하신 일에 대해 미주알고주알 이야기해주시지. 참, 학사원 회원에 입후보하시는 일은 잘 되어가고 있어!"

"그래?" 약간의 애정의 표시가 자크의 표정을 부드럽게 했다. 그는 잠시 생각에 잠기는 것 같더니 미소를 지었다. "잘됐군!"

"친구분들 모두가 이리 뛰고 저리 뛰고 하셔" 하며 앙투안이 이야기를 계속했다. "신부님은 대단하셔. 아카데미 네 곳에 아는 사람들이 있거든…. 선거는 삼 주일 뒤에 있을 거야." 앙투안은 웃음을 기두고 작은 목소리로 진지하게 계속했다. "학사원 회원이 된다는 게 뭐 대단한 일은 아니겠지만 그래도 보통 일은 아니지. 그리고 아버지는 회원이 될 자격이 충분히 있으셔. 넌 그렇게 생각하지 않니?"

"오, 물론!" 그리고 무의식적으로 덧붙였다. "아버지는 좋은 분이셔, 사실상…" 그는 말을 중단하고는 얼굴을 붉혔다. 무슨 말인가 덧붙이려다가 그만두었다.

"나는 아버지가 학사원의 편안한 자리를 차지하시는 것을 기다려서 쿠데타를 한번 일으킬까 해" 하고 앙투안이 활기차게 말을 이었다. "정말이지 내 구석방은 이젠 너무 좁아. 이젠 내 책들을 어디에 두어야 할지 모르겠어. 네가 쓰던 방은 지즈에게 준 거 알고 있겠지? 난 아버지가, 일층의 작은 집 있잖니, 그 늙은 미남이 살던 곳 말야. 그 집을 내게 빌려주었으면 해. 그 사람이 이달 십오일에 이사한대. 방이 세 개야. 그렇게 되면 난 환자를 받을 수 있는 그럴듯한 사무실을 가질 수 있게 될 거야. 부엌에는 실험실 같은 걸 설치해놓을 수도 있을 테고…."

그는 자유로운 몸이 아닌 동생에게 자신의 자유로운 생활 이야기며, 안락한 생활의 욕망을 늘어놓은 것에 대해 돌연 부끄러운 생각이 들었다. 마치 자크가 다시는 집으로 되돌아오는 일이 없을 것처럼 그의 방에 관해 떠들어댔다는 것을 그는 깨달았다. 자크는 다시 무관심한 태도를 보였다.

"자, 이제는" 하고 앙투안이 기분을 전환시키려고 말했다. "가서 뭘 좀 먹지 않겠니? 너 배고프지?"

그는 이제 자기와 자크 사이에 애틋한 관계를 다시 회복시킬 수 있는 모든 희망을 다 잃어버린 것이다.

두 사람은 다시 시내로 들어갔다. 사람들로 붐비는 거리는 벌통처럼 소란스러웠다. 제과점마다 사람들로 붐볐다. 자크는 보도에 멈추어 서서, 사탕으로 덮어씌워져 있고 크림이 흘러넘치는, 오층으로 진열해 놓은 과자들을 들여다보며 꼼짝하지 않았다. 그것을 보는 것만으로도 숨이 꽉 막히는 것 같았다.

"자, 들어가!" 앙투안이 미소를 띠며 말했다.

앙투안이 내민 접시를 받는 자크의 두 손이 떨렸다. 두 사람은 제과점 맨 구석의 특선 과자들이 피라미드처럼 쌓인 진열대 앞에 자리를 잡았다. 조금 열린 주방 문으로부터 바닐라 냄새와 따뜻한 빵 냄새가 흘러나왔다. 자크는 아무 말 없이 의자에 쪼그리고 앉아서, 마치 금방 울음이라도 터뜨릴 듯이 충혈된 눈으로 정신없이 먹고 있었다. 하나를 먹고 나면 잠시 쉬었다가 앙투안이 집어주기를 기다렸다가 곧 다시 먹기 시작하곤 했다. 앙투안이 포트와인* 두 잔을 시켰다. 자크는 여전히 떨리는 손으로 잔을 잡았다. 잔에 입술을 갖다 대자 포도주의 알코올 때문에 숨이 막히는 것 같았다. 그는 기침을 했다. 앙투안은 못 본 척하면서 자신도 조금씩 포도주를 마셨다. 자크가 용기를 내어 한 모금 들이켜자 마치 불덩이가 넘어가는 듯했다. 또 다시 한 모금 마셨다. 그러고 나서 단번에 잔을 비웠다. 앙투안이 다시 그의 잔에 포도주를 따르자 못 본 척하다가 뒤늦게 따르지 말라는 시늉을 했다.

두 사람이 제과점 밖으로 나왔을 때 해는 기울기 시작했다. 기온도 내려가 있었다. 그러나 자크는 밖의 찬 기운을 느끼지 못했다. 그의 두 볼은 후끈거렸으며, 온몸은 거의 고통스러울 정도로 인위적인 행복감에 취해 있었다.

"또 삼 킬로미터를 걸어야겠구나." 앙투안이 말했다. "돌아가야지."

자크는 금방 울음이 터져 나올 것 같았다. 그는 호주머니 깊숙이에서 두 주먹을 꽉 쥐며 이를 악물었다. 그리고 고개를 숙였다. 그 모습을 몰래 살펴보던 앙투안은 이렇게 급변한 자크

* 포르투갈산 포도주의 일종.

의 얼굴을 보면서 걱정이 앞섰다.

"너무 많이 걸어서 피곤하지?" 앙투안은 물었다.

이 목소리의 어조가 자크에게는 새로운 애정의 표시로 느껴졌다. 아무 말도 못 한 채 굳어진 얼굴을 형에게로 돌렸다. 그의 두 눈에는 눈물이 가득 고여 있었다.

어리둥절해진 앙투안은 아무 말 않고 자크의 뒤를 따라갔다. 그러나 둘이 도시를 다시 가로질러 다리를 건넌 다음 예선도 쪽으로 들어섰을 때 앙투안은 자크에게로 가까이 가서 그의 팔을 붙잡았다.

"늘 하던 산책이 아쉬운 모양이지?" 앙투안은 미소 지으며 물었다.

자크는 아무 대답도 하지 않았다. 그런데 돌연 이런저런 관심이며, 애정에 찬 이 목소리며, 몇 시간 전부터 자기가 심취되어 있는 이런 자유의 만끽이며, 이 포도주며, 감미로우면서도 서글픈 저녁 한때며… 자크는 복받쳐 오르는 감정을 억누를 수가 없어 왈칵 울음을 터뜨렸다. 앙투안은 한 팔로 자크를 감싸 안아 부추겨서 경사진 제방 위 자기 옆에 앉혔다. 그는 이제 더 이상 자크의 생활 속에서 어두운 비밀을 캐낼 생각은 없었다. 그러나 아침부터 겪은 동생의 그런 냉담한 태도가 마침내 누그러지는 것을 본 그는 한결 마음이 놓이는 것 같았다.

인적 없는 강가에는 그들 두 사람뿐이었다. 형제는 땅거미가 지고 있고, 안개가 낀 하늘 아래에서 흐르는 강물을 물끄러미 바라보고 있었다. 그들 앞에서 흐르는 물살에 가볍게 흔들리고 있는 철삿줄에 매인 작은 배가 마른 갈대에 부딪치며 사각사각 소리를 내고 있었다.

그들에게는 돌아갈 길이 멀었기 때문에 언제까지나 그곳에 그대로 앉아 있을 수는 없었다. 앙투안은 자크의 고개를 억지로 들게 했다.

"무슨 생각을 하고 있지? 무엇 때문에 울었어?"

자크는 형에게 더욱 바싹 기대었다.

앙투안은 무슨 말 때문에 동생이 울음을 터뜨렸는지를 기억해내려고 애썼다.

"네가 매일 하는 산보 생각 때문에 울었어?"

"응." 자크는 무엇인가 대답을 해야겠기에 이렇게 말했다.

"왜?" 형이 되물었다. "일요일엔 도대체 어디로 산책하니?"

아무 대답도 없었다.

"아르튀르와 나가는 게 싫어?"

"싫어."

"그럼 왜 그렇다고 말하지 않니? 만일 네가 늙은 레옹 영감이 아쉽다면 그거야 별로…."

"오, 그건 안 돼!" 자크는 뜻밖의 격렬한 어조로 형의 말을 가로막으며 펄쩍 뛰었다. 그의 얼굴에 어찌나 강렬하고도 예상 밖의 원망의 표정이 떠올랐던지 앙투안은 어찌할 바를 몰랐다.

자크는 그 자리에 꼼짝 않고 가만히 있을 수가 없다는 듯이 일어서더니 형을 이끌고 성큼성큼 걸어갔다. 그는 아무 말도 하지 않았다. 잠시 머뭇거리고 있던 앙투안은 좀 어색해지는 한이 있더라도 우선 동생 마음의 상처를 치유해주고 싶은 생각이 들었기 때문에 이렇게 말했다.

"그럼, 레옹 영감과 외출하는 것도 싫단 말이지?"

자크는 두 눈을 크게 뜬 채 이를 악물고 아무 말 없이 계속 걸었다.

"레옹 영감은 그래도 네게 친절해 보이던데 그래?" 앙투안은 넌지시 말을 건네보았다.

아무 대답도 없었다. 그는 자크가 또다시 자기 생각에 빠지는 것이나 아닌가 해서 걱정스러웠다. 그는 동생의 팔을 다시 잡으려 했으나 자크는 뿌리치며 걸음을 재촉했다. 몹시 당황한 앙투안은 동생의 신뢰를 다시 얻을 수 있는 방법을 이리저리 궁리하면서 그의 뒤를 따랐다. 그런데 갑자기 자크는 흐느끼더니, 걸음을 늦추면서 고개를 돌리지도 않은 채 울기 시작하는 것이 아니겠는가.

"형, 말하지 마. 절대로 아무한테도 말하지 마…. 레옹 영감하고는 산책한 적이 없어. 거의 없어…."

그는 입을 다물었다. 앙투안은 무엇인가 물어보려고 했다. 그런데 아무 말도 안 하는 것이 낫겠다는 예감이 들었다. 자크가 약간 주저하면서 쉰 목소리로 말을 계속했기 때문이다.

"그래, 처음에는 산책을 했어…. 그런데 바로 산책을 하면서 레옹 영감이… 내게 이런저런 말을 했어. 그리고 나한테 책들을 빌려주었어. 나는 그런 게 있다는 걸 상상조차 할 수도 없었던 책들을! 그런 다음 내가 원한다면 편지를 보내주겠노라고 말했어…. 그때 다니엘한테 편지를 썼던 거야. 형한테는 거짓말을 했지만 편지를 썼어…. 그런데 내겐 우푯값이 없었어. 형은 몰라… 내가 그림을 조금 그린다는 걸 그자가 알게 되었어. 형도 짐작하겠지… 어떻게 해야 할지를 내게 말해준 게 그 영감이야. 그 대가로 다니엘에게 보내는 우푯값을 내주었어. 그런데 그자가 저녁에 그 그림을 감독들에게 보여주었어. 그랬더니 모두가 그림을 가지고 싶어 했어. 더구나 점점 복잡한 그림을 요구했어…. 그 무렵부터 레옹 영감은 나와 산책하는 일을 거리낌 없이 그만두었어. 들판으로 나가는 대신 나를 재단 건물 뒤의 샛길로 마을을 가로질러 가게 했어…. 꼬마들이 우리 뒤를 따라 뛰어왔었어…. 우린 샛길로 해서 여인숙 뒤뜰로 들어갔어. 그자는 술을 마시고 노름을 하며 그리고 무언지 모를 것도 하기 위해 간 거야. 그자가 거기 있는 동안 내내 사람들이 나를 감금했었어… 세탁장 속에… 낡은 이불 한 장으로…."

"너를 감금하다니?"

"응… 빈 세탁장 속에… 열쇠로 문을 잠그고… 두 시간 동안…."

"아니, 왜?"

"모르겠어. 아마 여인숙 주인들은 겁이 났었나 봐. 언젠가는 세탁장에 빨래 말릴 게 있었던 날이었어. 나를 복도에 있게 했어. 주인 여자 말로는… 말로는…" 자크는 흐느끼고 있었다.

"그 여자가 뭐라고 했는데?"

"그 여자의 말로는 '이런 애새끼들은 무슨 일을 저지를지 모른다…'는 거야." 자크는 어찌나 심하게 흐느꼈던지 말을 계속하지 못했다.

"…애새끼들이라니?" 앙투안이 고개를 숙이며 되물었다.

"…애새끼들 …사기꾼 애새끼들…." 자크는 겨우 말을 마치고는 더욱 심하게 흐느끼기 시작했다.

앙투안은 동생의 말을 듣고 있었다. 그 순간에는 동정심보다는 이야기를 더 많이 듣고자 하는 욕망이 더욱 강했다.

"그래서?" 앙투안이 되물었다. "어서 말해 봐."

자크는 돌연 발걸음을 멈추더니 앙투안의 팔에 매달리다시피 했다.

"형, 형" 그가 소리쳤다. "아무 말도 않겠다고 맹세해 줘. 응? 내게 맹세해 줘! 만약에 아버지가 눈치채게 된다면…. 아버지… 아버지는 사실상 날 사랑하고 있어. 알게 되면 슬퍼하실 거야. 아버지가 우리처럼 이런 사실을 이해하지 못한다 해도 그건 아버지 잘못이 아니야…." 그는 갑자기 부르짖었다. "아, 형, 형,… 나한테서 떠나지 말아 줘. 형, 떠나지 말아 줘!"

"떠나지 않을게. 그래, 절대로 안 떠나. 날 믿어. 난 여기 있어…. 아무 말도 안 할게. 네가 원하는 대로 다 해줄게. 하지만 진실을 말해줘야 해." 자크가 우물쭈물하며 말을 못 하자 앙투안은 대뜸 이렇게 물었다. "그자가 널 때렸니?"

"누가?"

"레옹 영감 말이야."

"오, 아니야!" 자크는 어찌나 놀랐던지 눈물을 머금은 채 미소를 지어 보였다.

"아무도 널 때리지 않았니?"

"오, 아니야."

"정말? 아무도?"

"아니, 아무도 날 안 때렸어!"

"그렇다면?"

침묵.

"그러면 새로 온 녀석은 어때, 아르튀르는? 그 녀석도 신통치 않니?" 자크는 고개를 저었다.

"아니 뭐라고? 그 애도 술집에 가니?"

"아니야."

"좋아! 그 애하고는 산책을 하니?"

"응."

"그럼, 그 애의 어디가 나쁘다는 거야? 너한테 심하게 구니?"

"아니."

"그럼 뭐야? 네 맘에 안 들어?"

"응."

"무엇 때문에?"

"그야 뭐."

앙투안은 망설였다.

"그럼 도대체 왜 너는 그 얘길 안 하는 거야?" 그는 마침내 다그쳐 물었다. "왜 너는 이 모든 이야기를 원장한테 하지 않지?"

자크는 몹시 흥분해서 앙투안의 몸을 떠밀면서 애원하다시피 했다. 그러고 나서 간청했다.

"아니야, 아니야…. 형, 형은 내게 맹세했어. 알지, 형은 아무 말 않겠다고 맹세했어! 아무것도, 아무것도, 아무에게도!"

"물론이야, 난 네가 원하는 대로 할 거다. 난 다만 이걸 알고 싶어. 왜 원장한테 레옹 영감 이야기를 하지 않았어?"

자크는 이를 악문 채로 고개만 가로저었다.

"너는 그럼 원장이 다 알면서 모른 척한다고 생각하니?" 앙투안이 넌지시 물었다.

"오! 아니야."

"넌 원장에 대해선 어떻게 생각하고 있니?"

"아무 생각도 안 해."

"넌 원장이 다른 아이들도 불행하게 만들고 있다고 생각하니?"

"아니야, 왜?"

"그 사람 친절해 보이더라. 하지만 난 이젠 뭐가 뭔지 모르겠구나. 레옹 영감도 보기엔 좋은 사람 같더라만! 너, 원장을 헐뜯는 말을 들은 적 없어?"

"없어."

"감시원들은 원장을 겁내고 있니? 레옹 영감이나 아르튀르도 그를 무서워하고 있어?"

"응, 조금은."

"왜?"

"몰라. 아마 원장이니까 그러겠지."

"그런데 넌? 무엇인가 느낀 것 없어?"

"어떤 거?"

"원장이 널 보러 올 때면 너한테 어떻게 대하니?"

"모르겠어."

"넌 원장한테 자유롭게 이야기할 수 없니?"

"없어."

"그러나 만일 네가 원장한테 레옹 영감이 너와 산책을 하지 않고 카페에 가곤 했는가 하면, 너를 세탁장에 감금하곤 했다는 사실을 이야기했다면 원장은 어떻게 했으리라고 생각하니?"

"그랬다면 레옹 영감을 쫓아냈을 거야!" 자크는 겁에 질려서 대답했다.

"그럼 너는 왜 말을 못 하지?"

"아니, 그건, 형!"

앙투안은 동생이 거기에서 헤어나지 못하고 있는 것으로 보이는 공모 관계의 복잡성을 풀어나가는 데 그만 지쳐버렸다.

"네가 털어놓지 못하고 있는 이유를 나한테 말해줄 수 없겠니? 아니면 너 자신도 정말 뭐가 뭔지 모르고 있다는 거니?" 앙투안이 물었다.

"실은… 그림들이… 나에게 억지로… 사인하라고 한 것이 있어서" 하고 자크는 고개를 숙이며 낮은 소리로 말했다. 그는 머뭇거리다가 입을 다물었다. 그러다가 갑자기 "하지만 그 때문만은 아니야…. 펨므 씨에겐 아무 말도 할 수가 없어. 그 사람이 원장이니까, 알겠어?"

힘은 없으나 진지한 어조였다. 앙투안은 그 문제에 대해 더 이상 묻지 않았다. 그는 자신을 의심했다. 자신이 항상 너무 성급하게 단정하는 성향이 있다는 것을 그는 알고 있었다.

"그럼" 하며 앙투안이 말을 이었다. "공부는 잘하고 있니?"

형제는 수문이 보이는 거룻배 근처에 이르렀다. 거룻배들의 작은 창에는 벌써 등불이 켜져 있었다. 자크는 땅을 내려다보며 계속 걸었다.

앙투안이 되풀이했다.

"그럼 공부도 제대로 못하고 있다는 거야?"

자크는 고개도 들지 않은 채 그렇다는 시늉을 했다.

"하지만 원장 말은 선생님이 네게 만족하고 있다고 하던데?"

"그건 선생님이 원장한테 그렇게 말했으니까."

"하지만 그게 사실이 아니라면 선생은 왜 그런 말을 하지?"

자크는 형의 질문에 대답하기 힘들어하는 것 같았다.

"저 말이야" 하며 자크는 무기력하게 말했다. "선생님, 그 사람은 늙었어. 내게 공부시킬 생각을 안 해. 여기에서 오라고 하니까 그저 올 뿐이야. 그뿐이야. 선생님은 공부를 시키는지 안 시키는지 조사하는 사람이 아무도 없다는 걸 잘 알고 있어. 선생님도 숙제를 내주거나 고쳐주는 일 같은 것은 없는 편이 더 낫다고 생각하고 있어. 그분은 한 시간쯤 내게 와 있어. 우린 이야길 나눠. 내게 아주 친구같이 대해 줘. 콩피에뉴 얘기며 자기 제자들 이야기며, 그 밖의 온갖 이야기를 해 줘…. 그 사람도 행복한 편이 못 돼…. 자기 딸 이야기도 해주는데 배앓이를 하고 있는 그 딸은 자기 부인과는 늘 싸운대…. 왜냐하면 지금 부인이 후처거든. 또 아들이 하나 있는데, 특무상사였다가 어느 출납계원에게 빚을 졌다는 이유로 강등당했대… 우린 공책들을 펴놓고 공부하는 척하지만 사실 아무것도 안 해…."

자크는 입을 다물었다. 앙투안은 무슨 말을 해야 할지 몰랐다. 그는 벌써 이러한 인생 경험을 겪고 난 동생 앞에서 거의 두려움마저 느낄 정도였다…. 게다가 물어볼 말도 없었다. 자크는 단조롭고 낮은 목소리로 혼자 다시 중얼거리기 시작했다. 그런 혼란 속에서 어떻게 자신의 사고를 연결시킬 수 있는지, 그리고 그토록 집요하게 침묵하고 있던 자크가 무엇 때문에 갑자기 속마음을 다 털어놓게 되었는지 이해할 수 없었다.

"…포도주를 약간 섞은 물이라고 하지만, 형, 그것은 포도주에 물을 탄 것이나 다름없어…. 난 그자들을 위해 그것을 남겨두지, 알겠어? 처음에 레옹 영감이 그렇게 하라고 했어. 나야 그런 것에 별로 개의치 않아. 물병의 물도 좋아하니까…. 그런데 짜증스러운 것은 그자들이 끊임없이 복도를 서성거리는 거야. 실내화를 신고 있어서 그들의 발걸음 소리가 들리지를 않아. 어떤 때는 그자들이 날 겁주기도 해. 아니야, 내가 겁이 나는 게 문제가 아니야. 무엇보다도 내가 조금만 움직여도 그자들은 나를 보고 있고, 내 소리를 듣고 있다는 거야…. 항상 혼자 있으면서도 사실은 단 한순간도 혼자 있지 못한다는 거 말이야, 이해하겠어? 산책할 때도, 어디에 가도! 그게 뭐 별일은 아니라는 건 나도 잘 알아. 하지만 결국 그게 어떤 결과를 초래할는지 형은 생각도 못할 거야. 그건 마치 금방이라도 병이 날 것 같은 그런 기분이야…. 어떤 날은 침대 밑에 숨어서 울고 싶은 그런 때도 있어…. 아냐, 우는 게 중요한 것이 아니고, **아무도 안 보는 데서** 우는 것 말이야, 알겠어?… 오늘 아침에 형이 왔을 때도 마찬가지야. 성당에서 내게 미리 알려주었어. 원장이 비서를 보내서 내 복장을 검사했고 내 외투와 모자를 가지고 오도록 시켰어. 난 모자를 안 쓰고 있었거든…. 오, 그들이 형을 속이려고 그랬다고는 생각하지 마, 형… 아니야, 전혀 그건 아니야. 그건 관행이 됐어. 월요일에, 매달 첫 월요일에 아버지가 이사회 때문에 오실 때도 그자들은 항상 그렇게 하고 있어. 별건 아니지. 아버지를 기쁘게 하기 위해서야…. 시트 사건도 마찬가지야. 형이 오늘 아침에 본 것은 아무 때고 누가 올 때를 대비해서 내 방에 내놓으려고 장 속에 언제나 놓아두는 흰 시트였어…. 뭐, 그렇다고 내 시트가 더럽다는 건 아니야. 시트를 꽤 자주 갈아주거든. 내가 깨끗한 수건을 하나 더 달라고 하면 줘. 그냥 관행인 거야. 알다시피. 누가 오면 좀 더 깨끗하게 보이려고….

형한테 이런 걸 다 이야기하는 건 내 잘못이야. 형은 또 있지도 않은 사실까지 믿을 테니까. 분명히 말하지만, 난 불편한 게 아무것도 없어. 여기에서의 생활은 아주 편안해. 내 기분을 상하게 하는 일도 전혀 없고. 오히려 그와는 반대야. 그런데 바로 그토록 편안하게 해주는 게 문제야. 알겠어? 그리고 또, 할 일이 아무것도 없거든! 하루 종일 이곳에 갇혀서 아무것도 할 일이 없다구! 처음에는 시간이 얼마나 길게 느껴지던지, 형은 짐작도 못 할 거야. 그래서 난 내 시계의 태엽 감는 나사를 부숴 버렸어. 그날 이후로 좀 나아졌고 점차로 이곳 생활에 익숙해졌어. 그런데 어떻게 설명해야 좋을지 모르겠군. 이건 마치 자기 마음속 깊은 곳, 저 밑바닥에서 잠드는 것 같아…. 그러니까 진정으로 고통스러운 것은 아니야. 왜냐하면 잠든 것 같으니까 말이야…. 그래도 괴롭기는 해. 이해할 수 있겠어?"

그는 한동안 입을 다물었다가 주뼛주뼛하며 다급한 목소리로 말을 이었다.

"그리고 형, 난 형한테 모든 걸 다 말할 수 없어…. 형도 알겠지…. 그렇게 혼자 있으니까 말이야, 생각해선 안 될 여러 가지 생각들을 하게 돼. 무엇보다도… 그래서 레옹 영감 이야기도… 그리고 그림들도…. 하지만 사실 약간의 심심풀이는 되거든, 알겠어? 난 미리 착상을 해…. 그리고 밤에 그것을 다시 생각해 봐… 그래서는 안 된다는 것을 알면서… 언제나 혼자뿐이니까…. 오, 이런 걸 모두 얘기해서는 안 되는데…. 곧 후회하게 될 거야…. 하지만 오늘 저녁 난 너무나 피곤해…. 나 자신을 억제할 수가 없어…." 그는 갑자기 더욱 격하게 울기 시작했다.

자크는 이상한 불안감을 느꼈다. 곧 자신도 모르게 거짓말을 하는 것 같았다. 그리고 진실을 이야기하려고 애쓰면 애쓸수록 점점 더 진실과 멀어지는 것 같았다. 자신이 한 이야기에는 조금도 거짓은 없었다. 그렇지만 말투라든가 자신의 고민을 부풀려서 말한다든가 마음을 털어놓는 것도 요령껏 한다든가 해서 자신의 생활을 약간 왜곡시키고 있다는 생각이, 그러나 달리 어떻게 할 수 없다는 생각이 들었다.

그들은 걸음을 재촉하지 않았다. 아직 절반이나 남아 있었다. 다섯시 반이었다. 주위는 아직 훤했다. 강으로부터 수증기가 피어올라 들판을 가득 채우더니 마침내 그들을 뒤덮어버렸다.

앙투안은 비틀거리는 동생을 부축하며 곰곰이 생각해보았다. 그가 해야 할 일에 관한 생각은 아니었다. 그에게는 이미 확고한 결심이 서 있었던 것이다. 곧 동생을 이곳에서 빼내야겠다는 생각! 그는 어떻게 아버지의 동의를 얻을까 그 방법을 모색하고 있었다. 쉬운 일은 아니었다. 첫마디에 자크는 울면서, 형이 아무 말도 않고, 아무 일도 않기로 맹세한 사실을 상기시키며 형의 팔에 매달렸다.

"그래, 얘, 그건 맹세한 대로야. 난 네 의사를 거역하는 일은 하지 않는다. 다만, 내 말 좀 들어봐. 정신적인 이 고독, 이런 무기력, 어지러운 이 생활! 오늘 아침만 해도 난 네가 행복하다고 믿었는데!"

"하지만 난 행복해!" 이제까지 하소연했던 것이 한순간에 사라져버렸다. 자크는 자기가 칩거하고 있는 곳의 좋은 면, 곧 한가로움이라든가, 아무에게도 구속받지 않는 것이라든가, 가족으로부터 멀리 떨어져 산다는 것만을 염두에 두었던 것이다.

"행복하다고? 만일 네가 참으로 행복하다면 그건 부끄러운 일이다! 네가! 아니야, 얘, 아니야. 난 네가 그 속에 갇혀 사는 걸 좋아한다고는 믿을 수 없어. 너는 타락하고 있고 바보가 되고 있는 거야. 이 일은 지금까지의 것으로 충분해. 난 너의 허락을 받고 나서만 행동하겠다고 약속했어. 난 약속을 지킬 거야. 걱정하지 마. 그러나 생각 좀 해 봐. 너와 나, 둘이서, 친구처럼 이 일을 냉정히 생각해보자…. 이제 우리는 친구잖아?"

"응."

"넌 날 믿지?"

"믿어."

"그런데? 넌 뭘 겁내고 있어?"

"난 파리로 돌아가고 싶지 않아!"

"아니, 이봐. 얘, 지금까지 들은 여기에서의 네 생활보다 가족과의 생활이 더 나쁠 수는 없을 것 같은데!"

"오, 더 나빠!"

그 외마디 소리를 듣고 앙투안은 깜짝 놀라 입을 다물었다.

그는 점점 더 혼란에 빠졌다. '제기랄' 하고 그는 속으로 되풀이하면서 아무 생각도 할 수가 없었다. 시간이 없었다. 그는 암흑 속을 걷는 느낌이었다. 갑자기 베일이 벗겨졌다. 해결책이 생각난 것이다! 순간적으로 그럴듯한 계획이 그의 머릿속에 떠올랐다. 그는 싱긋 웃었다.

"자크!" 그가 외쳤다. "내 말 좀 들어봐. 내 말을 가로막지 말고 끝까지 들어! 아니 그보다 대답만 해. 돌연 너와 나 둘만이 이 세상에 살게 된다면 넌 내 곁에 와서 살지 않겠니?"

자크는 무슨 말인지 즉시 이해하지 못했다.

"아, 형" 하고 자크가 말했다. "어떻게 그럴 수가 있어? 아버지가 계신데…."

아버지가 앞길을 가로막고 우뚝 서 있었다. 똑같은 생각이 두 형제의 머리를 스쳤다. '모든 일이 다 잘될 텐데, 만약에 별안간…' 동생의 시선 속에서 유사한 반영을 포착하자 앙투안은 자신의 생각이 부끄러워졌다. 그는 눈을 돌렸다.

"그야, 물론" 하며 자크가 말했다. "만일 내가 형과 같이 있을 수 있었다면, 오직 형하고만 있을 수 있었다면, 난 전혀 딴사람이 되었을 거야! 난 공부했을 거야…. 난 공부할 거야. 어쩌면 난 시인이… 참다운 시인이…"

앙투안이 몸짓으로 자크의 말을 중단시켰다.

"자, 들어봐. 만일 나 이외의 어느 누구도 너에게 간섭하지 못하도록 약속한다면 여기를 나오겠니?"

"그…래…." 그것은 애정을 표시할 필요에서, 그리고 형을 곤란하게 만들지 않기 위한 승낙이었다.

"그럼 너 약속할 수 있겠어? 아들처럼 내가 네 생활과 네 공부의 계획을 짜고, 모든 면에서 널 감독할 수 있게 말이야?"

"그럴게."

"좋아." 앙투안은 말했다. 그리고 입을 다물었다. 그는 생각에 잠겼다. 그의 욕망은 항상 절대적인 것이어서 그는 그것의 실천에 대해 한 번도 의심한 적이 없었다. 그리고 실상 그는 이제까지 자신이 이처럼 집요하게 원했던 것을 성공적으로 수행하지 못한 적이 없었다. 그는 동생 쪽으로 몸을 돌려 미소를 지어 보였다.

"나는 꿈을 꾸고 있는 건 아니야" 하고 그는 여전히 미소를 띤 채 말했지만 그 목소리는 단호했다. "어떻게 해야 하는지 나는 알고 있어. 보름 안에, 두고 봐, 보름 안에…. 날 믿어! 넌 이제 아무 일도 없었던 것처럼 떳떳이 네 닭장으로 돌아가. 보름 안에, 맹세코 말한다, 너는 자유의 몸이 될 거야!"

무슨 말인지 알아듣지 못한 자크는 갑자기 애정이 솟구침을 느끼며 앙투안에게 몸을 바짝 붙였다. 그는 할 수만 있었다면 형 옆에 쪼그리고 앉아 오랫동안 꼼짝 않고 형의 따뜻한 체온과 애정 속에 그대로 머물러 있고 싶었으리라.

"날 믿어!" 앙투안이 되풀이했다.

그는 마음이 후련해짐을 느끼며 으쓱했다. 이제는 무척 마음이 놓이며 또 자신이 대단하다고 생각하면서 흐뭇해했다. 그는 자신의 생활과 자크의 생활을 비교해보았다. '가엾은 녀석, 아무도 겪어보지 못한 일인데 혼자 도맡아 당한단 말이야!' 그는 또 이렇게 말하고 싶었다. '내겐 한 번도 안 일어났던 일인데.' 그는 동생이 불쌍하게 여겨졌다. 그러나 그는 자기가 앙투안이라는 것, 이렇게 균형 잡힌 앙투안, 행복하기 위해서, 큰 인물이 되기 위해서, 명의가 되기 위해서 참으로 짜임새를 갖춘 앙투안이라는 사실에 대단한 자부심을 느꼈다! 그는 걸음걸이를 재촉하면서, 유쾌하게 휘파람을 불고 싶었다. 그러나 발을 질질 끌고 있는 자크는 지쳐 있는 것 같았다. 그럭저럭 그들은 크루이에 다다랐다.

"믿어!" 앙투안은 끼고 있는 자크의 팔을 누르며 다시 한번 속삭였다.

펨므 씨는 정문 앞에서 시가를 피우고 있었다. 아주 멀리 두 사람이 보이자 그들을 향해서 그는 껑충껑충 뛰어갔다.

"자, 어땠어요! 산책은 즐거웠겠지요! 콩피에뉴에 가셨겠지요!" 그는 만족스러운 웃음을 띠며 두 팔을 들었다. "강가로 해서였지요? 아, 아름다운 길이랍니다! 우리 지방은 참으로 아름답습니다, 안 그렇습니까?" 그는 자기 시계를 꺼내보았다. "의사 선생님, 독촉하려는 것은 아닙니다만, 또다시 기차를 놓치지 않으시려면…."

"가보겠습니다." 앙투안이 말했다. 그는 동생을 향해 몸을 돌렸다. 이렇게 말하는 그의 목소리는 떨리고 있었다. "자크, 잘 있어."

땅거미가 지고 있었다. 역광 속에서 차분한 얼굴, 두 눈을 끔벅거리며, 시선을 아래로 깔고 있는 자크의 모습이 그의 눈에 들어왔다. 앙투안은 다시 한번 말했다.

"잘 있어!"

아르튀르가 마당에서 기다리고 있었다. 자크는 원장에게 인사를 하려고 했으나 그는 뒤로 돌아서 있었다. 매일 저녁 그러하듯 손수 정문을 잠그기 위해서였다. 개가 한참 짖어대는 속에서 자크는 아르튀르의 목소리를 들었다.

"자, 갈까요?"

자크는 아르튀르의 뒤를 따랐다.

그는 다시 자기 방에 돌아온 것에 일종의 안도감을 느꼈다. 앙투안이 앉았던 의자가 책상 옆에 그대로 놓여 있었다. 형의 애정이 아직 자신을 감싸고 있는 듯했다. 그는 작업복으로 갈아입었다. 몸은 피곤했지만 정신은 민첩하게 움직였다. 그의 내부에는 일상적인 자크 외에 오늘 태어난 무형의 또 다른 존재가 일상적인 자크가 행동하는 것을 바라보고 있었고, 그를 지배하고 있었다.

그는 가만히 앉아 있을 수 없어서 방 안을 서성거리기 시작했다. 뭔가 새롭고도 격한 감정으로 인해 그는 서 있을 수밖에 없었다. 곧 힘이 솟구치는 것을 의식했던 것이다. 그는 문 쪽으로 다가갔다. 이마를 창유리에 대고 아무도 없는 복도에 켜놓은 램프를 물끄러미 바라보며 그대로 서 있었다. 난방을 한 탓으로 숨 막힐 듯한 공기가 그의 피로를 더욱 부채질했다. 그는 졸다시피 했다. 갑자기 유리문 반대편에서 시커먼 그림자가 나타났다. 열쇠로 잠긴 문이 열렸다. 아르튀르가 저녁을 들고 왔다.

"자, 어서 먹어. 꼬마 악당아!"

자크는 콩요리를 먹기 전에 쟁반에서 그뤼에르 치즈 조각과 물을 탄 포도주잔을 집어 들었다.

"날 주는 거야?" 아르튀르가 말했다. 그는 히죽 웃고는 치즈 조각을 들고 문에서 보이지 않도록 장롱 옆으로 가서 먹었다. 저녁 먹기 전에 펨므 씨가 슬리퍼를 신고 한 바퀴 돌아보는 시간이었다. 대체로 그가 지나간 뒤에야 격자무늬 채광창 틈으로 스며들어 오는 구역질 나는 시가 냄새로 그가 다녀갔음을 알아채곤 했던 것이다.

자크는 빵을 큰 조각으로 떼어내 검은 콩죽 국물에 적셔 먹었다. 그가 식사를 마치자마자,

"자, 이젠 어서 침대로 가." 하고 아르튀르가 말했다.

"하지만 아직 여덟시가 안 됐는데."

"꾸물거리지 마! 오늘은 일요일이야. 친구들이 날 기다리고 있단 말이야."

자크는 아무 대답도 않고 옷을 벗기 시작했다. 아르튀르는 두 손을 호주머니에 찌른 채 그를 바라보았다. 약간 야수 같은 그 얼굴에다 금발의 이삿짐 운송업자 같은 뚱뚱한 체구의 아르튀르는 무엇인가 부드러운 면이 있었다.

"너의 형은" 하고 그가 조용히 말했다. "인생을 아는 좋은 사람이더군." 그는 호주머니에 지폐 한 장을 넣는 척하더니 미소를 짓고는 빈 쟁반을 들고 나갔다.

그가 다시 돌아왔을 때는 자크는 침대에 누워 있었다.

"벌써 누웠어?" 아르튀르는 발끝으로 구두를 화장대 밑으로 차 넣었다.

"이봐, 자기 전에 네 물건 좀 정리할 수 없어?" 그는 침대로 다가왔다. "알겠어? 꼬마 악당아…." 그는 두 손을 자크의 양어깨에 놓고 이상스럽게 웃었다. 자크의 얼굴은 점점 더 괴로운 미소로 일그러졌다. "베개 밑에 뭘 감추진 않았겠지? 양초라든가? 책 말이야?"

그는 이불 밑으로 한 손을 집어넣었다. 그런데 아르튀르의 예상과는 달리 자크는 그의 손에서 잽싸게 빠져나와 뒤로 달려가 벽에 등을 기대었다. 그의 두 눈은 증오로 이글거렸다.

"허허" 하고 아르튀르가 말했다. "오늘 저녁엔 신경이 날카로워져 있군!" 그는 이렇게 덧붙였다. "이것 봐, 난 말하려고만 하면 일러바칠 수 있어…."

그는 낮은 소리로 말하면서 눈으로는 복도 쪽의 문을 감시했다. 그리고 더 이상 자크는 거들떠보지도 않고 감시용으로 밤

새 밝혀놓는 켕케 램프에 불을 켠 다음 마스터 키로 스위치를 닫았다. 그러고 나서 휘파람을 불며 나갔다.

자크는 자기 방문의 자물쇠를 두 번 돌리는 소리를 들었다. 그리고 끈을 댄 신발 바닥을 타일 위로 질질 끌며 멀어지는 소리를 들었다. 그제야 자크는 침대 한가운데로 와서 두 다리를 뻗고 반듯이 누웠다. 그는 몸서리쳤다. 이제 아무것도 믿을 수 없게 되었다.

오늘 하루의 일, 자기가 한 이런저런 고백을 상기하자 격렬한 분노가 끓어올랐고, 뒤이어 가슴을 갈가리 찢는 듯한 절망감이 그를 엄습했다. 문득 파리, 앙투안, 집, 말다툼, 공부, 가족들의 감시가 그의 뇌리를 스쳤다…. 아, 돌이킬 수 없는 잘못을 저질렀다. 적에게 자신의 몸을 내맡긴 것이나 다름없었다! '그런데 그들은 나를 어떻게 하려는 걸까? 모두들 나를 어떻게 하려는 걸까?' 눈물이 흘러내렸다. 앙투안의 불가사의한 계획은 실현 불가능하며, 아버지가 틀림없이 그 일에 반대할 것이라는 생각이 그를 사로잡았다. 그에게는 아버지가 구세주처럼 생각되었다. 그래, 그 모든 것은 실패할 것이다. 그러면 마침내 그들은 자신을 가만히 내버려두겠지. 여기에 내버려두겠지. 여기, 이곳에는 고독과 무위無爲와 평온 속의 행복이 있다.

천장에서는 작은 램프의 불그림자가 그의 머리 위로 빙빙 돌고 있었다.

이곳은 평화이고 행복이다.

4

어둠침침한 층계에서 앙투안은 아버지의 비서인 샬르 씨와 마주쳤다. 샬르 씨는 쥐처럼 벽을 따라 미끄러져 내려가다가 앙투안을 보자 놀란 눈으로 멈추어 섰다.

"아, 당신이군요?" 그는 자기의 주인으로부터 이런 감탄조의 말투를 배웠다. "나쁜 소식이에요!" 하며 그가 작은 소리로 말했다. "대학에 있는 패들이 인문대 학장을 후보로 밀고 있습니다. 적어도 열다섯 표는 잃은 거지요. 법조계 표까지 합하면 스물다섯 표의 손실입니다. 원! 이게 불운이라는 거지요. 아버님께서 말씀이 계실 겁니다." 그는 소심증 때문에 끊임없이 잔기침을 했다. 그러면서 스스로는 만성 감기 환자라고 생각하면서 하루 종일 고무 드롭스를 빨고 있었다. "전 실례합니다. 어머니가 걱정하셔서." 하고 샬르 씨는 앙투안이 아무 대답도 하지 않자 말했다. 그는 시계를 꺼내어 시간을 보기 전에 귀에 대고 초침 소리를 듣더니 웃옷의 깃을 올렸다. 그리고 사라졌다.

칠 년 전부터 안경을 낀 키 작은 이 사나이가 매일 티보 씨의 일을 거들어왔다. 그러나 앙투안은 첫날 보았을 때와 마찬가지로 지금도 이 사람에 관해 별로 아는 것이 없었다. 그는 말수가 많은 편은 아니었으며, 말할 때는 낮은 목소리로 말하곤 했다. 그런가 하면, 동의어를 나열하면서 진부한 생각만을 늘어놓곤 했다. 시간 관념이 철저하고, 사소한 일에 몰두하는 그런 유형의 사람이었다. 자기 어머니와 함께 살고 있었는데, 어머니에 대한 배려는 대단한 것 같았다. 그의 구두는 항상 삐걱거리는 소리를 냈다. 그의 이름은 쥘이었다. 그러나 티보 씨는 자기 자신에 대한 고려에서 이 비서를 '샬르 씨'라고 불렀다. 앙투안과 자크는 그에게 '고무공' 또는 '귀찮은 자'라는 별명을 붙였었다.

앙투안은 즉시 아버지 서재로 들어갔다. 티보 씨는 침실로 가기 전에 책상을 정리하고 있었다.

"아, 너냐! 나쁜 소식이다!"

"알고 있습니다" 하고 앙투안이 그의 말을 가로막았다. "샬르 씨한테서 들었습니다."

티보 씨는 옷깃 위로 턱을 불쑥 내밀었다. 그는 자기가 말하고자 하는 것을 남이 미리 알아버리는 것을 좋아하지 않았다. 앙투안은 이번만은 그런 일에는 전혀 신경을 쓰지 않았다. 자기가 무슨 일로 여기에 왔는가를 생각하고 있었으며, 벌써 자신의 몸이 마비되어 가는 것을 느꼈다. 그는 그것을 의식하자마자 단도직입적으로 말을 꺼냈다.

"저 역시 아버지께 아주 나쁜 소식을 가지고 왔습니다. 자크를 크루이에 둘 수 없습니다." 그는 숨을 가다듬고 나서 단숨에 이야기를 계속했다. "거기에서 오는 길입니다. 자크를 만났습니다. 자크는 모든 걸 털어놓았습니다. 여러 가지 비참한 사실을 알게 되었습니다. 아버지께 그곳 상황을 말씀드리러 왔습니다. 그 애를 데려오는 일이 아주 시급합니다."

티보 씨는 잠시 꼼짝도 하지 않았다. 그의 놀라움은 목소리를 듣는 것만으로도 짐작할 수 있었다.

"너…? 크루이에? 네가? 언제? 무엇 하러? 나와 미리 의논도 없이? 정신 나간 거 아니니? 말해 봐."

앙투안은 단번에 장애물을 뛰어넘었다는 사실에 안도감을

느끼기는 했으나 어찌나 거북스러웠던지 무슨 말을 할 수가 없었다. 숨 막힐 것 같은 침묵이 흘렀다. 티보 씨는 두 눈을 떴다가 짐짓 두 눈을 천천히 감았다. 그는 의자에 앉았다. 그리고 두 주먹을 책상 위에 올려놓았다.

"이야기해 봐, 얘야" 하며 그는 말을 계속했다. 그는 엄숙하게 말 한마디 한마디에 힘을 주었다. "네가 크루이에 갔었단 말이지? 언제?"

"오늘요."

"뭐라고? 누구하고?"

"혼자서요."

"그래… 그들이 널 맞아주던?"

"물론입니다."

"그래… 그들이 네 동생을 만나게 해주던?"

"하루 종일 그 애 옆에서 보냈습니다. 단둘이서요."

앙투안은 마지막 말을 울리게 하는 도발적인 버릇이 있었는데, 그것이 티보 씨의 노여움을 부채질했다. 그러나 티보 씨는 신중할 필요가 있다고 생각했다.

"이제 넌 어린아이가 아니야" 하고 마치 앙투안의 목소리로 그의 나이를 알아볼 수 있다는 듯이 티보 씨가 말했다. "나 모르게 그런 행동을 한다는 것은 무례한 행동임을 알아야 할 거야. 내게 말 한마디 없이 크루이로 가야 했던 특별한 이유라도 있었느냐? 네 동생이 네게 편지를 써서 너를 불렀니?"

"아닙니다. 제가 갑자기 의심스러워졌기 때문입니다."

"의심스러워? 뭐가?"

"모든 것이요…. 그곳의 교도 방법에 대해서… 아홉 달 전부터 자크가 처해 있는 그곳에서의 교도의 효과에 대해서 말입니다."

"정말, 얘야, 넌… 넌 나를 놀라게 하는구나!" 티보 씨는 적절한 말을 찾느라고 머뭇거렸다. 그러나 꽉 쥔 커다란 두 주먹과 앞으로 내밀곤 하는 고갯짓이 그의 말과 대조를 이루고 있었다. "이렇게… 아비에 대한 의심을…."

"사람이란 다 실수할 수 있습니다. 증거가 있어요!"

"증거라고?"

"아버지, 제 말 좀 들어보세요. 화를 내셔도 소용없습니다. 아버지나 저나 똑같이, 곧 자크의 행복을 원하고 있다고 생각합니다. 제가 목격한 자크가 어떤 상태에 있었는지를 아버지께서 아시게 되면 그 누구보다 제일 먼저 자크를 그 소년원에서 속히 데리고 나오기로 결정하실 겁니다."

"그건, 안 된다!"

앙투안은 애써 티보 씨의 비웃음을 못 들은 척하려고 했다.

"나와야 합니다, 아버지."

"안 된다고 했잖아!"

"아버지, 아버지께서 아시면…"

"너 혹시 나를 바보로 취급하는 거 아니냐? 십 년 전부터 매달 크루이에 가서 전반적인 검열을 한 다음 보고서를 꼬박꼬박 받곤 하는 나인데 그곳에서 무슨 일이 일어나고 있는지를 알려고 너의 보고를 기다리고 있었던 줄 아느냐? 그리고 내가 이사장인 이사회에서 일단 거론되지 않은 어떠한 사항도 그곳에서는 시행되지 않는다는 사실을? 알겠느냐?"

"아버지, 제가 그곳에서 본 것은…"

"그 이야긴 그만해라. 네 동생은 입에서 나오는 대로 마구 지껄였겠지. 상대가 너인 만큼 그럴듯하게 꾸며댔을 거야! 하지만 나에게는 통하지 않는 수작이야."

"자크는 아무 불평도 안 했습니다."

티보 씨는 당황한 것 같았다.

"그럼, 뭐냐?" 하고 그가 물었다.

"그 반대였습니다. 그런데 바로 그 점이 더 심각한 것입니다. 그 애 말은 그곳 생활이 편안하답니다. 자기는 행복하고, 그곳 생활이 마음에 든다고까지 했습니다!" 티보 씨가 만족스러운 웃음을 슬쩍 짓는 것을 본 앙투안은 신랄한 어조로 쏘아붙였다. "그 가엾은 아이는 가족과의 생활에 대해서 어찌나 좋지 않은 추억을 가지고 있던지 감방에 있는 쪽이 더 좋다는 거예요!"

그 공격은 과녁을 빗나갔다.

"그래, 잘됐구나. 우린 모두 의견이 일치하는군. 넌 뭘 더 원하는 거냐?"

앙투안은 자크의 자유를 얻어낼 수 있으리라는 확신이 점점 줄어들자 동생이 고백한 모든 사실을 티보 씨에게 털어놓을 엄두가 나지 않았다. 그는 일반적인 불만거리 정도로 그치고 나머지는 감추기로 결심했다.

"아버지, 제가 진실을 말씀드리겠습니다." 그는 티보 씨에게 주의 깊은 시선을 쏟으며 말을 시작했다. "저는 처음에 그곳 생활이 궁핍과 학대와 감금과 같은 것이 아닐까 하고 의심했었습니다. 네, 알았습니다. 다행히 그 모든 것이 근거 없는 추측이었습니다. 그러나 저는 자크의 생활에서 그보다 백배나 더 나쁜 정신적인 참혹상을 보았습니다. 그들이 자크를 혼자 격리시키는 게 그 애에게 좋은 결과를 준다고 말하는 것은 아버지를 속이려고 하는 겁니다. 그 치료는 병 그 자체보다도 훨씬 더 위험합니다. 그 애의 하루하루는 아무런 의미 없는 무위 속에서 보내지고 있습니다. 그 애의 선생에 대해서는 이야기하지 않겠습니다. 실은 자크는 아무것도 하지 않는 거예요. 그리고 그 애의 지능은 분명히 이제 조그마한 노력도 할 수 없게 되어 있습니다. 더 이상 그 시련을 연장시킨다는 것은, 제 말을 믿어주세요, 그것은 그 애의 장래를 영원히 위태롭게 만드는 일입니다. 벌써 너무나 무관심한 상태에 빠져 있어요. 약해질 대로 약해져 있고요. 만일 그 애를 앞으로 몇 달 더 그런 마비 상태 속에 내버려둔다면 영원히 건강을 회복할 수 없게 될지도 모릅니다."

앙투안은 아버지에게서 눈을 떼지 않았다. 그는 꼼짝도 않는 그 얼굴 위에 그의 온 시선을 집중하여 조금이나마 동의하는 빛을 읽으려고 애쓰는 것 같았다. 다시 평정을 되찾은 티보 씨는 꼼짝도 않고 있었다. 그의 모습은 편안히 쉬고 있는 동안에 자기 힘을 드러내지 않는 후피 동물을 연상시켰다. 그 가운데서도 넓고 편편한 두 귀며, 번쩍이는 교활한 눈은 코끼리를 연상시켰다. 앙투안의 변론을 듣자 그는 안심했다. 소년원에서는 일찍이 추문의 소지가 될 몇 가지 사건들이 있었고, 파면의 이유를 밝히지 않으면서 몇몇 감시원들을 파면시켜야 했었기 때문에 티보 씨는 한순간 앙투안이 보고 온 것이 그런 종류의 것이 아닐까 걱정스러웠던 것이다. 그러나 이제 그는 안도의 한숨을 내쉴 수 있었다.

"너는 나에게 무엇인가를 가르쳐주고 있다고 생각하니?" 하고 그는 무골호인無骨好人 같은 태도로 말했다. "얘, 지금 네가 그렇게 말하고 있는 것은 모두가 너는 너그러운 천성을 타고났기 때문이다. 그러나 진정으로 이야기하마. 교도하는 문제란 대단히 복잡한 거야. 그리고 그것은 하루 이틀에 되는 게 아니다. 나의 경험, 그리고 전문가들의 경험을 믿어다오. 너는 그 애가 약해지고, 무감각해졌다고 말했다. 그래 좋다! 너는 네 동생이 어떤 인간이었는지 알고 있어. 너는 그렇게 나쁜 짓을 하려는 의지를 꺾지 않고 그것을 없앨 수 있다고 생각하니? 악한 아이를 점차로 약화시키면서 그의 악한 본능을 약화시키는 것이고, 그렇게 함으로써만 목적을 달성할 수 있는 거야. 그건 실제의 경험이 가르쳐주는 일이다. 그리고 봐라. 그래, 네 동생이 변하지 않았던? 이젠 다시는 화를 내는 일이 없을 게다. 그 애는 가까이 오는 모든 사람 앞에서 예의를 지키고 공손해졌다. 그 애가 이미 질서를 좋아하고 새로운 생활의 규칙성을 좋아하게 되었다고 네 자신이 말했지. 그래, 일 년도 채 안 되어 그런 결과를 얻게 되었다니 흐뭇하지 않니?"

그는 뭉툭한 손가락으로 턱수염 끝을 가지런히 하고 있었다. 그리고 이야기를 마치자 아들에게 슬쩍 곁눈질을 했다. 낭랑하게 울리는 목소리며 위엄 있는 말솜씨가 그가 하는 하찮은 말 한마디까지 힘차게 들리게 했다. 그리고 앙투안은 항상 아버지의 말에 복종하는 데 너무나 익숙해져 있었기 때문에 그의 속마음은 이미 약해져 있었다. 그런데 티보 씨가 자만심에서 오는 실수를 그만 범하고 말았다.

"그건 그렇고, 현재 조금도 문제가 되어 있지 않고, 또 앞으로도 문제가 되지 않을 처벌의 타당성에 대해서 내 자신이 어째서 변명을 할 필요가 있는지 모르겠구나. 나는 해야 한다고 믿는 일을 성심성의껏 하고 있을 뿐이다. 그 누구에게도 설명해줄 의무가 없어. 이 점 명심하도록 해라."

앙투안은 격분했다.

"아버지, 그런 방법으로 저의 입을 틀어막을 수는 없습니다! 다시 말씀드리지만 자크를 크루이에 그대로 둘 수는 없습니다."

티보 씨는 다시 비꼬는 듯한 웃음을 슬쩍 지었다. 앙투안은 자제력을 잃지 않으려고 애썼다.

"그래요, 아버지, 자크를 그곳에 그대로 둔다는 건 죄악입니다. 그 아이의 내부에 있는 가치를 잃게 해서는 안 됩니다. 아버지께 이런 말씀을 드리는 것을 용서해주십시오. 아버지께서는 자크의 기질을 오해하실 때가 많았습니다. 그 애는 아버지의 역정을 돋구었고 아버지께서는 그 애의…"

"내가 뭘 오해했단 말이냐? 그 애가 떠나고 난 뒤에야 이 집안이 조용해졌다. 안 그러냐? 그러니까 그 애가 완전히 교도된 후에야 집으로 돌아오게 할 건지 어떨지를 결정하게 될 거다. 그때까지는…" 그는 마치 온 힘을 다해서 내려칠 듯이 한쪽 주먹을 들어 올렸다. 그러나 주먹을 펴고는 천천히 책상 위에 내려놓았다. 그는 노여움을 속으로 삭였다. 한편 앙투안은 분노를 터뜨렸다.

"아버지, 자크를 크루이에 둘 수 없어요. 분명히 말씀드립니다!"

"허허…." 티보 씨가 빈정거리는 투로 말했다. "너 혹시 네게 전권이 없다는 걸 잊고 있는 거 아니냐?"

"아닙니다. 잊지 않았습니다. 그래서 아버지께 묻겠습니다. 아버지께서는 어쩌실 생각이십니까?"

"나 말이냐?" 하고 티보 씨가 낮은 목소리로 천천히 말했다. 그는 차디찬 미소를 띠고는 잠시 눈꺼풀을 위로 떴다. "당연한 일이다. 내 허가 없이 너를 받아들인 데 대해 펨므 씨를 단단히 견책하겠다. 그리고 다시는 네가 그곳에 드나드는 것을 허락하지 않겠다."

앙투안은 팔짱을 끼었다.

"그러시다면 아버지의 팸플릿이며 연설은 어떻게 됩니까! 그 미사여구들은요! 하기야 회의에서는 무슨 말씀이나 하시겠지요! 그런데 하나의 지능이 침몰해가는데, 비록 그것이 아들의 경우일지라도 개의치 않으신단 말씀이군요. 복잡한 일은 귀찮다, 조용히 사는 것이 좋다, 그리고 될 대로 되라, 이 말씀이십니까?"

"건방진 놈!" 티보 씨가 소리쳤다. 그는 벌떡 일어섰다. "아, 이런 일이 있을 줄 알았다! 오래전부터 너의 속셈을 알았었다. 식탁에서 불쑥 하는 말투에서, 네 책들, 네가 보는 신문들… 네 의무를 수행할 때의 냉담함이며… 모두 게 다 서로 상관있는 것들이었어. 종교상의 원칙을 포기하고 곧 도덕적 허무주의자가 되겠지. 그리고 끝내는 반항…"

앙투안은 어깨를 흔들었다.

"이 문제에 다른 이야기를 개입시키지 마세요. 자크의 문제입니다. 그것도 시간이 없어요. 아버지, 약속해주십시오. 자크를…"

"앞으로 내게 그 애 이야기하는 걸 금한다! 똑똑히 알아들었느냐?"

아버지와 아들은 서로 노려보았다.

"그게 마지막 말씀입니까?"

"나가!"

"아, 아버지, 아버지는 저를 모르십니다" 앙투안이 아주 도전적인 웃음을 지으며 작은 목소리로 말했다. "맹세코 자크는 그 감옥에서 나오게 될 겁니다! 그리고 아무것도 저를 방해하지 못할 겁니다!"

티보 씨는 별안간 격해지더니 이를 악물고 아들 쪽으로 걸어왔다.

"나가!"

앙투안은 이미 문을 열어놓고 있었다. 그는 문지방에서 몸을 돌리면서 나지막한 소리로 말했다.

"아무것도! 저 자신이 저의 신문을 통해 새로운 캠페인을 벌이는 한이 있더라도요!"

5

밤새껏 눈도 붙이지 못한 앙투안은 이튿날 아침 일찍 신부 사제관의 성기실聖器室에서 베카르 신부가 미사를 끝내기를 기다리고 있었다. 신부에게 모든 사실을 알리고, 이 일을 거들어 주기를 부탁하기 위해서였다. 자크가 그곳에서 빠져나올 수 있는 길은 이 방법밖에 없었다.

두 사람의 이야기는 길었다. 신부는 고해받을 때처럼 젊은 청년을 자기 가까이 앉히고 나서, 윗몸을 뒤로하고 습관대로 고개를 왼쪽 어깨 쪽으로 기울이고는 깊은 명상에 잠긴 채 그의 이야기를 듣고 있었다. 신부는 단 한 번도 그의 이야기를 중단시키지 않았다. 코가 우뚝하고 혈색 없는 신부의 얼굴에는 거의 표정이 없었다. 그러나 때때로 앙투안의 말 뒤에 숨은 뜻을 찾아내려는 듯이 온화하고 진지한 눈길을 쏟곤 했다. 티보 가족 가운데에서 앙투안과의 접촉이 가장 드문 편이었지만 신부는 앙투안에게 항상 특별한 존경심을 품고 있었다. 아이러니컬하게도 이 점에서 신부는 티보 씨의 영향을 받았다. 곧 티보 씨는 자신의 허영심 때문에 앙투안의 성공에 대해 매우 민감했으며, 남에게 아들 칭찬하는 것을 즐겨했다.

앙투안은 교묘한 말재주로 신부를 설득하려고 애쓰지는 않았다. 그는 신부에게 크루이에서 시작하여 아버지와의 논쟁으로 막을 내린 자신의 하루 동안의 일을 자세하게 들려주었다. 그 점에 대해서 신부는 아무 말 없이, 거의 언제나 가슴 높이만큼 들고 있는 두 손으로 그래서는 안 된다는 뜻의 시늉을 해보였다. 둥근 손목으로부터 축 늘어져 있는 신부다운 두 손, 그런가 하면 그대로 있으면서 돌연 생기를 띠곤 하는 그 손은 마치 자연이 얼굴에 부여하지 않은 표현력을 이 손에 가져다준 듯했다.

"신부님, 이제 자크의 운명은 신부님의 두 손에 달려 있습니다." 하고 앙투안은 결론부터 내렸다. "신부님만이 아버지를 설득하실 수 있습니다."

신부는 아무 대답도 하지 않았다. 그가 어찌나 침울하고 멍한 시선을 돌렸던지 앙투안은 어떻게 생각해야 할지를 몰랐다.

그러자 앙투안은 자신의 무력함과 자신이 시도하고 있는 일에 있어서 극복할 수 없는 난관이 있음을 느꼈다.

"그러고 나서는?" 하고 신부가 슬며시 물었다.

"그러고 나서라니요?"

"아버님께서 자크를 파리로 데려오신다고 합시다. 그러고 나서는 그 애를 어떻게 하실 작정이지요?"

앙투안은 당황했다. 계획이 있기는 하지만 그것을 어떻게 설명해야 할지 몰랐다. 그 계획의 원칙을 신부가 받아들이도록 하는 일이 너무나 어렵게 생각되었다. 곧 본채에서 나와 자크와 자기가 일층에 있는 집에서 생활하며, 자크를 아버지의 영향력으로부터 벗어나게 한다는 계획이었다. 그리고 자신이 자크의 교육 방침을 세우고 공부를 감시하고 그 애 행동을 감독한다는 것이었다. 그 이야기를 들은 신부는 미소를 금치 못했다. 그러나 그의 미소에는 비웃는 투가 조금도 없었다.

"힘든 일을 떠맡으려 하시는군요."

"글쎄요" 하며 앙투안은 열띤 어조로 응수했다. "저는 그 애에게 참으로 커다란 자유가 필요하다는 확신을 가지고 있습니다! 그런 구속 속에서는 그 애가 절대로 발전할 수 없다는 확신도 함께! 신부님, 저를 비웃으셔도 좋습니다. 하지만 분명한 것은 자크를 돌볼 사람이 진정으로 저밖에 없다면…."

그는 신부로부터 다시 한번 고개를 가로젓는 것을 얻어냈을 뿐이다. 그다음에는 아주 멀리서 오는 것 같으면서도 마음속까지 꿰뚫어 보는 듯, 날카롭게 응시하는 신부의 눈길만을 보았다. 그는 절망에 차서 그곳을 떠났다. 아버지의 강력한 거부, 게다가 신부의 무심한 듯한 접대는 그의 모든 희망을 앗아가버린 것이다. 신부가 바로 그날로 티보 씨를 만나러 갈 결심을 한 것을 앙투안이 알았더라면 깜짝 놀랐을 것이다.

신부는 일부러 그 집으로 갈 필요가 없었다.

그는 매일 아침, 미사 뒤면 누이와 함께 거주하고 있는 사제관 바로 옆에 있는 자기 집으로 찬 우유를 마시러 가곤 했는데, 그날도 여느 때와 마찬가지로 집에 들어서자, 티보 씨가 식당에서 자기를 기다리고 있는 것이 아니겠는가. 거구의 티보 씨는 두 손을 무릎 위에 놓고 의자에 푹 파묻힌 채 아직도 노여움을 삭이지 못하고 있었다. 신부가 들어오자 그는 일어섰다.

"아, 오셨군요" 하고 티보 씨가 중얼거렸다. "제가 찾아와서 놀라셨지요?"

"생각하시는 만큼 놀라지는 않았습니다" 하고 신부가 대답했다. 이따금 짓는 은밀한 미소라든가, 뭔가 장난기 서린 눈빛이 신부의 차분한 얼굴을 밝게 해주었다. "제 정보망은 잘 짜여져 있답니다. 저는 모든 걸 다 알고 있습니다. 실례해도 될까요?" 하면서 신부는 식탁 위에 놓여 있는 우유잔으로 다가갔다.

"알고 계신다고요? 아니 그럼 신부님께서는 벌써…?"

신부는 우유를 홀짝거리며 마셨다.

"저는 어제 아침에 공작 부인을 통해서 아스티에의 병세를 알았습니다. 그러나 선생님의 상대가 후퇴했다는 소식은 어제 저녁에야 들었습니다."

"아스티에의 병세라니요? 아니, 그렇다면… 뭐가 뭔지 알 수 없군요. 난 아무것도 모르고 있어요, 나는."

"그럴 리가?" 하며 신부는 말했다. "당신께 좋은 소식을 알려드리는 것이 제가 처음인가요?" 그는 잠시 말을 멈추었다. "그럼 좋습니다. 그 늙은 아스티에 영감이 네 번째 발작을 했다는군요. 이번에는 그 가련한 노인이 가망이 없답니다. 그러자 학장도 바보가 아니니까 사퇴했어요. 그래서 정신과학 아카데미의 후보는 선생님만 남았습니다."

"학장이… 사퇴를?" 티보 씨는 떠듬거리며 말했다. "아니, 왜요?"

"왜냐하면 그는 인문대학 학장으로서는 문학아카데미 자리가 더 낫다고 생각한 것이지요. 그리고 당신과 경합해서 위험을 무릅쓰기보다도 몇 주일 기다려서 말썽이 없을 자리를 차지하자는 속셈인 것이지요!"

"그거 확실한 이야깁니까?"

"이건 공식적인 이야깁니다. 제가 어제저녁 가톨릭 재단의 회합에서 아카데미 종신 사무국장을 만났습니다. 학장 자신이 사퇴서를 들고 왔더랍니다. 스물네 시간도 채 안 되는 입후보였지요!"

"그렇게 되면…!" 티보 씨가 알아듣기 어려울 만큼 빨리 중얼거렸다. 놀라움과 기쁨으로 그는 숨이 막힐 정도였다. 두 팔을 등 뒤에 대고 몇 발자국 서성거리다가 신부 옆으로 다가갔다. 그는 신부의 두 어깨를 잡으려 했다가 두 손만 잡았다.

"아, 신부님, 전 결코 잊지 않을 겁니다. 고맙습니다, 고맙습니다."

너무나 커다란 행복감에 젖은 그에게 이제 그 밖의 모든 것은 다 밀려나버렸다. 그의 노여움도 자신도 모르게 사라져버렸다. 신부가 스스럼없이 티보 씨를 서재로 안내한 다음 아주 자연스러운 어조로 그에게 다음과 같이 물었을 때 티보 씨는 거기에 대답하기 위해 기억을 되살려야 할 정도였다.

"그런데 이처럼 이른 시각에 어쩐 일로 오셨는지요?"

그제야 그는 앙투안이 생각났다. 그러자 단번에 노기가 되살아났다. 최근에 와서 많이 변한 앙투안, 의구심과 반항 정신으로 팽배해 있는 맏아들에 대해 어떻게 처신해야 할지를 상의하러 왔다고 했다. 종교적인 의무만이라도 계속하고 있는지? 주일 미사에는 참여하고 있는지? 환자 때문이라는 핑계로 가족 식탁에도 나타나지 않는 횟수가 점점 많아지고, 식탁에 나타나더라도 그의 태도는 예전과 전혀 다르다는 것. 식사 때 그는 아버지에게 대항하며, 엉뚱한 생각을 서슴지 않고 피력하곤 한다는 것. 최근의 시의원 선거 때도 논쟁이 여러 차례 너무나 신랄한 양상을 띠어 하는 수 없이 어린아이에게 하듯이 침묵을 강요할 수밖에 없었다는 것. 요컨대 앙투안을 올바른 길로 인도하기 위해서는 새로운 조치를 강구하는 것이 절박하며, 그러기 위해서는 베카르 신부의 도움과 설득이 필요하다는 것이었다. 티보 씨는 그 예로 앙투안이 규칙을 무시하고 크루이에 감으로써 저지른 버릇없는 행동과 또 그가 늘어놓은 어처구니없는 여러 가지 억측, 그리고 그 뒤에 있었던 차마 말로 다 할 수 없는 장면들을 이야기했다. 그러나 앙투안의 독자적인 행동을 자신도 모르게 비난하고 있었지만 아들에 대한 존경심은 오히려 더 증대하고 있음이 그의 말을 통해 여실히 드러나고 있었다. 그 점을 신부는 놓치지 않았다.

책상 앞에 앉아 있는 신부는 두 손을 신부복의 가슴 장식 양쪽으로 들어 올려 동의의 표시를 간간이 해보일 뿐이었다. 그러다가 자크 이야기가 나오자 신부는 고개를 들었다. 그의 주의력이 배로 증가하는 것 같았다. 신부는 서로 연관성이 없어 보이는 일련의 교묘한 질문으로 큰아들이 들려준 모든 정보를 아버지를 통해 확인했다.

"하지만… 하지만… 하지만!" 하고 신부는 마치 자기 자신에게 말하듯 했다. 그는 잠시 묵상했다. 놀란 티보 씨는 기다리고 있었다. 마침내 신부가 결심한 듯 이야기를 꺼냈다. "앙투안의 태도에 관한 이야기는 당신만큼 나를 걱정시키지는 않습니다, 형제여. 그것은 당연히 예상했음직한 일이지요. 과학의 연구가 호기심 많고 열정적인 두뇌의 소유자에게 끼치는 최초의 결과는 자만심을 북돋우고 신앙심을 흔들리게 하는 것입니다. 약간의 학문은 사람들로 하여금 하느님으로부터 멀어지게 만듭니다. 그러나 학문이 깊어지면 다시 하느님께로 돌아오게 마련입니다. 걱정하지 마십시오. 앙투안은 지금 극단에서 극단으로 치닫는 그런 나이입니다. 제게 그 사실을 미리 알려주신 일은 잘하신 것입니다. 이제부터 더 자주 만나서 이야기해보도록 노력하지요. 그런 모든 게 그다지 심각한 문제가 아닙니다. 참고 기다리십시오. 그는 돌아올 겁니다.

그러나 자크의 생활에 대해 당신이 하신 말씀이 더욱 걱정스럽습니다. 저는 그 애의 격리된 생활이 그 정도로까지 가혹하리라고는 생각하지 못했습니다! 그곳에서의 자크의 생활은 감옥 생활입니다! 그런 생활이 위험하지 않다고는 믿을 수 없습니다. 그 일로 제가 매우 혼란스러워하고 있다는 사실을 솔직히 말씀드립니다. 그 문제에 대해 생각해보셨나요?"

티보 씨는 미소를 지었다.

"신부님, 분명히 말합니다만, 어제 앙투안에게 대답한 대로 말씀드리겠습니다. 그런 일에는 우리가 어느 누구보다 경험이 많다고 믿지 않으십니까?"

"그걸 부인하지는 않습니다" 하고 신부는 조금도 언짢은 기색을 내보이지 않으며 말했다. "그런데 그곳에서 늘 다루고 있는 아이들이란 댁의 아드님처럼 유별난 성격의 소년이 필요로 하는 것과 같은 배려가 필요한 것은 아닙니다. 그리고 제가 잘못 이해한 것이 아니라면, 그 아이들의 처지는 자크의 그것과는 다르지요. 왜냐하면 그 아이들은 여럿이 함께 생활하며, 휴식 시간도 있고 작업 시간도 있으니까요. 기억하시겠지만, 전에는 저도 자크에게 엄한 벌을 내리자는 편이었습니다. 또한 격리 비슷한 조치가 그 아이에게 생각할 시간도 주고, 자기 자신을 교정할 수 있는 좋은 계기가 되리라고 생각했었습니다. 그런데 원, 그 방법이 사실상 투옥과도 같으리라고는 미처 생각하지 못했었고, 또 그렇게 오랫동안 그런 생활을 시킬 줄은 꿈에도 생각하지 못했었습니다. 생각해보십시오! 아홉 달 동안이나, 이제 겨우 열다섯밖에 안 된 아이가, 혼자 감방에서, 교육도 못 받은 간수의 감시 아래 있습니다. 또 그 간수의 성품에 대해서는 공식적인 보고밖에는 받고 있지 않으신다지요? 그 애가 몇 시간 수업을 받는다고 칩시다. 그러나 그 콩피에뉴에서 온다는 선생이 일주일에 겨우 서너 시간 가르치는 것이 무슨 도움이 되겠습니까? 당신은 아무것도 모르십니다. 당신은 경험을 내세우십니다. 실례지만 저도 중학생들과 십이 년을 함께 생활한 적이 있어요. 저도 열다섯 살 된 소년이 어떤지를 모르고 있지 않다는 것을 상기시켜 드려야겠습니다. 당신의 눈에는 보이지 않으나 그 가련한 아이가 처한 육체적 쇠약, 그리고 그 무엇보다도 정신적 쇠약은 소름 끼칠 일입니다!"

"신부님마저도?" 하고 티보 씨가 응수했다. "난 신부님은 훨씬 굳건한 정신을 가지신 분으로 알고 있었습니다" 하며 싸늘한 웃음과 함께 티보 씨가 덧붙였다. "하여간 지금의 문제는 자크가 아닙니다…."

"제게는 다른 것이 문제가 될 수 없습니다." 하고 신부가 억양을 높이지 않고 티보 씨의 말을 중단시켰다. "지금 제가 알게 된 사실에 따르면, 그 아이의 육체적, 정신적 건강이 커다란 위험에 처해 있다고 생각됩니다." 신부는 생각에 잠긴 듯했다. 그러더니 천천히 한마디 한마디 힘주어 말했다. "그리고 그 애가 단 하루라도 크루이에 더 머물러서는 안 된다고 생각합니다."

"뭐라고요?" 티보 씨가 말했다.

침묵이 흘렀다. 티보 씨의 감정이 상한 것은 열두 시간 사이에 두 번째였다. 그는 울화가 치밀어 오르는 것을 자제했다.

"그 이야기는 뒤에 다시 합시다." 하고 티보 씨가 양보하면서 일어났다.

"실례, 실례합니다." 신부가 뜻밖의 활기찬 어조로 말했다. "굳이 말씀드리자면, 경솔한… 그것도 온당치 못한 행동을 하셨습니다." 신부는 침착한 모습을 하고, 어떤 말에서는 단호하면서도 유연한 태도로 목소리를 길게 늘어뜨리며, 동시에 집게손가락을 입술 앞으로 들어 올리는 버릇이 있었다. 그런 그의 태도는 마치 '조심하시오!'라고 말하기 위해서인 것 같았다. 이번에도 "온당치 못한…" 하고 되풀이하면서 집게손가락을 올렸다. 그리고 잠시 뒤에 말했다. "될 수 있는 대로 빨리 잘못은 시정해야 합니다."

"뭐라고요? 어떻게 하라는 겁니까?" 티보 씨는 이번에는 자제하지 못하고 소리쳤다. 그는 공격적인 얼굴을 신부 쪽으로 돌렸다. "이미 훌륭한 효과를 보고 있는 치료 방법을 아무런 이유도 없이 중단하란 말입니까? 그 녀석을 집에 다시 데려오란 겁니까? 다시 그 아이의 망나니 같은 짓에 놀아나라는 건가요? 무척이나 고맙군요!" 그는 뼈마디의 소리가 날 정도로 두 주먹을 꽉 쥐었다. 그리고 입을 다물고 있었기 때문에 목소리가 쉰 것처럼 들렸다. "솔직히 말씀드려서 그건 안 됩니다. 안 돼, 안 돼!"

신부는 두 손으로 온화한 몸짓을 해 보이면서 이렇게 말하려는 것 같았다. '좋으실 대로.'

티보 씨는 단번에 벌떡 일어섰다. 자크의 운명이 다시 한번 결정되는 순간이었다.

"신부님" 하고 그가 말했다. "오늘 아침엔 진지하게 이야기를 할 수 없을 것 같으니 가보겠습니다. 그러나 신부님은 앙투안과 똑같이 터무니없는 공상을 하고 계신다는 걸 말씀드립니다. 제가 자식을 버린 아비로 보입니까? 지금까지 그 아이를 선도하기 위해 제가 애정과 관용, 모범적인 생활과 가정생활을 통해 온갖 노력을 다하지 않았던가요? 몇 년에 걸쳐 한 아비가 자기 자식 때문에 참을 수 있는 데까지 참지 않았다는 건가요? 그리고 제가 기울인 모든 선의가 효과가 없었다는 사실을 신부님은 부정하시는 겁니까? 다행히도 적절한 때 나의 의무가 다른 곳에 있음을 알게 되었고, 무척 고통스러웠지만 엄한 아비가 되기를 주저하지 않았습니다. 신부님도 그 당시에 제 의견에 동의하셨습니다. 하느님께서는 제게 얼마간의 경험을 쌓게 해주셨습니다. 크루이에 특별동을 지을 영감을 불러일으켜 주심으로써 한 인간의 악덕에 대한 치유법을 준비하도록 허락해 주셨다고 늘 생각해왔습니다. 내가 이 시련을 용감하게 받아들이지 않았던가요? 자식을 가진 많은 아비들이 나처럼 행동할 수 있었을까요? 내가 비난받을 만한 게 있습니까? 하느님의 은혜로 내 양심엔 추호의 흔들림도 없습니다." 그는 주장했다. 그러나 그런 막연한 항변을 하는 그의 목소리에는 어딘지 모르게 힘이 없었다. "나는 모든 아비들이 나만큼 떳떳한 양심을 갖게 되기를 바라고 있습니다! 이 정도로 하고 돌아가겠습니다."

그는 방문을 열었다. 그의 얼굴에는 흡족해하는 미소가 떠올랐다. 그의 말투에는 냉소적인 데가 깃들어 있었지만 노르망디 지방 특유의 기운이 풍기고 있었다.

"다행히도, 나는 당신네들 모두보다 훨씬 강한 정신력을 가졌습니다." 하고 그가 말했다.

그는 현관을 가로질러 갔다. 그 뒤를 신부가 말없이 따라갔다.

"자, 다시 뵙지요, 안녕히 계십시오." 그는 층계참에 이르자 스스럼없이 말했다.

그가 악수를 하려고 몸을 돌렸을 때 갑자기 신부가 아무런 서두도 없이 읊조렸다.

"두 사람이 기도하러 성전에 올라갔는데, 하나는 바리새파 사람이었고 또 하나는 세리稅吏였다. 바라새파 사람은 보라는 듯이 서서 '오, 하느님, 감사합니다. 저는 다른 사람들과는 달리 욕심이 많거나 부정직하거나 음탕하지 않을뿐더러 세리와 같은 사람이 아닙니다. 저는 일주일

에 두 번이나 단식하고 모든 수입의 십분의 일을 바칩니다'라고 기도하였다. 한편 세리는 멀찍이 서서 감히 하늘을 우러러보지도 못하고 가슴을 치며 '오, 하느님, 죄 많은 저에게 자비를 베풀어주십시오'라고 기도하였다."

티보 씨가 눈을 반쯤 떴다. 그는 현관의 어두운 그늘 속에 서 있는 자신의 고해 신부를 보았다. 신부는 집게손가락을 입술에 대고 있었다.

"잘 들어라. 하느님께 올바른 사람으로 인정받고 집으로 돌아간 사람은 바리새파 사람이 아니라 바로 그 세리였다. 누구든지 자기를 높이면 낮아지고 자기를 낮추면 높아질 것이다."*

거구의 티보 씨는 눈썹 하나 깜짝하지 않았으나 충격을 받았다. 그는 두 눈을 감은 채 꼼짝 않고 서 있었다. 침묵이 길어지자 그는 다시 눈을 떴다. 신부는 소리 없이 문을 닫았다. 닫힌 문 앞에 티보 씨는 홀로 서 있었다. 그는 어깨를 한번 으쓱하고는 몸을 돌려 나갔다. 그러나 층계를 반쯤 내려가서 멈추어 섰다. 그는 난간을 꽉 쥐고 있었다. 숨이 가빴다. 마치 굴레 때문에 초조해진 말처럼 턱을 앞으로 내밀었다.

"안 돼." 그는 중얼거렸다.

더 이상 주저하지 않고 그는 집으로 돌아갔다.

하루 종일 그는 아침에 있었던 일을 잊으려고 노력했다. 그러나 오후에 필요한 서류를 샬르 씨가 꾸물거리며 전해주자 그는 참지 못하고 버럭 화를 냈다가 겨우 가라앉혔다. 앙투안은

* 「누가복음」 제18장에 나오는 구절.

당직이어서 병원에 가 있었다. 저녁 식사는 침묵 속에서 흘러갔다. 지젤이 후식을 끝내기도 전에 티보 씨는 냅킨을 접어놓고 자기 서재로 돌아갔다.

시계가 여덟시를 알렸다. '오늘 저녁에 신부를 다시 방문할 시간이 있겠지' 하고 그는 의자에 앉으면서 생각했다. 그리고 그 문제는 입 밖에도 내지 않기로 단단히 결심했다. '내게 자크 이야기를 다시 하겠지. 내가 안 된다고 말한 이상 그건 안 될 일이야.'

'그런데 그 바리새파 사람 이야기를 한 건 무슨 뜻에서였을까?' 하고 그는 백 번도 더 자문해보았다. 갑자기 아랫입술이 떨리기 시작했다. 티보 씨는 항상 죽음을 두려워했다. 그는 벌떡 일어섰다. 그리고 벽난로 위에 어지럽게 놓여 있는 여러 개의 동상들 너머로, 거울 속에 비친 자신의 얼굴을 살펴보았다. 세월이 흐름에 따라 그의 형상을 만들어주었고, 홀로 있을 때나 기도할 때나 잃는 법이 없던 그 만족스러운 자신감이 그의 표정에서 사라져버린 것이다. 그는 몸서리쳤다. 양어깨를 축 늘어뜨린 채 의자에 털썩 주저앉았다. 자신이 죽음의 침상에 누워 있는 모습을 상상해보았다. 그리고 빈손으로 죽음에 임하게 되지나 않을까 불안한 마음으로 자문해보았다. 그는 자신에 대한 세상 사람들의 평판에 필사적으로 집착하는 것이었다. '하지만 난 선한 인간이 아닌가?' 그는 속으로 되풀이했다. 그러나 그 말투는 계속해서 의문형으로 종결되었다. 이제 더 이상 말로는 위안을 받을 수가 없었다. 그는 자기의 성찰로는 아직껏 밝혀보지 못한 숨겨진 밑바닥까지 내려가는 아주 희귀한 순간에 있었다. 안락의자 팔걸이를 두 주먹으로 꽉 쥔 채 자신의 생활을 돌이켜보았다. 그러나 거기에서 뭔가 순수하다고 할 만한 행위는 조금도 발견할 수 없었다. 가슴을 찌르는 듯한 추억들이 망각 속에서 불쑥 튀어나오곤 했다. 그 추억 중의 한 가지, 다른 모든 추억보다도 더 괴로운 추억 한 가지가 어찌나 적나라하게 그 모습을 드러내며 그를 엄습했던지 그는 두 손에 이마를 묻었다. 티보 씨가 수치심을 느끼는 것은 평생 처음 있는 일인지도 모른다. 마침내 그는 극도의 자기혐오에 빠졌다. 그 혐오감은 도저히 참을 수가 없었다. 그것을 벗어날 수만 있다면, 하느님의 용서를 구할 수만 있다면, 비탄에 잠긴 이 영혼이 평화를, 영원한 구원의 희망을 돌려받을 수만 있다면 무슨 희생을 치르더라도 달게 받을 수 있을 것 같았다. 아, 하느님을 다시 찾을 것…. 그러나 우선 하느님의 수임자인 신부의 존경을 되찾을 것…. 그렇다… 단 한 시간이라도 이 저주받은 고독 속에서, 이 형벌 속에서 살지 말 것….

밖의 찬바람이 티보 씨를 진정시켰다. 그는 좀 더 빨리 가려고 마차를 탔다. 베카르 신부가 문을 열어주었다. 방문객이 누군지 알아보려고 높이 쳐든 등불에 비친 신부의 얼굴은 무표정했다.

"접니다." 티보 씨가 말했다. 그는 기계적으로 손을 내밀고 나서는 입을 다물었다. 그리고 서재 쪽으로 걸어갔다. "자크 이야기를 다시 하려고 온 것은 아닙니다" 하고 그는 앉자마자 곧바로 말했다. 신부가 두 손으로 타협적인 표시를 하자 티보 씨가 말을 이었다. "제발, 그 이야기는 더 이상 하지 맙시다. 신부님이 잘못 생각하고 계신 겁니다. 그리고 만일에 원하신다면 크루이에 가서 알아보십시오. 내 말이 옳다는 걸 아시게 될 겁니다." 그러고 나서 퉁명스러우면서도 꾸밈없는 말투가 뒤섞인 소리로 이렇게 말했다. "오늘 아침 제가 화낸 것을 용서해주십시오. 저를 잘 알고 계시지요. 저는 성질이 급합니다. 저는… 그러나 속으로는… 그런데 신부님도 그 바리새파 사람 이야기는 너무 심했습니다. 잘 아시지요, 너무 심하셨어요. 내게는 항의할 권리가 있습니다! 내가 가톨릭 재단의 일을 위해서 모든 시간과 노력을 바쳐온 지도 어언 삼십 년이 흘렀습니다. 더욱이 내 수입의 가장 많은 부분을 바치고 있어요. 그런데 한 신부로부터, 한 친구로부터 들려오기를 내가… 죄 많은 몸… 아닙니다. 솔직히 말씀해주십시오. 그건 옳지 못합니다!"

신부는 자기의 고해자를 바라보았다. 마치 '당신이 하는 가장 하찮은 말 속에서도 알지 못하는 사이에 교만함이 튀어나오고 있소…'라고 말하는 것 같았다.

꽤 오랫동안 침묵이 흘렀다.

"신부님" 하며 티보 씨가 자신 없는 목소리로 계속했다. "내가 완전치 못하다는 것은 인정합니다…. 네, 그래요. 나도 알고 있습니다. 빈번히 나는…. 그러나 그건 내 천성입니다. 다시 말하면… 내가 그렇다는 걸 모르시는 건 아니겠지요?" 그는 신부에게 얼마간의 관용을 구걸했다. "아, 구원의 길은 어렵군요…. 당신만이 저를 다시 일으켜 세워, 저를 인도해주실 수 있습니다…."

"나는 점점 늙어갑니다. 두렵습니다…." 그는 갑자기 떠듬거리며 말했다.

신부는 이 목소리의 변화에 감동되었다. 그는 더 이상 침묵을 지켜서는 안 되겠다고 생각했다. 그래서 앉았던 의자를 티보 씨 가까이 끌어당겼다.

"이제는 내가 주저하게 되는군요…." 신부가 입을 열었다. "더욱이나 하느님의 말씀이 그토록 깊이 당신의 마음을 울린 이상 이제 와서 내가 무슨 말을 더 할 수 있겠습니까?" 신부는 잠시 명상에 잠겼다. "하느님께서는 당신에게 어려운 직무를 주셨다는 것을 나는 잘 알고 있습니다. 하느님을 위함으로써 당신은 인간들에 대한 권위와 명예를 얻습니다. 그래야만 합니다. 그런데 하느님의 영광과 당신 자신의 영광을 어떻게 하면 혼동하지 않을 수 있겠습니까? 그리고 점차로 하느님의 영광보다 당신 자신의 영광을 더 바라는 유혹에 어떻게 하면 빠지지 않을 수 있겠습니까? 저는 잘 알고 있습니다…."

티보 씨는 줄곧 두 눈을 뜨고 있었다. 생기 없는 그의 눈길은 겁먹은 듯하면서 동시에 어린애 같고 순진한 빛을 띠고 있었다.

"그렇지만!" 하며 신부가 이야기를 계속했다. "Ad majorem Dei gloriam.* 그것만이 중요합니다. 나머지 모든 것은 부질없는 것입니다. 형제여, 당신은 강자의 부류에 속합니다. 다시 말해서 오만한 자에 속합니다. 이 오만의 힘을 양식의 길로 가도록 누른다는 것이 얼마나 힘든 일인지 잘 알고 있습니다. 심지어 하느님을 위해 봉사하는 일에 깊이 몰두해 있을 때도 자신을 위해 살지 않는다는 것이, 하느님을 잊지 않는다는 것이 얼마나 어려운 일인지 잘 압니다! 주님께서 어느 날, '**이 백성이 입**

* 라틴어로 '하느님의 더 큰 영광을 위하여'라는 뜻.

술로는 나를 존경하되 마음은 내게서 멀도다!'*라고 서글프게 말씀하셨던 그런 사람들의 무리에 끼지 않는다는 것이 얼마나 어려운 일인지 잘 알고 있습니다!"

"아" 하고 티보 씨가 고개를 든 채 흥분해서 말했다. "그건 무서운 일입니다…. 그것이 얼마나 무서운 일인지를 아는 사람은 오직 저뿐일 거예요!"

그는 자신을 비하시킴으로써 묘한 마음의 평온을 느꼈다. 소년원의 문제에 대해서는 아무것도 양보하지 않으면서 신부의 마음을 다시 사로잡을 수 있는 길이 바로 이것임을 막연히 느꼈다. 또한 자신을 더 비하시킴으로써, 그리고 자신의 깊은 신앙심과 뜻밖의 관용을 보임으로써 신부를 놀라게 하고 싶은 충동을 느꼈다. 곧, 어떻게 해서든지 신부의 존경을 얻어내야 했다.

"신부님!" 하고 그가 갑자기 말했다. 한순간 그의 눈길은 앙투안의 눈길에서 자주 볼 수 있었던 그런 천성적인 빛을 띠었다. "만약 내가 이제까지 가련하고 교만한 자에 불과했었다면 하느님께서는 바로 오늘 내게… 속죄할 기회를 주신 것이 아닐까요?" 그는 어찌할 바를 모르면서 자신과 싸우는 것 같아 보였다. 확실히 그는 싸우고 있었다. 신부는 그가 통통한 엄지손가락으로 조끼 위, 심장이 있는 곳에 재빨리 성호를 긋는 모습을 보았다. "그 후보 건을 말씀드리고 싶은데, 아시겠어요? 그 일에는 진정 희생이, 자만심의 희생이 있을 수 있습니다. 왜냐하면 오늘 아침 신부님은 그 선거에서 내가 이길 게 확실하다

* 「마태복음」 제15장에 나오는 구절.

고 말해주셨으니까요. 자, 그럼, 나는… 보십시오, 이 일에도 또 허영심이 있군요. 나는 아무 말도 없이, 당신에게조차 아무 말 안 하고 행동으로 옮겨야 했을까요? 하지만 할 수 없지요. 자, 신부님, 나는 내일, 영원히, 학사원 후보를 사퇴할 것을 맹세합니다."

신부가 손짓을 했으나 티보 씨는 보지 못했다. 왜냐하면 티보 씨는 벽에 걸려 있는 십자가 쪽으로 몸을 돌렸기 때문이다.

"하느님" 하고 티보 씨가 속삭였다. "저를 불쌍히 여겨주시옵소서. 저는 죄인에 불과하옵니다."

그는 한 가닥의 자만심을 스스로 뻔히 알면서 그런 행동 속에 곁들였다. 그런 그의 자만심이 하도 깊이 뿌리를 내리고 있어서 가장 엄숙한 회개의 순간에서도 놀라울 정도로 자만심을 즐기면서 자신의 겸허함을 만끽했던 것이다. 신부가 예리한 시선으로 티보 씨를 바라보았다. 이 사나이는 어느 정도까지 진실할 수 있는 것일까? 그러나 그 순간 티보 씨의 얼굴은 체념과 독실한 신앙심으로 환하게 빛나고 있어서 얼굴의 부기도 주름살도 보이지 않았고, 늙은이의 얼굴이 순진한 어린애의 얼굴처럼 보였다. 신부는 그런 그의 모습을 보고 놀랐다. 그는 그날 아침 이 큰 사업가를 몰아붙이면서 저열한 기쁨을 느꼈던 자신이 부끄럽게 생각되었다. 두 사람의 입장이 바뀐 것이다. 그는 자기 자신의 생활을 되새겨보았다. 지난날 학생들의 곁을 홀연히 떠난 다음 대주교의 교구에서 영광의 이 자리를 탐냈던 것도 오로지 하느님의 영광을 위해서였던가? 그리고 매일 교회에 봉사한다는 구실 아래 그러한 외교 술책을 행사함으로써 개인적으로 책망받을 만한 쾌락을 얻고 있는 것은 아닌가?

"솔직히 말해서, 하느님께서 저를 용서해주시리라고 믿으십니까?"

근심에 찬 이 목소리가 베카르 신부로 하여금 정신적 지도자라는 본래의 직분으로 되돌아오게 했다. 그는 턱 밑으로 두 손을 모으고 고개를 약간 숙인 다음 애써 미소를 지어 보였다.

"나는 당신이 마지막까지 가도록 내버려두었습니다." 신부가 말했다. "나는 당신이 고난의 잔을 마시도록 내버려두었습니다. 하늘의 자비가 이 시간에 당신의 마음을 굽어살피리라 확신하고 있습니다. 그러나" 하고 신부는 집게손가락을 들며 덧붙였다. "당신의 의도만으로도 충분합니다. 그리고 당신의 진정한 의무는 희생의 마지막까지 가는 데 있지 않습니다. 내 말에 반대하지 마십시오. 당신의 고해 신부인 내가 당신의 맹세로부터 당신을 해방시켜 드립니다. 사실 당신이 선거에 이기는 것이 포기하는 것보다 하느님의 영광에 더 필요합니다. 당신의 가족 상황, 재산 상태에도 당신이 간과해서는 안 되는 요구 사항이 있는 것입니다. 학사원 회원이라는 자격은 당신을 위대한 극우파 공화당원으로 만들 것입니다. 극우파 공화당이야말로 우리 조국의 수호자이며, 새로운 권위로서 부각되고 있습니다. 그리고 우리는 훌륭한 대의명분의 수행을 위해서 극우파 공화당원이 필요하다고 생각하고 있습니다. 당신은 지금까지 교회의 보호 아래 당신의 생활을 해나갈 줄을 아셨습니다. 그리고 이제, 한 번 더, 나에게 당신의 갈 길을 인도하도록 맡겨주십시오. 친애하는 형제여, 하느님께서는 당신의 희생을 거절하고 계십니다. 그 일이 아무리 힘들다 하더라도 내 말을 따라주십시오. **저 높은 곳에 계신 분에게 영광을! 저 높은 곳에 계신 하**

느님에게 영광을, 그리고 지상에 있는 선의의 사람들에게 평화를!"

신부는 자신이 말을 하는 동안 티보 씨의 표정이 다시 제 모습으로 돌아오면서 차츰 이전의 균형을 다시 찾는 것을 보았다. 신부가 말을 마쳤을 때 티보 씨는 다시 눈을 감았다. 신부는 그의 내부에서 무슨 일이 일어나고 있는지 알 수 없었다. 이십 년 전부터의 야망이었던 그 학사원의 회원 자리를 그에게 되돌려줌으로써 신부는 그의 생명을 되찾아준 것이나 다름없었다. 그러나 그는 스스로에게 가한 엄청난 노력 때문에 아직도 기진맥진해 있으면서도 지고의 감사의 마음으로 충만해 있었다. 두 사람은 똑같은 생각을 하고 있었다. 곧 신부는 머리를 숙이며 낮은 목소리로 감사의 기도를 드렸다. 신부가 고개를 들었을 때 티보 씨는 무릎을 꿇고 있었다. 하늘을 향해 쳐든 장님 같은 그의 얼굴은 기쁨으로 환히 빛났으며, 젖은 입술은 더듬거리며 하는 기도 때문에 움직이고 있었다. 그리고 책상 위에 놓인 솜털투성이의 두 손은 말벌에 쏘인 것처럼 퉁퉁 부어 있었으며, 손가락은 감동적인 열정으로 서로 얽혀 있었다. 이 근엄한 장면이 왜 갑자기 신부의 눈에 끔찍하게 보였을까? 신부는 참지 못하고 팔을 내밀어 그 회개자를 툭 칠 뻔했다. 그는 곧 자세를 바꾸어 한 손을 티보 씨의 어깨 위에 다정하게 올려놓았다. 티보 씨는 둔중하게 일어섰다.

"아직 이야기가 다 끝난 건 아닙니다." 신부가 그의 특유의 강직하면서도 온화한 태도로 이야기했다. "당신은 자크의 문제에 관해서도 결정을 내리셔야 합니다."

티보 씨가 전신을 꼿꼿이 세웠다. 신부는 의자에 앉았다.

"어려운 의무를 해냈다고 해서 모든 죄를 사함 받았다고 생각하는 그런 사람이 되지 마십시오. 그런 사람들은 아주 가까이에 있는 절박한 의무를 소홀히 합니다. 당신이 그 아이에게 준 시련이 내가 걱정한 만큼 해롭지 않다 하더라도 그 시련을 더 이상 연장시키지 마십시오. 제 주인이 가르쳐준 재능을 썩히는 하인을 생각해보십시오. 자, 형제여, 당신의 모든 책임을 깨닫지 못했다면 이곳을 떠나지 마십시오."

티보 씨는 선 채로 고개를 가로저었다. 그러나 그의 표정에서는 이제 아집은 찾아볼 수 없었다. 신부가 일어섰다.

"어려운 일은" 하고 신부가 중얼거렸다. "앙투안에게 졌다는 인상을 주지 않는 것입니다." 신부는 정곡을 찔렀다고 생각하면서 몇 걸음 걷다가 돌연 거리낌 없는 말투로 말했다. "제가 당신의 입장이라면 어떻게 했을지 아시겠습니까? 저는 앙투안에게 이렇게 말했을 겁니다. '너는 네 동생이 소년원에서 나오기를 원하느냐? 그렇지? 아직도 그러기를 원하느냐? 좋다, 난 네 말을 그대로 믿겠다. 가서 그 애를 데려오너라. 그러나 네가 그 애를 맡아라. 그 애가 돌아오길 원한 건 너였다. 그러니까 네가 그 애를 돌보아라!'라고요."

티보 씨는 꼼짝도 하지 않았다. 신부는 이야기를 계속했다.

"저라면 아예 한 걸음 더 나아가겠습니다! 이렇게 말하겠어요. '난 자크가 집에 있는 걸 바라지 않는다. 너 좋을 대로 처리해라. 넌 항상 우리가 그 애를 다룰 줄 모른다고 생각했었지. 그렇다면 네가 해봐라!' 저라면 동생을 형에게 맡겨버리겠습니다. 그 두 아이에게 다른 집을, 물론 식사는 함께할 수 있도록 댁 근처에 마련해주겠습니다. 앙투안에게 자크를 완전히 책임지도록 맡겨버릴 겁니다. 반대하지 마십시오, 형제여" 하며 신부는 티보 씨가 잠자코 있었는데도 이렇게 덧붙였다. "잠깐, 제 말을 끝내게 해주십시오. 제 생각은 언뜻 보기처럼 환상적인 것은 아닙니다…."

신부는 자기 책상으로 돌아가서 책상 위에 두 팔꿈치를 올려놓고 앉았다.

"제 이야기를 잘 들어보십시오." 그가 말했다.

"첫째로, 자크가 아버지의 권위보다는 형의 영향력을 더 잘 견디어내리라는 것은 거의 확실합니다. 그리고 훨씬 더 많은 자유를 누리게 된다면 자크도 지난날의 반항이나 버릇없는 생각이 고쳐지리라는 것도 쉽게 생각할 수 있습니다.

둘째로, 앙투안에 관해서 말하자면, 그의 성실성은 누구보다 당신이 보장할 수 있으실 겁니다. 그의 말을 그대로 받아들인다면 앙투안도 이런 방법으로 자기 동생을 자유롭게 하는 것에 반대하지 않으리라고 확신합니다. 그리고 오늘 아침에 우리들이 걱정했던 앙투안의 유감스러운 동향에 대해서 말하자면 저는 작은 동기로도 커다란 효과를 낼 수 있다고 생각합니다. 곧 이런 방식으로 앙투안에게 정신적인 의무를 부과함으로 해서 당신은 가장 바람직한 견제를 하게 되는 것이며, 그 결과 반드시 그가 사회와 도덕과 종교에 대해 좀 덜… 반항적인 생각을 갖도록 인도하리라고 생각합니다.

셋째로, 아버지로서의 당신의 권위는 그로 인해 손상되게 마련인 매일의 충돌을 피할 수 있고, 전적인 위엄을 가지고 두 아들에 대한 전반적인 지도를 수행하게 될 겁니다. 그리고 그런 것이 아버지의 본분이며, 뭐랄까? 가장 중요한 효능인 것입니다."

"끝으로," 신부의 어조가 비밀 얘기라도 하려는 듯 은밀해졌다. "학사원 선거 때까지는 자크가 크루이에서 나와 그 일이 어떤 문젯거리가 안 되도록 하는 것이 저로서는 바람직하다고 솔직히 말씀드립니다. 명사가 되면 별의별 종류의 인터뷰와 조회를 받게 되지요. 잘못하다가는 언론의 경솔한 언동의 표적이 되실 수 있고요…. 전적으로 부수적인 문제입니다. 하지만…."

티보 씨는 불안한 시선으로 신부를 흘끗 보았다. 자신은 의식하지 못했지만, 이 석방령이 그의 마음의 짐을 덜어주었다. 말하자면 신부의 책략을 아전인수 격으로 해석했던 것이다. 신부의 말대로라면 앙투안에 대해 자신의 체면도 살리게 되고, 또한 자신이 자크를 돌보지 않고도 그 애를 일상적인 생활로 되돌려줄 수 있게 되었던 것이다.

"만일에" 하고 마침내 티보 씨가 말했다. "그 망나니가 일단 자유로워진 뒤에 또다시 말썽을 일으키지 않는다는 걸 확신할 수만 있다면…."

이제는 승부가 난 것이다.

신부는 처음 몇 달 동안은 두 아이의 생활에 대해 뒤에서 감독하기로 약속했다. 그리고 그다음 날 위니베르시테가街로 와서 저녁 식사를 하며 티보 씨가 맏아들에게 이야기할 때 한몫 거들 것도 받아들였다.

티보 씨는 떠나려고 일어섰다. 그는 새사람이 된 듯 가벼운 마음으로 그곳을 떠날 수 있게 되었다. 그러나 그의 고해 신부에게 진정으로 악수하는 순간 뭔가 의구심이 다시 그의 뇌리를 스쳤다.

"하느님께서 이러한 나를 용서해주시기를" 하고 듣기에 민망스런 목소리로 티보 씨가 말했다.

신부는 만족스러운 시선으로 티보 씨를 바라보았다.

"너희 가운데" 하며 그는 낮은 소리로 말했다. **"누가 양 백 마리를 가지고 있었는데, 그중에서 한 마리를 잃었다면 어떻게 하겠느냐? 아흔아홉 마리는 들판에 그대로 둔 채 잃은 양을 찾아 헤매지 않겠느냐."**[*] 그리고 얼핏 미소를 지으며 손가락 하나를 들고는 말을 계속했다. **"잘 들어두어라. 죄인 한 사람이 회개하는 것을 하늘에서는 더 기뻐할 것이다…."**[**]

6

어느 날 아침, 아홉시가 되었을까 말까 한 시각에 옵세르바투아르가[街]의 집 여자 수위가 퐁타냉 부인을 찾아왔다. 밑에서 '어떤 사람'이 부인을 만나고 싶어 하는데, 아파트로 올라오는 것도, 자기 이름을 대는 것도 마다한다는 것이다.

"어떤 사람이라니요? 부인인가요?"

"처녀입니다."

퐁타냉 부인은 흠칫 뒤로 물러섰다. 제롬의 연애 사건과 관련 있는지 모르기 때문이다. 협박일까?

"무척 어려요!" 여자 수위가 덧붙였다. "어린애예요!"

"내려갈게요."

* 「누가복음」 제12장 제4절의 내용.

** 「누가복음」 제15장 제7절의 내용.

과연 어린애였다. 그녀는 수위실의 어두운 그늘 속에 숨어 있다가 드디어 고개를 들었다….

"니콜 아니냐?" 하고 퐁타냉 부인은 노에미 프티 뒤트레유의 딸임을 알아보고 소리쳤다. 니콜은 아주머니의 품속에 뛰어들려다가 억지로 참았다. 잿빛의 안색을 띠고 있는 니콜은 지쳐 있었다. 울고 있지는 않았다. 두 눈은 크게 뜬 채 눈썹은 위로 치켜져 있었다. 그녀는 극도로 흥분해 있었으며, 뭔가 단단히 각오한 듯하면서 자신만만해 보였다.

"아주머니, 아주머니한테 이야기하고 싶은 게 있어요."

"어서 와."

"저 위는 싫어요."

"왜?"

"싫어요. 위로 올라가진 않겠어요."

"왜 그래? 나 혼자 있단다." 부인은 니콜이 주저하고 있음을 눈치챘다.

"다니엘은 학교에 갔고, 제니는 피아노 레슨 받으러 갔어. 점심때까지는 나 혼자뿐이야. 자, 어서 와."

니콜은 묵묵히 부인을 따라갔다. 퐁타냉 부인은 아이를 자기 방으로 데리고 갔다.

"무슨 일이냐?" 부인은 궁금증을 감출 수가 없었다. "누가 널 보냈니? 어디서 오는 길이니?"

니콜이 눈을 똑바로 뜬 채 부인을 바라보았다. 니콜의 속눈썹이 깜박거렸다.

"난 도망 나왔어요."

"저런…." 퐁타냉 부인은 고통스러운 표정을 지으며 말했다.

그러나 동시에 부인은 안심했다. "그래서 여기로 도망 온 거니?"

어깨를 한번 으쓱해 보이는 니콜의 태도는 이렇게 말하는 것 같았다. '그럼 어디로 가겠어요? 아는 사람이 아무도 없는데.'

"얘야, 앉거라. 자… 몹시 지친 것 같구나. 배고프지 않니?"

"약간." 니콜은 미안하다는 듯이 미소를 지었다.

"아니, 그렇다고 왜 진작 말하지 않았니?" 큰 소리로 말하며 퐁타냉 부인은 니콜을 식당으로 데리고 갔다. 니콜이 버터 바른 빵을 허겁지겁 먹는 것을 본 부인은 찬장에서 남은 냉육과 잼을 꺼냈다. 니콜은 아무 말 않고 정신없이 먹었다. 게걸스럽게 먹는 자신이 부끄럽게 여겨졌으나 그런 자신의 모습을 감추고 싶은 생각은 없었다. 두 뺨에 핏기가 돌았다. 홍차 두 잔을 연거푸 마셨다.

"언제부터 굶었니?" 하고 묻는 퐁타냉 부인의 얼굴은 니콜의 얼굴보다 더 일그러져 있었다. "춥지?"

"아니요."

"뭘 그래, 떨고 있는데."

니콜은 안절부절못했다. 자신의 허약함을 감출 수 없는 것이 원망스러웠다.

"난 밤새 여행을 했어요. 그래서 약간 추운 거예요…."

"여행을? 그럼 어디서 오는 거니?"

"브뤼셀에서요."

"브뤼셀이라니, 어머나! 아니 혼자서?"

"네." 소녀는 또렷하게 말했다. 말투만으로도 그녀의 결심이 얼마나 단호한지를 알 수 있었다. 퐁타냉 부인은 소녀의 손을 잡았다.

"꽁꽁 얼었구나. 내 방으로 와. 너 누워서 자고 싶지? 이야긴 나중에 하려무나."

"아녜요, 아녜요, 당장 하겠어요. 아주머니만 있을 때요. 그리고 지금은 졸리지 않아요. 정말이에요. 괜찮아요."

사월 초였다. 퐁타냉 부인은 벽난로에 불을 지피고 나서 도망 나온 소녀를 숄로 감싸주었다. 그리고 소녀를 억지로 벽난로 곁에 앉혔다. 니콜은 처음에는 마다하더니 하는 수 없이 마침내 부인이 시키는 대로 따랐다. 소녀는 마음의 동요를 보이고 싶지 않은 듯 총총한 두 눈으로 부인을 뚫어지게 바라보았다. 그리고 벽시계를 쳐다보았다. 빨리 이야기를 해버리고 싶었던 것이다. 그러나 막상 자리를 잡고 앉자 말을 시작할 결심을 하지 못했다. 부인은 니콜을 더 거북스럽게 만들지 않으려고 시선을 피했다. 몇 분이 흘렀다. 니콜은 이야기를 꺼내지 않았다.

"얘야, 네가 무슨 일을 했던 간에" 하며 퐁타냉 부인이 서두를 꺼냈다. "여기에서는 아무도 네게 물어보는 사람이 없단다. 말하기 싫으면 안 해도 좋다. 네가 우리 곁으로 오겠다고 생각한 것만도 고맙다. 넌 이젠 우리 집 아이나 똑같아."

니콜은 몸을 일으켰다. 무엇인가 털어놓기 힘든 잘못이라도 저지른 것으로 의심받을 것 같아서 그러는 걸까? 몸을 일으키자 어깨에서 숄이 미끄러져 내렸다. 그러자 건강미 넘치는 가슴이 드러났다. 그것은 마르고 지나치게 어려 보이는 그녀의 얼굴과 대조를 이루었다.

"그게 아니고" 하고 니콜은 또렷또렷한 눈길로 말했다. "난 모든 걸 다 얘기하고 싶어요." 그리고 소녀는 냉담하면서 도전적인 말투로 이야기를 시작했다. "아주머니… 아주머니가 몽소 거리의 우리 집에 오셨던 날…."

"그래." 퐁타냉 부인이 말했다. 부인의 얼굴에 또다시 괴로운 표정이 깃들었다.

"…난 모든 얘길 다 들었어요." 니콜은 눈을 깜짝이며 재빨리 말을 마쳤다.

잠시 침묵이 흘렀다.

"얘, 나도 그런 줄 알았어."

소녀는 복받치는 오열을 억제했다. 그리고 마치 울음을 터뜨리려는 듯 두 손으로 얼굴을 감쌌다. 그러나 곧 다시 얼굴을 들었다. 두 눈은 메말라 있었으며, 두 입술을 꽉 다물고 있어서 보통 때의 그녀의 표정과는 전혀 달랐고, 목소리조차 변해 있었다.

"엄마를 나무라지 마세요, 테레즈 아주머니! 엄마는 매우 불쌍해요…. 내 말을 믿지 않으세요?"

"믿어." 퐁타냉 부인이 대답했다. 한 가지 물어보고 싶은 말이 부인의 입 안에서 맴돌았다. 부인은 아무렇지도 않은 듯 태연히 소녀를 바라보았다. "그런데 거기에… 제롬 아저씨도 있었니?"

"네." 소녀는 잠시 뒤에 눈썹을 치켜올리며 덧붙였다. "바로 아저씨가 내게 도망칠… 여기에 올… 생각을 하게 하셨어요…."

"아저씨가?"

"아니에요, 말하자면… 지난 일주일 동안 아저씨는 매일 집에 오셨어요. 내가 혼자 있었기 때문에 살아갈 수 있도록 아저씨가 약간의 돈을 주셨어요. 그런데 아저씨가 이런 말을 했어요. '만일에 어느 인정 있는 사람이 너를 받아준다면 넌 여기 있는 것보다 훨씬 나을 텐데.' 아저씨가 '인정 있는 사람'이라고 하셨어요. 그런데 난 당장 테레즈 아주머니를 생각했어요. 그땐 아저씨도 아주머니 생각을 하셨던 게 분명해요. 그렇게 생각하지 않으세요?"

"글쎄…." 퐁타냉 부인이 중얼거렸다. 그녀는 돌연 너무나 행복감에 사로잡혀 하마터면 미소를 지을 뻔했다. 부인은 서둘러 말했다.

"하지만 어쩌다 네가 혼자 있게 되었니? 도대체 어디에 있었어?"

"우리 집에요."

"브뤼셀에?"

"네."

"난 네 엄마가 브뤼셀로 이사한 줄은 모르고 있었다."

"십일월 말에 그렇게 하지 않으면 안 되었어요. 몽소 거리의 집이 몽땅 차압당했거든요. 엄마는 운이 없어요. 언제나 나쁜 일만 생겼고, 집행관들한테서는 돈 재촉을 받았어요. 하지만 이젠 그분이 빚을 다 갚아주었으니까 엄마는 돌아오실 수 있을 거예요."

퐁타냉 부인은 두 눈을 치켜들었다. 부인은 '그분이 누군데?'라고 묻고 싶었다. 부인의 시선이 분명히 그 질문을 하고 있었다. 그녀는 그 대답을 아이의 입술에서 읽을 수 있었다. 부인은 참지 못하고 또다시 물었다.

"그리고… 아저씨가 십일월에 엄마랑 함께 떠났니?"

니콜은 대답하지 않았다. 테레즈 아주머니의 목소리가 듣기에 민망할 정도로 떨리고 있었기 때문이다!

"아주머니" 하고 마침내 소녀가 어색해하며 말했다. "화내시면 안 돼요. 아주머니한테는 아무것도 감추고 싶지 않아요. 하지만 이렇게 한꺼번에 모든 걸 다 설명하기는 어려워요. 아주머니, 아르벨드 씨를 아세요?"

"모른다. 어떤 사람이니?"

"내가 레슨을 받던 파리의 유명한 바이올리니스트예요. 오, 훌륭한, 아주 훌륭한 예술가예요. 여기저기 음악회에서 연주도 해요."

"그런데?"

"그분은 파리에 살고 있었지만 벨기에 사람이에요. 그래서 도망가야 했을 때 그분이 우리를 벨기에로 데리고 갔던 거예요. 브뤼셀에 그분 집이 있어서 우린 거기에서 살았어요."

"그분하고 함께?"

"네." 니콜은 부인이 하는 질문의 뜻을 이해했기 때문에 숨김없이 대답했다. 소녀는 모든 것을 숨김없이 이야기하는 데 야성적인 쾌감마저 느끼는 것 같았다. 그러나 소녀는 감히 더 이상 아무 말도 못 하고 입을 다물었다.

꽤 긴 침묵 뒤에 퐁타냉 부인이 말을 이었다.

"그런데 네가 혼자 있는 동안, 그리고 제롬 아저씨가 널 보러 왔었던 지난 며칠 동안 넌 어디에 있었니?"

"거기에요."

"그 선생 집에?"

"네."

"그런데… 아저씨도 그 집에 오곤 했어?"

"그럼요."

"그런데 어쩌다 넌 혼자 있게 되었니?" 퐁타냉 부인은 다정함을 잃지 않고 계속 물었다.

"그건 라울 씨가 지금 루체른과 제네바에서 순회 연주를 하기 때문이에요."

"라울이 누군데?"

"아르벨드 씨요."

"그런데 네 엄마는 널 혼자 브뤼셀에 남겨두고 그 사람하고 스위스로 간 거야?" 니콜이 어찌나 절망스러운 몸짓을 했던지 퐁타냉 부인은 얼굴을 붉혔다. "얘야, 미안하다" 하고 부인은 떠듬거리며 말을 이었다. "그런 이야기 이제 그만해라. 넌 여기 오기를 잘했다. 우리와 함께 사는 거야."

그러나 니콜은 힘차게 고개를 저었다.

"아니에요, 아니에요. 얘기는 아직 다 끝나지 않았어요." 소녀는 숨을 길게 내쉬더니 단번에 "아주머니, 내 말을 들어보세요. 아르벨드 씨는 지금 스위스에 있어요. 엄마랑 같이가 아니라 혼자요. 왜냐하면 그분이 엄마한테 브뤼셀에 있는 극장에서 오페레타에 출연하도록 계약해주었기 때문이에요. 엄마 목소리가 좋아서 일을 하도록 해주었던 거예요. 엄마는 여러 신문에서 인기가 대단했어요. 그 기사를 오린 걸 내 호주머니에 가지고 있어요. 아주머니도 보세요." 니콜은 어디까지 말을 했는지 잊어버렸기 때문에 말을 중단했다. "그래요" 하고 소녀는 이상한 눈빛을 하고 이야기를 계속했다. "라울 씨가 스위스로 떠났기 때문에 제롬 아저씨가 온 거예요. 그런데 너무 늦게 오셨어요. 아저씨가 도착했을 때 엄마는 이미 거기에 없었어요. 어느 날 저녁에 엄마는 나를 껴안고는… 아니에요" 하고 니콜은 목소리를 낮추더니 눈살을 찌푸리며 말했다. "엄마는 날 어떻게 해야 할지 몰라서 날 때리다시피 했어요." 소녀는 고개를 들더니 억지로 미소를 지어 보였다. "오, 엄마가 정말로 날 원망했던 건 아니었어요, 그 반대였어요." 그녀의 미소가 목에서 막혀버렸다. "테레즈 아줌마, 엄마는 정말 불행했어요. 아줌마는 모르세요. 엄마는 떠나야 했어요. 거기에서 누가 기다리고 있었으니까요. 그런데 엄마는 제롬 아저씨가 오리라는 걸 알고 있었어요. 아저씨는 벌써 여러 번 우리를 보러 왔었고 라울 씨와 함께 음악 연주도 했었으니까요. 그런데 마지막으로 왔을 때 아저씨는 아르벨드 씨가 있는 한 다시는 안 오겠다고 했어요. 그래서 떠나기 전에 엄마는 나보고 제롬 아저씨에게 엄마가 오랫동안 떠난다고, 나를 남겨두니 날 돌보아달라는 말을 하라고 했어요. 아저씨가 날 돌봐주리라는 것은 잘 알고 있었지만, 아저씨가 오는 걸 보았을 때 나는 감히 그 이야기를 할 수 없었어요. 아저씨는 화를 냈어요. 나는 아저씨가 그 두 사람 뒤를 쫓아갈까 봐 겁이 났어요. 그래서 나는 일부러 거짓말을 했어요. 나는 아저씨에게 엄마가 다음 날 온다고 말했어요. 그리고 매일 난 엄마를 기다리고 있다고 말했어요. 아저씨는 여기저기로 엄마를 찾아다녔어요. 아저씨는 엄마가 아직도 브뤼셀에 있는 줄 알고 있었어요. 하지만 내겐 그 모든 게 너무 견디기 힘들었고, 더 이상 거기에 있고 싶지 않았어요. 우선 라울 씨의 하인을 증오하기 때문이에요!" 소녀는 몸을 떨었다. "테레즈 아줌마, 그 남자의 눈은! …나는 그 사람을 증오해요! 그래서 제롬 아저씨가 자비로운 사람 이야기를 해주시던 날 나는 당장 결심했어요. 그래서 어제 아침, 아저씨가 내게 약간의 돈을 주시자마자 나는 하인이 뺏을까 봐 집에서 나와 저녁때까지 여기저기 교회에 숨어 있었어요. 그리고 야간 완행열차를 탔어요."

니콜은 고개를 숙인 채 재빨리 말했다. 그녀가 다시 고개를 들었을 때 그렇게도 다정했던 퐁타냉 부인의 얼굴에서 격분과 준엄한 빛이 엿보였기 때문에 그녀는 두 손을 모으고 이렇게 말했다.

"테레즈 아줌마, 엄마를 나쁘게 여기지 마세요. 그 모든 게 조금도 엄마 잘못은 아니에요. 나도 항상 착하게 굴지는 못했어요. 그리고 나는 엄마에게 정말 귀찮은 존재예요. 그야 그럴 테지요! 하지만 이젠 나도 컸어요. 더 이상 그렇게 살 수는 없어요. 정말, 더 이상 그럴 수 없어요." 니콜은 입술을 깨물며 말을 이었다. "나는 일하고 싶어요. 내 생활비를 벌고 싶어요. 더 이상 남의 짐이 되고 싶지 않아요. 테레즈 아줌마, 그래서 온 거예요. 내겐 아줌마밖에는 없어요. 어떻게 했으면 좋겠어요? 테레즈 아줌마, 며칠 동안은 날 도와주시는 거죠? 아줌마만이 날 도와줄 수 있어요."

퐁타냉 부인은 너무나 감격했기 때문에 대답을 못 하고 있었다. 이 아이가 이토록 사랑스럽게 보이리라고 생각해본 적이 있었던가? 부인은 다정스럽게 소녀를 바라보았다. 그리고 자신의 그러한 마음가짐을 흐뭇하게 생각하며 스스로의 고통을 달랬다. 지난번보다는 덜 예쁜 것 같았다. 열 때문에 난 종기로 입술이 터져 있었다. 하지만 저 아이의 두 눈! 꽤 진한 푸른색이 도는 회색 눈은 너무 크고 너무 둥글다…. 저 투명함 속에는 얼마나 큰 진솔함과 용기가 엿보이는가!

부인은 미소 지을 수 있는 여유를 되찾았다.

"얘야" 하고 부인이 몸을 숙이며 말했다. "나는 너를 이해한다. 네 결정을 존중한다. 널 도와줄 것을 약속할게. 하지만 당장은 우리와 함께 이 집에서 살자. 네겐 휴식이 필요해." 부인은 '휴식'이라고 말했지만 눈길은 '애정'을 뜻하고 있었다. 니콜도 그 말의 뜻을 충분히 알아들었다. 그러나 소녀에게서는 여전히 감격해하는 기색이 엿보이지 않았다.

"나는 일하고 싶어요. 나는 더 이상 남의 짐이 되고 싶지 않아요."

"만일 네 엄마가 널 찾으러 온다면?"

투명한 소녀의 눈이 흐려지더니 갑자기 믿을 수 없을 정도로 냉혹한 빛을 띠었다.

"그건, 절대로 안 돼요!" 하고 소녀는 쉰 목소리로 말했다.

퐁타냉 부인은 못 들은 척했다. 그리고 다만 이렇게 말했다.

"나는 네가 우리와 함께 살도록 기꺼이 받아들이겠다… 영원히."

소녀는 일어섰다. 비틀거리는 것 같더니 갑자기 부인의 두 무릎 위에 힘없이 와서 머리를 얹었다. 퐁타냉 부인은 아이의 뺨을 쓰다듬어 주면서 아직도 물어보아야 할 몇 가지 질문을 생각했다.

"얘야, 너는 네 나이에 겪어선 안 될 일들을 너무 많이 보았구나…." 부인이 용기를 내어 말했다.

니콜이 몸을 일으키려 했으나 부인이 제지했다. 자기가 얼굴을 붉히는 모습을 니콜에게 보이기를 원치 않았던 것이다. 부인은 자기 무릎 위에 소녀의 이마를 기대게 하고, 할 말을 찾으며 금발의 머리카락 한 움큼을 손가락에 무심히 감고 있었다.

"넌 너무나 많은 것들을 보았어…. 비밀로… 남아 있어야 할 것들을…. 내 말을 이해하겠니?" 부인은 이번에는 니콜의 두 눈을 들여다보았다. 소녀의 눈에 갑자기 빛이 감돌았다.

"오, 테레즈 아줌마, 틀림없어요…. 아무도… 아무도! 사람들은 이해할 수 없을 거예요. 모두 엄마를 비난할 거예요."

퐁타냉 부인이 제롬의 행동을 아이들에게 숨기려고 애쓰듯이 니콜도 자기 어머니의 행동을 감추고 싶어 했다. 니콜이 한참 생각해본 뒤에 활기찬 얼굴로 몸을 일으켰을 때 별안간 두 사람 사이에는 뜻하지 않은 공감대가 이루어졌다.

"저, 테레즈 아줌마. 이렇게 말하면 될 거예요. 엄마가 생활비를 벌지 않으면 안 되게 되어서 외국에서 직장을 구했다고요. 예를 들어 영국에서요…. 나를 데려갈 수 없는 직장이라고…. 어때요, 가정교사 자리라면요, 괜찮겠어요?" 소녀는 어린애 같은 미소를 띠며 덧붙였다. "그리고 엄마가 떠났으니까 내가 슬퍼하는 게 조금도 이상한 일이 아니겠지요, 안 그래요?"

7

아래층의 멋쟁이 늙은이가 사월 십오일에 이사를 했다. 베즈 유모는 십육일 아침에 하녀 두 명과 수위실의 프릴링 부인과 인부 한 명을 앞세워 그 사내의 방을 인수하러 왔다. 그 건물

내에서 멋쟁이 늙은이의 평판은 그리 좋은 편은 아니었다. 유모는 검은 메리노 케이프* 앞섶을 꽉 쥐고 모든 창문이 다 열릴 때까지 문지방에서 기다렸다. 마침내 현관으로 들어선 그녀는 종종걸음으로 방마다 둘러보았다. 그러고 나서 벽에 아무것도 걸려 있는 것이 없다는 사실에 적이 안심하고 마치 푸닥거리라도 하려는 듯이 청소 계획을 짰다.

앙투안이 의외로 생각한 것은, 형제를 아버지의 집이 아닌 다른 곳에 정착시킨다는 착상을 유모가 별 이의 없이 받아들인 점이다. 사실 이런 계획은 집안의 전통이라든가, 가정이나 교육에 관한 그녀의 관념을 뒤흔들어버린 것만은 틀림없다. 그래서 앙투안은 이런 유모의 태도를 자크가 집으로 돌아온다는 기쁨과 아울러 티보 씨의 결정에 대한 존중, 특히 이 결정이 베카르 신부의 승인을 얻었다는 사실 등, 이런 몇 가지에 기인하는 것으로 해석했다. 그러나 사실 유모의 열성에는 다른 이유가 있었다. 그녀는 앙투안이 집을 떠난다는 것에 깊은 안도감을 느끼고 있었다. 지즈를 그 집에 데리고 살게 된 뒤로 유모는 병균이 전염되지나 않을까 하는 공포 속에서 살아왔던 것이다. 어느 해 봄 아파트 여자 수위의 어린 조카딸인 리스벳 프륄링이 백일해에 걸렸을 때, 집 밖으로 나가려면 수위실 앞을 지나야 한다는 이유로 유모는 지즈를 여섯 주 동안 방 안에서 꼼짝 못하게 하고 맑은 공기는 발코니에 나가서만 쐬게 하며 온 집안이 여름 별장이 있는 메종 라피트로 떠나는 것조차 지연시켰던 일이 있지 않았던가? 그러니까 병원 냄새며, 의료 기구 가

* 메리노 품종의 양털로 된 망토식 겉옷.

방이며, 책 따위를 끼고 있는 앙투안이 유모에게 영원히 위험한 존재로 보였음은 두말할 필요도 없었다. 유모는 앙투안에게 절대로 지즈를 무릎 위에 앉히는 일을 삼가달라고 간청했었다. 어쩌다 앙투안이 집에 돌아와서 부주의로 외투를 자기 방에 가지고 올라가지 않고 현관의 의자 위에 던져놓는다던가, 또는 늦게 귀가하여 손을 씻지 않고 식탁에 앉는다던가 할 때—비록 앙투안이 환자를 돌볼 때는 외투를 입지 않으며, 병원을 나오기 전에 손을 씻지 않는 일이 없다는 것을 그녀도 알고 있었지만—유모는 걱정스러운 나머지 더 이상 저녁을 먹지 못하고 후식이 끝나자마자 지즈를 방으로 데리고 가서 목과 코를 소독약으로 닦아주곤 했던 것이다. 앙투안이 일층 아파트에서 산다는 것은 지젤과 앙투안 사이에 두 층의 보호 지대를 만들어 놓은 것이며, 매일매일의 전염의 위험을 그만큼 줄어들게 하는 것이나 다름없었다. 그래서 유모는 이 페스트 검역소를 정비하는 일에 각별한 열성을 보였던 것이다. 사흘 만에 아파트는 때가 말끔히 벗겨지고, 양탄자가 깔리고, 커튼이 쳐졌으며, 가구가 들어섰다.

자크를 맞이할 준비가 된 것이다.

유모는 자크 생각이 나면 하던 일을 더 서둘렀다. 또는 잠시 일손을 멈추고 힘없는 시선으로 물끄러미 사랑스런 얼굴을 떠올리곤 했다. 지젤에게 쏟고 있는 애정이 이러하다고 해서 자크에 대한 사랑에 있어서 소홀한 점은 추호도 없었다. 유모는 자크가 태어났을 때부터 그를 사랑했는데, 그 사랑은 훨씬 이전으로 거슬러 올라가는 것이다. 왜냐하면 그녀는 자크보다 먼저 자크가 알지 못했던 자크의 어머니를 키웠고 사랑했었기 때문이다. 자크가 태어나자마자 유모는 어머니 대신 자크를 키웠다. 어느 날 저녁 복도에 깔린 양탄자 위에서 자크가 첫 걸음마를 뗀 것은 유모의 두 팔에 안겨서였다. 그 이후 십사 년 동안 유모는 지금 지젤 때문에 조바심하듯이 자크를 위해 조바심하며 보냈다. 지극히 사랑했으나 그 애를 너무도 이해하지 못했다. 그녀가 늘 눈을 떼지 않고 지켜보아온 이 아이가 그녀에게는 수수께끼일 뿐이었다. 어느 날 그녀는 괴물을 키우고 있다는 생각 때문에 절망에 빠졌었다. 그러면서 예수처럼 온화했던 티보 부인의 어린 시절을 상기하며 눈물을 흘린 일도 있었다. 그녀는 그렇게 난폭한 자크의 성질이 누구에게서 물려받은 것일까 하는 생각은 하지 않았다. 오로지 악마 탓만 했다. 그러다가도 어느 날 자크가 갑작스레 마음을 활짝 열고 예상 밖의 돌발적이고, 극단적인 몸짓을 해보일 때면 그녀는 감정이 누그러져 이번에는 기쁨의 눈물을 흘리곤 하는 것이었다. 유모로서는 지금까지 자크가 없는 집을 생각해본 적이 한 번도 없었다. 그녀는 자크가 떠나게 된 사건에 대해 아무것도 이해하지 못했다. 그러나 자크의 귀가를 축제 분위기 속에서 맞고 싶었고, 이 새 방에 자크가 좋아하던 모든 것은 다 마련해주기를 원했다. 앙투안이 반대하리라 생각하고 그녀는 미리 장식장을 자크의 옛날 장난감으로 가득 채워 놓았다. 자크가 마음이 언짢을 때면 언제나 와서 즐겨 앉곤 하던 안락의자를 그녀 방에서 내려오도록 했다. 그리고 앙투안의 충고에 따라 자크의 예전 침대를 새 침대 겸용 소파로 바꾸어 놓았다. 낮에는 접어서 소파로 대용되므로 그 방을 서재다운 장중한 분위기로 만들어줄 수 있었다.

이틀 전부터 돌보아주는 사람 없이 해야 할 숙제 때문에 방에 갇혀 있는 지젤은 노트에 주의를 집중시킬 수가 없었다. 아래층에서 무슨 일이 일어나는지를 알고 싶어서 못 견딜 지경이었다. 자크가 돌아온다는 것, 이토록 어수선한 것이 모두 자크 때문이라는 것을 알고 있었다. 그녀는 초조함을 가라앉히기 위해 자기 방 안에서 서성거렸다.

사흘째 되던 날 아침, 그녀는 더 이상 참을 수 없었다. 게다가 유혹이 어찌나 강했던지 정오에 아주머니가 다시 위로 올라오지 않는 시간을 틈타 홀연히 자기 방을 뛰쳐나왔다. 그리고 층계를 네 단씩 뛰어 내려갔다. 마침 앙투안이 들어오는 길이었다. 소녀는 웃음을 터뜨렸다. 앙투안이 짐짓 냉엄하고 무서운 얼굴을 하고 지젤을 바라볼 때면 참지 못하고 폭소를 터뜨리곤 하는 버릇이 있었다. 앙투안이 심각한 얼굴을 오랫동안 하고 있으면 그때마다 그녀의 웃음이 그치지 않아 끝내는 유모에게 둘 다 야단맞곤 했었다. 그러나 이번엔 단둘이만 있었기에 둘은 이 기회를 이용해 실컷 웃었다.

"너 왜 웃니?" 마침내 앙투안이 소녀의 두 손목을 붙들며 물었다. 소녀는 손을 빼려고 애쓰며 더욱 웃어댔다. 그러다가 갑자기 웃음을 그쳤다.

"나는, 이렇게 웃는 버릇을 고쳐야 할 거예요. 안 그랬다간 결혼도 못 할 테니까."

"아니, 그래 넌 결혼하고 싶니?"

"네" 하고 앙투안 쪽으로 사냥개 같은 착한 눈을 치켜뜨며 대답했다. 그는 야생식물처럼 자란 그녀의 통통한 작은 몸을 바라보면서 처음으로 이 열한 살의 개구쟁이가 여자가 될 것이며, 결혼할 것이라는 생각을 해보았다. 그는 소녀의 손목을 놓았다.

"너는 모자도 안 쓰고 숄도 안 두른 채 혼자서 어딜 그렇게 뛰어가고 있었니? 곧 점심 먹을 텐데."

"나는 아줌마를 찾고 있어요. 모르는 문제가 있어서…." 제법 아양을 부리며 소녀가 말했다. 소녀는 얼굴을 붉히고는 계단의 어둠 속에서 햇빛이 새어 나오는 노총각이 살던 집의 신비스러운 문을 손가락으로 가리켰다. 그녀의 두 눈이 빛났다.

"너 저기 들어가고 싶어?"

지젤은 붉은 입술을 움직이며 목소리를 낮추어 "그래요"라고 했다.

"너 야단맞을라!"

소녀는 주저하더니 앙투안이 농담을 하고 있는지 어떤지를 알려고 대담한 시선을 던졌다. 마침내 소녀가 말했다.

"천만에요! 더구나 이건 죄가 안 돼요."

앙투안은 미소를 지었다. 유모는 바로 이런 식으로 선과 악을 구별했다. 그는 유모가 이 어린아이에게 끼치는 영향에 대해서 자문해보았다. 그러나 지젤을 바라보고는 안심했다. 이 아이는 어디에서나 자기 발전을 해나갈 수 있으며, 모든 후견인의 영향에서 벗어날 수 있을 건강한 나무 같았다.

지젤은 빠끔히 열려 있는 문에서 눈을 떼지 않았다.

"그렇다면, 들어가렴." 앙투안이 말했다.

그녀는 기쁨의 함성을 억누르고는 생쥐처럼 집 안으로 살며시 들어갔다.

유모는 혼자 있었다. 그녀는 침대 겸용 소파 위에서 발끝을 세우고 서서 자크에게 첫 영세 때에 주었던 십자가상, 그리고 이제 앞으로 자크의 잠자리를 보호해줄 십자가상을 벽에 막 걸고 있던 참이었다. 즐겁고 행복하며 활기에 차 있는 그녀는 일을 하며 콧노래를 부르고 있었다. 현관에서 나는 앙투안의 발소리를 알아듣고서야 자기가 시간 가는 줄 모르고 있었다는 사실을 깨달았다. 그동안 아파트의 방들을 한 바퀴 다 돌아본 지젤은 기쁨을 감추지 못하고 손뼉을 치며 춤을 추기 시작했다.

"하느님 맙소사!" 유모가 바닥으로 뛰어내리며 중얼거렸다. 열린 창문으로 들어오는 바람결에 머리카락을 날리며 목청껏 소리 지르며 양새끼처럼 팔딱팔딱 뛰고 있는 조카딸의 모습이 거울에 비쳤던 것이다.

"바-람-이 시원하구나! 바-람-이 시원하구나!"

그녀는 이해할 수도 없었고 이해하려고 노력하지도 않았다. 지젤이 자기 명령을 거역하고 이곳에 올 수 있었다는 것은 생각조차 못 했다. 그녀는 육십육 년 전부터 그저 운명의 장난에 따르는 것에 습관이 되어 있었다. 그러나 걸치고 있던 케이프 단추를 단숨에 끄르고는 아이에게 달려가서 수건으로 아이를 감싼 뒤에 한마디 야단칠 사이도 없이 끌다시피 해서 그 아이가 내려올 때보다 더 빠르게 두 층을 훌쩍 올라갔다. 그녀는 지젤을 이불 속에 눕히고 나서 끓는 차를 한 잔 마시게 한 뒤에야 비로소 안도의 숨을 내쉴 수가 있었다.

그녀의 두려움이 전적으로 근거 없는 것이 아니라는 걸 말해두어야겠다. 베즈 사령관이 주둔하고 있던 타마타브*에서 결혼했던 지젤의 어머니는 마다가스카르 여인으로 지젤을 낳은

지 일 년도 못 되어 폐병으로 죽었다. 그런 지 이 년 뒤에 사령관도 이름을 알 수 없는 병에 걸려 긴 투병 끝에 죽었는데, 사람들은 그 역시 아내에게서 옮은 병으로 죽었다고 생각했다. 이 고아의 유일한 친척인 유모가 지젤을 마다가스카르에서 데려다 키우게 되었는데, 단 한 번도 걱정할 만한 감기조차 걸린 적이 없고, 정기적으로 검진을 받아 모든 의사와 전문의에 의해 건강한 체질임이 인정되고 확인됐음에도 불구하고 유전의 위협이 유모의 뇌리에서 떠나지 않았던 것이다.

학사원의 임원 선거가 두 주일 뒤에 있을 예정이었다. 그래서 티보 씨는 자크가 집으로 돌아오기를 초조하게 기다리는 것 같았다. 오는 일요일에 펨므 씨가 책임지고 자크를 데려오도록 약속되어 있었다. 그 전날, 토요일 저녁에 앙투안은 일곱시에 병원을 나와서 저녁 식사를 가족과 함께하지 않으려고 병원 근처의 식당에서 먹고 나서 여덟시에 혼자 유쾌한 기분으로 그의 새집에 들어왔다. 그날 저녁 처음으로 그 집에서 잘 예정이었다. 그는 열쇠 구멍에 열쇠를 넣고 돌리는 일이며, 자기가 들어온 뒤에 문을 닫는 일 따위를 즐거운 마음으로 해보았다. 온 집안에 전기를 다 켜놓고는 종종걸음으로 그의 왕국을 거닐기 시작했다. 길가로 난 쪽을 자기 집으로 잡았다. 커다란 방 두 개와 작은 방 하나였다. 첫번째 방에는 가구가 별로 없었다. 조그마한 원탁 하나와 그 둘레에 짝이 안 맞는 안락의자 몇 개가 놓여 있었다. 이 방은 앙투안이 환자를 받을 때 사용할 예정이었다.

* 마다가스카르 동부에 위치한 항구 도시. '토아마시나'의 옛 명칭이다.

두번째 방은 첫번째 방보다 더 큰 방으로, 앙투안은 아버지 집에서 자기가 쓰던 가구들을 이곳에 내려왔다. 그의 넓은 책상, 책장, 두 개의 가죽 안락의자, 그 밖에 그의 근면한 생활을 증명하는 모든 물건들이 있었다. 화장실과 옷걸이가 있는 작은 방에 침대를 들여놓았다.

그의 책들은 현관 바닥에, 아직 열지 않은 궤짝들 옆에 그대로 쌓여 있었다. 따뜻한 열기가 난방 장치에서 새어 나왔고 새로 끼운 전구들은 강렬한 빛으로 모든 것을 환하게 비추어주고 있었다. 자기 물건을 정리하기에는 기나긴 저녁 시간이 있었다. 몇 시간 동안 모든 것을 풀고 정리해놓고는 앞으로 자기 생활을 시작할 준비를 해야 했다. 위층에서는 아마 저녁 식사가 끝나가고 있겠지. 지젤은 자기 접시 앞에서 졸고 있을 테고, 티보 씨는 장광설을 늘어놓고 있겠지. 지금 앙투안은 얼마나 마음의 안정을 느끼고 있으며, 그의 고독은 얼마나 감미로운 것인가! 벽난로 뒤에 있는 거울에 그의 상반신이 비추어졌다. 그는 만족스럽게 거울 앞으로 다가갔다. 그에게는 어깨를 떡 벌리고, 입을 꽉 다물고, 항상 정면으로, 자기 눈으로 엄한 시선을 보내며 거울 앞에서 자기를 들여다보는 습관이 있었다. 그는 자신의 너무 긴 상반신이며, 짧은 다리며, 마른 두 팔이며, 왜소한 몸집에 비해 너무 큰, 더구나 수염 때문에 더 크게 보이는 얼굴의 부조화를 잊고 싶었다. 그리고 자기 얼굴의 긴장된 표정을 좋아했다. 왜냐하면 자기 삶의 매순간에 모든 주의를 집중시킬 필요가 있다는 듯이 이마를 힘껏 찌푸리면, 눈썹을 따라서 부어오른 근육이 형성되고 그늘 속에 박힌 그의 시선이 역력한 저력의 표시처럼 그의 마음에 드는 집요한 광채를 발하게 되기 때문이다.

"책 정리부터 시작하지" 하고 그는 웃옷을 벗고 빈 책장의 양쪽 문을 힘차게 활짝 열면서 혼자 중얼거렸다. "자… 강의 노트는 아래에… 사전들은 눈에 쉽게 뜨이는 곳에… 치료학이라… 좋아… 트라랄라! 어쨌든 이제 나는 목적을 달성했어. 아래층은 자신의 거처이고, 그리고 자크가 돌아오면… 삼 주일 전만 해도 누가 믿을 수 있었을까? …이 몸은 불-요 불-굴의 정신력을 가지고 있어." 그는 마치 다른 사람의 목소리를 흉내 내듯이 맑고 부드러운 목소리로 혼잣말을 계속했다. "끈기 있고 불요-불굴!" 그는 거울 쪽으로 즐거운 시선을 흘끗 보냈다. 그리고 몸을 한 바퀴 빙 돌리다가 하마터면 턱 밑에 들고 있던 팸플릿 뭉치 때문에 넘어질 뻔했다. "아니, 천천히! 좋아! 자 이제 책장의 선반들이 다시 생명력을 띠게 되었구나…. 이젠 종이 서류들이다…. 오늘 저녁에는 이것들을 전처럼 서류 정리 상자 안에 그대로 놓아두자…. 하지만 이제 곧 이 모든 서류들과 관찰 기록들을 재검토 정리해야만 할 것이다…. 나는 이제 꽤 많은 서류들을 가지기 시작했어… 논리적이고 명확한 분류 방법을 적용해서 단번에 찾아볼 수 있도록 해야지…. 필립의 집에서 보았던 것처럼… 카드에 목록을 기록해서… 훌륭한 의사들은 다 그렇게 하고 있으니까…."

앙투안은 춤을 추는 듯한 가벼운 걸음으로 현관과 서류 처리함 사이를 왔다 갔다 했다. 갑자기 그는 전혀 뜻밖의 어린애 같은 웃음을 터뜨렸다. "앙투안 티보 박사" 하고 그는 잠시 발을 멈추고 고개를 들면서 불러보았다. "티보 박사… 티보 박사라고, 소아과 전문의, 당신도 잘 아시지요…." 그는 한 발을 살짝 옆으로 내딛고 짧은 인사를 했다. 그리고 다시 신중하게 하던 일을 계속했다. "이젠 버드나무 궤짝을 풀자…. 이 년 뒤에는 금메달을 손에 넣겠다. 병원장… 그리고 병원들 사이의 경쟁….

그러니까 앞으로 길어야 삼사 년 동안 이 집에 살 거다. 그때는 이보다 더 큰 집이 필요하게 될 테니까. 원장 선생의 집 같은 거 말씀이야." 그는 조금 전처럼 다시 맑고 부드러운 목소리로 말했다. "우리 병원에서 가장 젊은 의사 중 하나인 티보… 필립의 오른팔… 내가 곧바로 소아과를 전공한 것은 선견지명이 있는 일이었어…. 루이제나 투롱을 생각할 때면… 바보 같은 녀석들…."

"바-보-같은 녀석들…" 하고 되풀이하는 그의 태도는 자기가 무슨 말을 하는지 생각지도 않는 것 같았다. 그의 두 팔 안에는 다양한 종류의 물건들이 잔뜩 안겨 있었는데, 그는 당황한 눈길로 그 물건들 하나하나에 적당한 자리를 찾고 있었다. '만일 자크가 의사가 되고 싶다면 그 애를 도와주겠다. 그 애의 갈 길을 인도해주겠어…. 티보가家의 두 사람의 의사. 안 될 게 뭐람? 의사란 티보가 사람들에게 맞는 직업이다! 힘든 길이긴 하지만, 약간 호전적이고 오만함이 있는 사람에게는 얼마나 커다란 만족감을 주는가! 주의력과 기억력과 의지력을 위해 얼마나 노력해야 하는가! 그리고 끝이 없는 일이다! 그러나 일단 의사가 되고 난 뒤에는! 훌륭한 의사… 예를 들어 필립 같은 의사… 그 부드럽고도 자신 있는 표정을 띠게 된다는 것… 아주 예의 바르지만, 항상 거리감을 두고 있는… 교수님… 아, 무시 못 할 누군가가 된다는 것. 가장 시기하고 있는 동료 의사들로부터 진찰 의뢰를 받게 되는 일이란!

그런데 나는 전문 분야 중에서 가장 어려운 소아과를 택했다. 아기들은 말을 할 줄 모른다. 혹시 말을 한다 해도 그 말을 믿다가는 오진하기가 일쑤다. 이 일이란 진정 밝혀내야 할 질병과 일대일로 마주치는 고독한 일이다…. 다행히도 엑스선 진찰이 있지…. 오늘날 완벽한 의사가 되려면 엑스선 촬영 실습을 해야 해. 그리고 나중에는 내 작은 방 옆에다 엑스선 촬영실을 만들어야지…. 간호사를 두고… 아니 그보다는 작업복을 입은 조수가 낫겠지…. 환자를 받는 날에는, 좀 심각한 증상이 보일 때마다 자, 어서, 사진을 한 장….'

"내가 티보 박사를 믿는 것은요, 그분이 항상 엑스선 촬영 진찰로 시작하기 때문이지요…."

그는 자신의 목소리를 듣고 미소 지으며 거울 속의 자기 모습을 향해 윙크를 보냈다. '그럼, 그래, 나는 자만이 무엇인지 잘 알고 있어' 하고 그는 냉소적인 웃음을 띠며 생각했다. '베카르 신부는 티보 가문의 자부심이라고 말하지. 아버지는… 그렇다. 하지만 나는, 그래, 자부심의 주인공이다. 안 될 게 뭐 있나? 자부심, 그것은 내 저력이다. 나의 모든 저력이 나오는 힘이다. 난 그걸 이용하고 있다. 내겐 그럴 권리가 있다. 무엇보다도 먼저 자기의 힘을 다 이용한다는 게 중요한 일이 아닐까? 그런데 내 힘이란 어떤 걸까?' 그는 이를 드러내 보이며 미소를 지었다. '난 내 힘을 잘 알고 있다. 우선, 난 이해력이 빠르고, 이해한 걸 금방 기억한다. 기억한 건 머리에 남는다. 그러고 나서 연구 능력. 티보는 소처럼 공부한다! 다행스런 일이야. 얼마든지 그런 말을 하라지! 그들은 모두 나만큼 열심히 공부할 수 있기를 바란다. 그리고 또 뭐가 있지? 에너지. 그래, 그거다. 굉-장-한

에너지' 하고 그는 다시 거울 속에서 자기 모습을 찾아보며 천천히 혼잣말을 했다. "그것은 잠재력과 같은 것이다…. 완벽하게 충전된 축전지, 항상 준비 완료된 축전지, 나에게 어떠한 노력도 가능하게 해주는 축전지다! 그러나 이 모든 잠재력을 움직일 수 있는 수단이 없다면 무슨 소용이 있을까요, 신부님?" 그는 천장 불빛을 받아 번쩍이는 니켈로 만들어진 납작한 왕진 가방을 들고는 어디에 둘까 망설였다. 그러다가 책장 위에 밀어 넣었다. "다행스러운 일이다." 그는 때때로 아버지에게서 들을 수 있는 애매하고 빈정거리는 투의 큰 소리로 외쳤다. "트라랄라, 자부심 만세, 신부님!"

트렁크는 거의 다 비었다. 그는 맨 밑에서 벨벳으로 된 작은 사진틀 두 개를 꺼내서 무심코 바라보았다. 그것은 외할아버지와 어머니의 사진이었다. 외할아버지는 연미복을 입고 책이 잔뜩 놓인 조그마한 원탁에 한 손을 얹고 서 있는 노인의 모습이었다. 어머니는 섬세한 용모의 젊은 부인의 모습으로, 무표정하다기보다는 부드러운 시선이었고, 앞가슴이 사각형으로 패인 옷을 입고 두 갈래로 빗은 구불거리는 머리카락이 어깨까지 드리워져 있었다. 이 사진은 티보 부인의 약혼 시절 사진이었다. 앙투안은 이런 모습을 한 어머니를 본 적이 한 번도 없지만 무척 오래전부터 늘 이 사진을 보아왔기 때문에 앙투안의 머리에 떠오르는 어머니의 모습은 항상 이 모습이었다. 자크가 태어나던 해에 어머니가 돌아가셨는데, 그때 앙투안은 아홉 살이었다. 앙투안은 어머니보다는 쿠튀리에 외할아버지를 더 잘 기억했다. 경제학자였고 마크 마옹*의 친구였던 외할아버지는 티에르** 씨가 실각했을 때 센 지방의 지사가 될 뻔했고, 몇 년 동안 학사원의 원장직을 맡았었다. 앙투안은 외할아버지의 온화한 얼굴이며, 하얀 모슬린 넥타이들이며, 상어가죽으로 된 갑에 들어 있던 나전 손잡이가 달린 일곱 개의 예비 면도날을 넣은 면도갑을 잊을 수가 없었다.

그는 두 개의 사진틀을 벽난로 위, 돌과 화석 표본들 사이에 놓았다. 이제는 여러 가지 잡다한 물건과 종이들이 뒤죽박죽 쌓여 있는 책상을 정돈하는 일만 남았다. 그는 유쾌하게 그 일을 시작했다. 방은 눈에 뜨이게 달라져가고 있었다. 일을 마치고 나서 만족한 눈길로 자기 주위를 둘러보았다. '홑이불이며 옷가지들은 프륄링 어멈이 할 일이지' 하고 그는 느긋하게 생각했다. (유모의 감독에서 완전히 빠져나오기 위해 그는 수위 아줌마 혼자 아래층 아파트의 집안일을 거들어준다는 허락을 받았다.) 그는 담배 한 개비를 꺼냈다. 그리고 가죽 안락의자 위에 길게 몸을 뻗고 앉았다. 이렇게 특별히 할 일도 없이 저녁 내내 긴 시간이 주어지는 일이란 드물었다. 그래서 이런 시각에 무얼 어떻게 해야 할지 거북스러워졌다. 시간은 얼마 지나지 않았다. 이제부터 무얼 한담? 여기 이대로 앉아서 담배를 피우며 공상에 잠길 건가? 물론 편지 쓸 데가 몇 군데 있기는 했다. 까짓것!

'참' 하고 그는 갑자기 몸을 일으키며 생각했다. '에몽의 책에 소아의 당뇨병에 대해 뭐라고 기술했나 보고 싶었지….' 그는 장정된 커다란 책을 꺼내서 무릎 위에 놓고 펼쳤다. '그래… 내

* 프랑스의 원수로 제3공화국 2대 대통령.

** 프랑스의 원수로 제3공화국 초대 대통령.

가 이걸 알았어야 하는 건데. 이건 명백한 일이군' 하고 그는 눈썹을 찌푸리며 생각했다. '내가 정말 실수를 했던 거야…. 필립이 아니었다면 그 가련한 꼬마는 끝장날 뻔했었군. 내 잘못 때문에… 아니, 내 잘못 때문이란 건 정확하지 않아. 하지만…' 그는 책을 덮었다. 그리고 그것을 책상 위에 던졌다. '그런 경우 그 지도 교수는 어쩌면 그렇게도 냉담한지! 그는 아주 자만심이 강하고 자기 지위에 집착하고 있어! "가련한 티보 군, 자네가 처방한 치료법으로는 환자의 상태를 악화시킬 수밖에 없었어요! 통근 의사니 간호사니 잔뜩 있는 앞에서 그런 바보짓을 하다니!"'

그는 두 손을 호주머니에 찔러 넣고 몇 발짝 걸었다. '내가 교수에게 대답했어야 하는 건데. 이렇게 말했어야 하는 건데. "교수님 하실 일이나 잘해주셨으면!…." 옳은 얘기지. 그랬다면 이렇게 대답했겠지. "티보 군, 내 생각에 그 점에서는 그 누구도…" 그때 내가 이렇게 대꾸 못 하게 그의 입을 틀어막았어야 하는 건데. "죄송합니다! 만약 교수님께서 아침에 제시간에 출근하셨다면, 그리고 열한시 삼십분만 되면 진료비를 두둑이 내는 특진 환자에게 달려가지 않고 회진이 끝나도록 기다리셨더라면 교수님이 하실 일을 제가 할 필요도 없었을 테고, 오진을 할 위험도 없었겠지요!" 얼마나 멋졌을까! 그것도 모든 사람들 앞에서 말이다! 그랬더라면 두 주일 동안 핏대를 올려 화를 냈겠지만 난 상관하지 않았을 거야. 까짓것!'

그의 얼굴은 갑자기 악의에 찬 표정으로 변했다. 그는 어깨를 으쓱하고는 아무 생각 없이 시계의 태엽을 감았다. 그러나 갑자기 오한이 나서 웃옷을 다시 걸치고 금방 앉았던 자리에 다시 가서 앉았다. 조금 전의 기쁨은 사라졌다. 그의 가슴에는 냉담한 느낌만 남았다. "바보" 하고 그는 원한에 찬 미소를 띠며 작은 소리로 말했다. 그는 신경질적으로 두 다리를 꼬았다. 그리고 담배를 다시 피워 물었다. 그러나 '바보'라고 말하면서도 그는 필립 박사의 눈의 정확성, 경험, 놀랄 만한 직관력을 생각하고 있었다. 그 순간 지도 교수의 천재성이 그가 보기에 압도적인 총체를 이루고 있는 것 같았다.

'그런데 난, 난?' 하고 그는 숨이 막힐 듯한 느낌으로 자문했다. '난 언제나 그처럼 명백히 볼 수 있게 될까? 거의 틀림이 없는 그 통찰력, 훌륭한 의사라면 모두 갖추고 있는 그 통찰력이 내게도 있는 걸까?… 그래, 기억력, 적응력, 인내력은…. 하지만 이런 부차적인 능력 외에 다른 것도 내게 있을까? 내가 이런… 쉬운 진단을 하며 벽에 부딪친 게 이번이 처음은 아니다. 그래, 그건 아주 쉬운 진단이었어. 한마디로 흔한 경우이고 분명히 특성이 드러나는 경우였어…. 아' 하고 그는 갑자기 한 팔을 내밀면서 생각했다. '그런 게 쉽사리 익혀질 수는 없는 거야. 공부하고, 경험을 쌓아야지, 경험을!' 그는 창백해졌다. '그런데 내일은, 지그기!' 하며 그는 생각했다. '내일 저녁이면, 저 방에 자크가 있게 될 거다. 그리고 나는… 나는….'

그는 벌떡 일어섰다. 그가 동생과 함께 살겠다고 한 계획이 갑자기 현실로 다가왔다. 미친 짓 중에도 가장 미친 짓이었어! 그는 자신이 받아들인 책임에 대해서 더 이상 생각하지 않았다. 다만 이제부터는 자크가 무슨 짓을 하든 그의 행동을 마비시킬 구속만을 생각하고 있었다. 자기가 어떤 판단의 착오로 이 인명 구조 작업을 책임지기로 했는지 도저히 이해할 수가 없었다. 헛되이 허비할 시간이 있단 말인가? 일주일에 단 한 시간이나마 자기 목적에서 딴 데로 돌릴 여유가 있다는 말인가? 바보 같은 짓이다! 목에 이 돌덩이를 매단 게 바로 자신이었다니! 더구나 이제는 뒤로 물러설 아무 방법도 없지 않은가!

그는 무심코 현관을 가로질러 가서 자크를 위해 준비된 방의 문을 열었다. 어두운 방 안을 애써 들여다보면서 어처구니없다는 듯 문턱에 그대로 서 있었다. 실망이 그를 엄습해왔다. '제기랄, 이제부터 조용히 있으려면 어디로 도망친단 말이야? 공부하고 내 생각만 하려면! 맨날 양보만 하다니! 가족, 친구들, 자크! 모든 사람들이, 내가 공부하지 못하도록, 내 인생을 망치도록 공모하고 있다!' 그는 머리끝까지 화가 치밀어 얼굴이 화끈거렸으며, 입이 바싹 타들어가는 것 같았다. 부엌으로 가서 냉수 두 컵을 마신 다음 서재로 돌아왔다.

의기소침해 있던 그는 옷을 벗기 시작했다. 아직 익숙해지지 않은 이 방, 늘 접하던 물건들인데도 생소한 느낌을 주는 이 방 안에서 어찌할 바를 모르고 있는 그에게 모든 것이 갑자기 적대감을 일으키는 것만 같았다.

그는 잠자리에 드는 데 한 시간이나 허비했으며, 잠이 드는 데에는 그보다 더 오랜 시간이 걸렸다. 그는 이렇게 가까이에서 나는 길거리의 소음에 익숙하지 않았던 것이다. 그리고 보도에서 행인의 발소리가 들려올 때마다 소스라치곤 했다. 그래서 사소한 일들을 생각하기로 했다. 자기 자명종 시계를 고치러 보낸 일이며, 언젠가 밤에 필립 교수 댁에서의 파티에서 돌아오는 길에 택시를 잡느라고 애먹었던 일이며… 자크가 귀가한다는 생각이 이따금 고통스럽게 마음을 파고들었다. 그는 좁은 침대에서 절망을 느끼며 몸을 뒤척였다.

'뭐니 뭐니 해도' 하고 그는 분연히 생각했다. '내겐 살아야 할 내 인생이 있어! 자기들이 알아서 해나가라지! 이미 결정 난 일이니 그 애를 저 방에 두긴 하겠어. 그 애의 공부 계획은 내가 짜주겠어. 좋아, 그런 다음에는 자기 좋을 대로 하라지! 그래, 난 그 애를 돌보겠다고 승낙했어. 하지만 그뿐이야! 그 일로 내 출세를 막아선 안 돼! 난 살아야 할 내 인생이 있단 말이야! 그 나머지 일이란…' 동생에 대한 애정이 그날 저녁에는 그 흔적조차도 찾아볼 수 없었다. 그는 크루이에 갔던 일을 상기해보았다. 야위고 고독에 짓눌린 동생의 모습이 떠올랐다. 혹시 폐병은 아닐지 누가 알아? 만약 폐병이라면 아버지에게 자크를 좋은 요양소로 보내자고 해야지. 스위스보다는 오히려 오베르뉴 지방이나 피레네 쪽으로. 그러면 자신은 혼자서 자유롭게 자신만의 시간을 보내고, 맘껏 공부할 수 있게 되겠지…. 그는 이렇게 생각하는 자신에 대해 깜짝 놀랐다. '난 자크의 방을 차지하겠다. 그 방에 침실을 꾸며야지….'

8

다음 날 눈을 떴을 때 앙투안의 마음가짐은 전날 밤과는 정반대였다. 병원에서 아침나절을 보내면서 그는 애타게 마음을 졸이며 몇 번이나 시계를 바라보았다. 펨므 씨의 손으로부터 동생을 넘겨받으러 가는 시간까지 기다리기가 지루했다. 그는 시간보다 훨씬 일찍 역으로 나갔다. 그리고 왔다 갔다 하며 펨므 씨에게 소년원에 대해 묻고자 결심했던 말들을 몇 번이고 되뇌곤 했다. 그러나 막상 기차가 플랫폼에 도착하고, 열 지어 내려오는 여객들 사이에 자크의 모습과 원장의 안경이 보이자 그는 마음속으로 단단히 준비했던 말을 다 잊었다. 그러고는 두 사람을 맞으러 달려갔다.

펨므 씨의 얼굴에는 희색이 만면했다. 그리고 앙투안을 대하는 그의 태도는 가장 친한 친구를 다시 만나기라도 하는 것 같았다. 그는 꽤 신경을 써서 옷을 입고 있었으며, 화려한 장갑도 끼고 있었다. 그러나 말끔하게 면도한 그의 얼굴은 면도 후의 얼얼함을 막기 위해 분을 바른 것이 틀림없었다. 그는 두 형제를 집까지 수행할 작정인 것 같았다. 근처 카페의 테라스에서 무얼 좀 들자고 형제에게 강요하다시피 했다. 앙투안은 택시를 소리쳐 부름으로써 펨므 씨와의 이별을 앞당길 수 있었다. 펨므 씨는 손수 자크의 짐을 택시에 실어주었다. 차가 움직이기 시작하자 하마터면 에나멜 구두 끝을 바퀴에 치일 뻔하면서도 그는 다시 한번 두 형제와 뜨거운 악수를 하려고 차 안으로 몸을 들이밀었다. 그러면서 앙투안에게 이사장님께 안부 전해줄 것을 신신당부했다.

자크는 울고 있었다.

그는 아직도 형의 친절한 마중에 부응하는 한마디의 말이나 어떠한 제스처도 하지 않았다. 이처럼 동생이 낙담하고 있는 모습이 앙투안에게는 한층 더 동정심을 자아냈으며, 그로 하여금 가슴을 벅차게 하는 새로운 감회를 갖게 했다. 만일 누군가가 그에게 전날 밤의 증오를 상기시켜주었다면 앙투안은 부인했을 것이다. 그리고 이제까지 말할 수 없이 공허하고 삭막하던 자신의 생활이 동생의 귀가로 인해서 마침내 어떤 목적을 갖게 된다는 생각을 줄곧 해왔노라고 실토했을지도 모른다.

동생을 아파트에 들여보내고 나서 문을 닫았을 때 그는 마치 첫 연인에게 그녀만을 위해서 준비된 집을 선물하는 정부情夫처럼 흐뭇함을 느꼈다. 그런 생각을 하는 자신이 가소롭기도 했다. 그러나 자신이 우스꽝스러워진다는 것은 조금도 개의치 않았다. 그는 자신이 행복하고 착한 인간이라고 느꼈다. 그리고 동생의 얼굴에서 일말의 만족해하는 표정이라도 볼 수 있지 않을까 살펴보았으나 헛일이었다. 그러나 그는 자기가 시작한 이 임무가 성공하리라는 것을 한순간도 의심치 않았다.

유모는 자크가 도착하기 직전에 그의 방을 한번 둘러보고 갔다. 곧 방의 분위기를 좀 더 쾌적하게 만들기 위해 불을 피워놓았다. 그리고 전에 자크가 특히 좋아했던 그 동네 제과점의 특제품인 바닐라와 설탕을 뿌린 호두과자 한 접시를 눈에 뜨이게 놓아두었다. 침대 옆 탁자 위에 있는 유리컵에는 물망초 한 다발이 꽂혀 있었는데, 그 꽃다발로부터 내려뜨려진 종이테이프에는 지젤이 색색의 연필로 이렇게 써놓았다.

자크 오빠를 위해서.

그러나 자크는 이 모든 환영 준비물에 전혀 시선을 보내지 않았다. 앙투안이 외투를 벗는 동안 자크는 들어서자마자 모자를 두 손에 든 채 문 가까이에 있는 의자에 앉았다.

"자, 집을 한 바퀴 돌아보자!" 앙투안이 큰 소리로 말했다.

자크는 서두르지 않고 형의 뒤를 따라다니며 아무 생각 없이 이 방 저 방을 둘러보고 나서 아까 앉았던 의자에 다시 와 앉았다. 그는 무엇인가 기다리며 불안에 떠는 사람 같아 보였다.

"식구들 보러 올라가지 않을래?" 하고 앙투안이 제안했다. 그리고 자크가 흠칫 몸을 떠는 것을 보자 그는 동생이 집에 도착한 이래 줄곧 그 일만을 생각하고 있었다는 것을 알아차렸다. 자크의 안색이 창백해졌다. 그는 시선을 떨구었다. 그러나 마치 이 숙명의 순간이 다가온 것에 겁을 내면서도 동시에 한시라도 빨리 그 일을 끝내버리고 싶다는 듯이 곧 일어섰다.

"자, 가자. 잠깐 얼굴만 비치고 곧 나오자." 앙투안은 동생에게 용기를 주려고 말했다.

티보 씨는 서재에서 두 아들을 기다리고 있었다. 그는 흐뭇한 기분에 파묻혀 있었다. 곧, 맑은 하늘에 봄이 다가오고 있었다. 그리고 아침에 교구 대미사에 참석했을 때 집사석에 앉아서 다음 일요일 그 자리에는 학사원의 새 회원이 된 사람이 앉아 있게 될 것이라고 되뇌면서 내심 기뻐하고 있었던 것이다. 그는 두 아들을 앞으로 나가 맞으며 자크를 포옹해주었다. 자크는 흐느끼고 있었다. 티보 씨는 그 눈물에서 회한과 굳은 결심을 보았다. 그 역시 자크로 인해 겉으로 나타내는 것보다는 훨씬 감동되어 있었다. 그는 자크를 벽난로 주위에 있는 등이 높은 한 안락의자에 앉히고 자신은 선 채 뒷짐을 지고 왔다 갔다 했다. 그리고 늘 하듯이 숨을 거칠게 내쉬면서 정다우면서도 동시에 단호한 어조로 짤막하게 훈계를 했다. 그리고 자크가 아버지의 집으로 되돌아오게 된 여러 가지 주위 상황을 상기시키면서, 아비인 자신을 대할 때와 마찬가지로 형에게도 존경과 순종으로 대할 것을 아울러 권고했다.

훈계의 끝부분은 뜻밖의 손님 때문에 단축되었다. 손님은 앞으로의 동료로서 거실에서 마냥 기다리게 할 수는 없었으므로 티보 씨는 두 아들을 내보냈다. 그래도 그는 두 아들을 서재의 문까지 배웅했다. 그리고 한 손으로 문의 커튼을 쳐들고 다른 한 손을 회개한 아들의 머리에 얹었다. 자크는 아버지의 손이 자기 머리를 어루만지고 목덜미께를 다정스럽게 토닥이는 것을 느끼자 너무도 새로운 태도에 감정을 억누를 수가 없었다. 그는 몸을 돌려서 크고 퉁퉁한 아버지의 손을 잡고 입술을 갖다 대려고 했다. 깜짝 놀란 티보 씨는 못마땅한 듯이 눈을 떴다. 그리고 거북해하며 손을 뺐다.

"자, 자…" 하고 아버지는 목을 연신 옷깃 밖으로 내밀면서 중얼거렸다. 자크의 이런 감상적인 태도가 그에게는 조금도 좋은 징조로 보이지 않았다.

그들은 저녁 미사에 가기 위해 지젤에게 옷을 갈아입히고 있던 유모를 보았다. 부산한 개구쟁이를 보게 되리라고 생각했던 유모는 기대와는 달리, 안색이 창백하고 울어서 눈이 벌겋게 충혈된 키가 훌쭉한 소년이 들어오는 것을 보자 두 손을 마주 잡았다. 그러자 그녀의 손에서 지젤의 머리를 매던 리본이 미끄러져 떨어졌다. 그녀의 충격이 어찌나 컸던지 처음엔 자크를 안아줄 생각조차 못 했다.

"맙소사! 정말 너냐?" 유모는 마침내 입을 열면서 그에게 달려갔다. 그녀는 자크를 자기 케이프 위로 껴안았다. 그리고 자크를 쳐다보려고 뒤로 물러섰다. 반짝이는 두 눈으로 자크를 뚫어지게 바라보았지만 전에 사랑했던 자크의 모습은 찾아볼 수가 없었다.

유모보다 더 실망한 데다가 몹시 어색해진 지젤은 웃음을 터뜨리지 않으려고 두 입술을 깨물면서 양탄자만 내려다보고 있었다. 자크의 최초의 미소를 얻어낸 것은 지젤이었다.

"너, 날 몰라보겠니?" 하고 자크가 지젤 쪽으로 다가가며 말했다. 서먹서먹했던 분위기는 가셨다. 지젤은 자크의 품에 안겼다. 그러고 나서 염소처럼 깡충깡충 뛰기 시작했다. 그러나 그날 지젤은 자크에게 감히 한마디 말도 하지 못했다. 자기가 꽂아놓은 꽃을 보았느냐고 묻지도 못했다.

모두 함께 아래층으로 내려갔다. 지젤은 자크의 손을 잡고 줄곧 놓지 않은 채 어린 동물적인 본능을 나타내며 말없이 자크에게 몸을 기대었다. 두 사람은 계단 아래에서 서로 헤어졌다. 그러나 둥근 천장 아래에서 지젤은 몸을 돌려 유리창 너머로 그에게 두 손을 활짝 펴서 키스를 보내주었다. 그러나 자크는 보지 못했다.

아파트로 되돌아와 단둘이 남게 되었을 때 언뜻 자크를 눈여겨본 앙투안은 동생이 가족들을 만나보고 나서 무척 홀가분한 마음가짐이며 그의 정신 상태가 훨씬 좋아졌다는 것을 알았다.

"그래, 우리 여기서 단둘이 지내는 것, 유쾌한 일로 생각지 않니? 대답해 봐!"

"그래."

"그렇다면, 앉으렴. 저 큰 안락의자가 좋겠구나. 아주 편안하게 느낄 거야. 내가 차를 끓일게. 배가 고프지 않니? 가서 과자를 가지고 오렴."

"아니, 괜찮아."

"나도 먹고 싶다니까!" 지금 앙투안의 기분을 망칠 만한 것은 아무것도 없었다. 이제야 이 고독한 공부벌레는 남을 사랑하고, 보호하고, 함께 나누는 즐거움이 무엇인지 알게 된 것이다. 그는 별 이유도 없이 웃고 있었다. 이것은 뭐니 뭐니 해도 행복한 도취감 때문이었다. 그는 생전 처음으로 마음을 열고 있는 느낌이었다.

"담배 줄까? 싫어? 날 보고 있구나…. 넌 담배 안 피우니? 넌 마치… 마치 내가 함정이라도 파지 않았나 해서 날 계속 주시하는구나! 자, 얘야, 마음을 놓아. 제발, 좀 믿어봐라. 넌 이젠 소년원에 있는 게 아니야! 넌 아직도 날 못 믿니? 그렇지?"

"아니야."

"그럼 뭐야? 내가 너를 속였을까 봐 걱정하는 거니? 내가 널 데려오긴 했다만 생각한 만큼 자유롭지 못할까 봐 걱정하는 거니?"

"아… 아니야."

"그럼, 뭘 두려워하는 거니? 뭐 아쉬운 게 있어?"

"없어."

"그럼? 시무룩한 표정을 짓고 있는데, 도대체 뭘 생각하는 거니? 응?"

그는 동생에게로 다가가서 몸을 숙이고 포옹하려다가 그만두었다. 자크는 앙투안 쪽으로 쓸쓸한 눈길을 보냈다. 그는 형이 대답을 기다리고 있다는 것을 알았다.

"왜 그런 걸 물어?" 하면서 자크는 약간 몸을 떨더니 아주 낮은 목소리로 덧붙였다. "그게 무슨 소용이 있어?"

잠시 침묵이 흘렀다. 앙투안이 지극히 동정적인 눈길로 지그시 바라보자 자크는 또다시 울먹였다.

"얘야, 넌 환자 같구나." 앙투안이 서글픈 투로 말했다. "곧 나아질 거야. 날 믿어. 다만 널 돌봐주었으면 해, 아끼면서…." 그는 동생을 바라보지 않고 멋쩍어하며 덧붙였다. "우린 아직 서로를 잘 모르고 있어. 생각해 봐. 우리는 아홉 살이나 차이가 있어. 네가 어렸으니까 구 년이란 나이 차이는 우리 사이에 커다란 간격이었지. 네가 열한 살 때 난 스무 살이었으니까. 우린 함께 뭘 생각할 수가 없었어. 그러나 이제는 전혀 달라. 예전에 내가 널 사랑했었는지조차 모르겠어. 안 그랬던 것 같아. 어때 내가 솔직하게 얘기하고 있지? 이제는 사정이 달라졌다는 것을 잘 알고 있어…. 나는 아주, 아주 만족스럽단다…. 네가 여기에, 내 곁에 있다는 게… 감격스러울 정도야. 둘이 살면 생활도 훨씬 쉬워질 테고, 더 나아질 거다. 넌 그렇게 생각하지 않니? 이봐. 나는 병원 일이 끝나는 대로 빨리 돌아오려고 서두를 게 틀림없어. 그러면 열심히 공부를 하고 있는 네가 책상 앞에 앉아 있는 걸 볼 수 있겠지. 안 그래? 그리고 저녁에는 일찍 이 아파트로 다시 내려와서 각자 등불 밑에 자리 잡고 앉을 거야. 그리고 서로가 보이도록, 바로 옆에 있다는 걸 느낄 수 있도록 문을 열어놓은 채로… 밤에는 우린 이야길 나눌 거야. 친구처럼 떠들어댈 거야. 자러 갈 생각도 않고 말이다…. 웬일이니? 너 울고 있구나?"

그는 자크에게로 다가가서 안락의자의 팔걸이에 걸터앉았다. 그러고는 약간 망설이다가 자크의 손을 잡았다. 자크는 눈물로 뒤범벅이 된 얼굴을 옆으로 돌린 채, 두 손으로는 앙투안의 손을 꽉 쥐고 있었다. 한동안 자크는 격앙되어 형의 손을 으깰 정도로 꽉 쥐고 있었다.

"형! 형!" 하고 마침내 자크가 헐떡거리며 외쳤다. "아, 만약 형이 지난 일 년 동안 내게 일어났던 일을 다 안다면…."

자크가 어찌나 심하게 흐느꼈던지 앙투안은 감히 물어볼 생각도 하지 못했다. 앙투안은 자크의 어깨를 팔로 감싸 다정하게 껴안았다. 그들이 컴컴한 마차 안에서 처음으로 속마음을 터놓고 이야기를 나누었을 때도 앙투안은 마음을 설레게 하는 이런 연민의 순간을, 둘 다 힘과 의지가 돌연 넘쳐흐르는 것을 체험한 적이 있었다. 그 뒤에도 자주 뭔가 문득문득 가슴을 울리는 것이 있었으나, 오늘 저녁에는 갑자기 기이한 양상을 띠며 부각되었던 것이다. 그는 일어서서 방 안을 이리저리 서성거리기 시작했다.

"이봐" 하고 앙투안이 남달리 흥분하여 이야기를 시작했다. "왜 오늘 당장 내가 이런 이야기를 꺼내는지는 나도 모르겠어. 하긴 이 일에 대해서는 앞으로 다시 말할 기회가 있을 거다. 난 이런 걸 생각했어. 우리가 형제라는 것 말이다. 아무것도 아닌 얘기 같지만 내게는 아주 새로운 느낌이야. 아주 심각한 느낌이고. 형제! 같은 피를 나누었을 뿐만 아니라 태어날 때부터 같은 뿌리를, 똑같은 정기를, 똑같은 열정을 나누고 있단 말이다! 우리는 단순히 앙투안과 자크라는 두 개인이 아니야. 우리는 두 사람의 티보, 티보 가문의 사람이란 말이다. 내 말 알아듣겠니? 놀라운 일은 우리 속에 이 열정, 같은 열정, 티보 가문의 열정을 가지고 있다는 바로 이 점이야. 알겠니? 우리 티보가 사람들은 다른 사람들과는 다르단다. 우리가 티보 가문에 태어났다는 사실만으로도 남들한테 없는 걸 가졌다고 나는 믿고 있단다. 난 말이다, 내가 머물렀던 어느 곳에서나, 중학교든, 대학이든, 병원이든, 어느 곳에서나 나는 티보 가문의 일원이라는 것을, 다른 사람들과는 다르다는 것을 느껴왔단다. 뭐, 남보다 우월하다고 말할 수는 없겠지만, 말하지 못할 것도 없지. 그래, 우월하다고, 남들한테 없는 저력으로 무장되어 있다고 느껴왔단다. 그리고 너도 이 점에 대해서 생각해보도록 해. 네가 학교 다닐 때 말이다. 네가 성적이 나쁘긴 했어도 다른 모든 아이들을 **힘**으로 능가할 수 있다는 그 내적인 열정을 느끼지 못했니?"

"느꼈어." 울음을 그친 자크가 분명하게 대답했다. 자크는 대단한 흥미를 느끼면서 형을 뚫어지게 바라보았다. 그런 자크의 얼굴은 불현듯 이해력 깊고 성숙한 표정을 띠었는데 그것이 나이보다 열 살은 더 들어 보이게 했다.

"난 오래전부터 이런 것을 인정해왔어." 하며 앙투안이 이야기를 계속했다. "우리에겐 자부심과 격렬함과 아집 같은 보기 드문 복합적인 기질이 있다는 것 말이야. 뭐랄까, 난 아버지를 생각해보곤 하지…. 한데 말이다, 넌 아버지를 잘 모르고 있어. 하긴 아버진 우리와는 또 다르셔" 하며 앙투안은 잠시 말을 중단했다가 다시 계속했다. 그리고 그는 자크에게로 다가와서 티보 씨가 하듯이 상체를 앞으로 굽힌 채, 두 손은 무릎 위에 올려놓고 자크의 맞은편에 와서 앉았다. "내가 오늘 네게 꼭 말해두고 싶은 점은 이런 신비스런 힘이 내 생애를 통해서 끊임없이 나타났는데, 어떻게 말하면 좋을까, 그것은 뭔가 파도와 같은 것, 갑자기 이는 거대한 파도와 같은 것이어서 우리가 헤엄을 칠 때 우리를 들어 올려주고, 우리의 몸을 실어가면서 단숨에 공간 전체를 뛰어넘게 하는 것이었어! 너도 알게 될 거다! 참 멋진 일이지. 한데 그 힘을 이용할 줄 알아야 한단다. 그런 힘을 지니고 있는 한 불가능한 일이란 아무것도 없고, 아무 어려운 일도 없어. 그런데 너도 나와 마찬가지로 그런 힘을 지니고 있어. 알겠니? 그래서 나는… 하지만 나를 위해서 이 이야기를 하는 건 아니야. 네 이야기를 하자. 이제 네 속에 잠재해 있는 이 힘을 측정해보고, 느끼고, 이롭게 이용할 순간이 되었다. **네가 마음만 먹으면** 잃어버린 시간을 금방 따라잡을 수 있을 거야. 의욕을 가져야 한다! 세상의 누구나가 의욕을 가질 수 있는 것은 아니야. (내가 이걸 알게 된 건 그리 오래되지 않았어.) 나는 의욕을 가질 수 있어. 그리고 너도 마찬가지고. 티보가 사람들은 의욕을 가질 수 있지. 그래서 티보가 사람들은 무슨 일이든 해낼 수 있단 말이다. 남들을 앞지른다는 것! 남에게 인정받을 것! 이것이 중요하다. 한 혈통 속에 숨겨져 있는 이런 힘, 이것을 최대한으로 발휘해야 해! 티보라는 나무는 우리가 활짝 꽃피워야 해. 무슨 말인지 알겠니?" 자크는 침통한 주의를 기울이며 앙투안의 두 눈에서 시선을 떼지 않고 있었다. "자크, 알겠니?"

"물론, 알고 있어!" 하고 자크는 외치다시피 했다. 그의 맑은 두 눈이 빛났다. 그의 목소리는 일종의 흥분으로 떨고 있었다. 입술 양쪽 가에 이상한 주름이 잡혔다. 곧 예기치 못한 이러한 귀띔을 해줌으로써 자신의 마음속까지 뒤흔들어놓은 형을 원망하고 있는 것처럼 보였다. 자크는 잠시 몸서리쳤다. 얼굴의 긴장감이 사라지더니 극도로 피곤한 표정을 띠었다.

"아, 날 가만 내버려둬 줘!" 하면서 자크는 느닷없이 두 손으로 얼굴을 감쌌다.

앙투안은 아무 대답도 하지 않았다. 그는 동생을 자세히 살펴보았다. 두 주일 전보다 얼마나 더 야위고 안색은 얼마나 더 창백해졌나! 짧게 깎은 적갈색 머리카락 때문에 비정상적으로 큰 머리통이 유난히 커 보였고, 양쪽 귀의 귓바퀴와 가냘픈 목이 더 눈에 띄었다. 앙투안은 관자놀이께의 핏줄이 드러나 보이는 피부며, 쇠한 얼굴색이며, 눈언저리의 거무스레한 무리를 눈여겨보았다.

"넌 고쳤니?" 하고 앙투안이 불쑥 물었다.

"뭘?" 자크가 낮은 소리로 물었다. 투명했던 그의 시선이 흐려졌다. 그는 얼굴을 붉히면서도 그런 자신을 보이지 않으려고 짐짓 놀란 표정을 지었다.

앙투안은 아무 대답도 안 했다.

시간이 꽤 지났다. 그는 시간을 확인한 다음 일어났다. 다섯 시쯤에 병원에서 재회진이 있었기 때문이다. 동생에게 저녁 식사 때까지 그를 혼자 남겨두고 나가야 한다는 말을 하기가 꺼림칙했으나 막상 일러주자 예상과는 달리 자크는 형이 외출한다는 데 만족스러워하는 것 같았다.

혼자 남게 되자 드디어 자크는 해방감을 느꼈다. 아파트를 한 바퀴 둘러보고 싶은 생각이 들었다. 그러나 현관에서 닫힌 문 앞에 서자 그는 야릇한 번민에 사로잡혔다. 그래서 자기 방으로 되돌아와 문을 닫았다. 자크는 처음에는 자기 방을 눈여겨보지 않았다. 이제서야 앉은뱅이 꽃다발과 늘어뜨린 리본이 눈에 들어온 것이다. 그의 뇌리에는 오늘 하루 일어났던 모든 일, 곧 아버지가 맞아주시던 일이며 앙투안과의 대화가 뒤범벅되어 떠올랐다. 자크는 소파에 길게 드러누웠다. 그리고 다시 울기 시작했다. 그러나 절망스러워서 우는 것은 아니었다. 무엇보다도 기진맥진해 있었기 때문에 울었고, 이 방 때문에, 앉은뱅이 꽃다발 때문에, 자기 머리를 쓰다듬어주신 아버지의 손 때문에, 앙투안의 세심한 배려 때문에, 이 새로운 미지의 생활 때문에 울었던 것이다. 사방에서 모든 사람들이 자신에게 애정을 베풀고자 하는 것 때문에 울었던 것이다. 이젠 사람들이 자신에게 관심을 보이려 하고, 이야기를 하려고 하고, 미소를 보내려고 하는 것 같았기에 울었다. 또한 이제는 모두들에게 대답을 해야 할 것 같아서, 이젠 조용한 생활이 끝나버렸기 때문에 울었던 것이다.

9

앙투안은 급작스러운 변화를 피하기 위해 자크의 복학을 시월로 미루었다. 대학 교수를 지망하는 몇몇 동창들과 함께 동생의 지능을 점차적으로 재교육시켜 나가는 것을 목적으로 한 집중적인 학업 계획표를 만들었다. 세 사람의 다른 선생이 이 일을 나누어 맡았다. 셋 모두가 젊었고, 친구나 마찬가지였다. 자크는 이 계획에 호의를 가지고 정해진 시간에 한눈을 팔지 않고 열심히 공부했다. 얼마 안 있어 앙투안은 소년원에서의 고독한 생활이 동생의 지능에 걱정했던 만큼의 손상을 입히지는 않았다는 것을 확인하고는 기뻐했다. 어떤 면으로는 그의 정신이 고독 속에서 비정상적일 정도로 성숙해져 있었던 것이다. 그래서 처음 출발은 느렸지만 그 진행 속도는 앙투안이 기대했던 것보다는 훨씬 빨랐다. 자크는 자기에게 부여된 자유를 남용하지 않고 나름대로 이용했다. 한편 앙투안은 아버지 앞에서는 아무 말도 안 했지만, 베카르 신부의 묵계 아래 자크에게 주어진 자유가 해로운 결과를 초래하지 않을까 하는 염려는 조금도 하지 않았다. 그는 자크의 천성이 풍부하다는 것을 알고 있었다. 그래서 스스로 나름대로 발전해 나가도록 내버려두는 편이 훨씬 유익하리라고 믿었다.

처음 얼마 동안 자크는 집 밖으로 나가는 일을 몹시 두려워했다. 밖의 거리를 보면 어리둥절해하는 것이었다. 앙투안은 자크를 바람 쐬게 하려고 이것저것 심부름 시킬 일들을 궁리해야만 했다. 그렇게 해서 자크는 자기가 살던 동네와 다시 친숙하게 되었다. 드디어 자크는 동네를 산책하는 일에 취미를 붙이게까지 되었다. 계절은 아름다웠다. 그는 센 강변을 따라 노트르담 대성당까지 걷든가 아니면 튀일리 공원에서 산책하기를 즐겼다. 어느 날에는 용기를 내어 루브르 박물관 안으로 들어가기도 했다. 박물관 안은 공기가 탁했고, 숨이 막힐 것 같았다. 게다가 한 줄로 늘어선 그림들이 어찌나 단조로워 보였던지 그는 그곳을 뛰쳐나왔다. 그리고 다시는 거기에 가지 않았다.

식사 때마다 자크는 묵묵히 있었다. 아버지의 말을 듣고만 있었다. 아무튼 아버지는 하도 독선적이고 위압적이었기 때문에 그 집에서 살고 있는 식구들 모두가 가면 뒤에 조용히 숨어 있는 형편이었다. 아버지를 전적으로 존경하는 유모조차도 항상 자신의 진정한 모습을 아버지 앞에서는 감추었다. 티보 씨는 이 정중한 침묵을 이용하여 자기 판단을 강요했으며, 순진하게도 모든 사람들이 자기의 의견에 전적으로 동의하는 줄로 믿고 있었다. 그러나 그는 자크에 관해서는 아주 신중했으며, 앙투안과의 약속을 충실히 지키기 위해 한 번도 자크의 생활 시간표에 대해 묻지 않았다.

그러나 한 가지 티보 씨가 완강히 고집하고 있는 문제가 있었다. 곧 그는 퐁타냉가家와의 모든 교제를 단호히 금지했다. 더욱 안전을 기하기 위해서 그는 자크가 올해는 메종 라피트에 가서는 안 된다는 언명을 내렸다. 티보 씨는 매해 봄마다 유모와 함께 메종 라피트에서 휴가를 보내곤 했다. 그런데 그곳 숲 가장자리에 퐁타냉가도 작은 집을 소유하고 있었다. 그해 여름은 앙투안과 마찬가지로 자크도 파리에 머물기로 했다.

퐁타냉 식구들을 다시 만나지 못하게 금지한다는 것이 앙투안과 동생 사이에 진지한 토론의 대상이 되었다. 자크의 최초의 절규는 반항이었다. 자크는 자기 친구에 대한 이 의혹이 지속되고 있는 한 지난날의 부당한 처사가 결코 해소될 수 없다는 생각을 하고 있었다. 세찬 반발이었으나 앙투안을 불쾌하게 하는 것은 아니었다. 그 반발은 자크가, 진짜 자크가 다시 태어났다는 증거로 여겨졌기 때문이다. 그러나 최초의 분노가 가시ㄲ 난 뒤에 앙투안은 동생을 이성적으로 설득시키고자 했다. 그런데 자크에게서 다시 다니엘을 만나지 않겠다는 약속을 얻어내는 일은 그다지 어렵지 않았다. 사실 자크는 남들이 생각했던 것만큼 다니엘을 다시 보고 싶어 하지는 않았다. 그는 다른 인간 관계를 희망하기에는 아직도 너무 비사교적이었으며, 형과의 친밀한 관계만으로도 족했던 것이다. 그래서 앙투안은 자기들의 나이 차이를 드러내지 않고, 자신에게 부여된 권한을 의식하지 않으면서 단순한 친구처럼 살아가고자 애

쓰고 있었다.

유월 초 어느 날, 외출했다 돌아오던 자크는 아파트 정문 앞에 모여 있는 사람들을 목격했다. 프릴링 어멈이 발작을 일으켜서 수위실 바닥에 가로누워 있었던 것이다. 그날 저녁 의식은 회복되었으나 오른쪽이 마비되어 팔다리를 못쓰게 되었다.

그런지 며칠 뒤 어느 날 아침, 앙투안이 막 외출하려는 순간 초인종이 울렸다. 분홍색 반팔 블라우스에 검은 앞치마를 두른 처녀가 문지방에 나타났다. 그녀는 얼굴을 붉히고 환히 미소 지으며 말했다.

"집안일을 거들어드리려고 왔어요…. 앙투안 씨, 저를 못 알아보시겠어요? 리스벳 프릴링이에요…."

그녀는 알자스 지방 사투리를 쓰고 있었다. 게다가 어린애처럼 입술로 길게 끄는 어투로 말했다. 앙투안은 예전에 아파트 건물 마당에서 깡총깡총 뛰놀던 '프릴링 어멈의 고아'를 잘 기억하고 있었다. 그녀는 아주머니를 간호하면서 아주머니가 하던 일을 대신하기 위해서 스트라스부르에서 왔노라고 설명했다. 그러고는 잠시도 시간을 헛되이 보내지 않으려는 듯 곧 일을 시작했다.

이렇게 해서 그녀는 매일 아파트에 왔다. 그녀는 쟁반을 들고 와서 두 형제의 조반을 거들곤 했다. 앙투안은 그녀가 갑작스레 얼굴을 붉힐 때면 농담도 하고, 또 독일 생활에 대해 이것저것 묻기도 했다. 그녀는 열아홉 살이었다. 육 년 전 이곳을 떠난 뒤부터 스트라스부르의 역전 근처에서 레스토라시옹 호텔을 경영하고 있는 아저씨 집에서 살았다. 앙투안이 함께 있을 때면 자크도 약간씩 대화에 어울리곤 했다. 그러나 리스벳과 단둘이 아파트에 있게 되면 그녀를 피했다.

그러나 앙투안이 숙직하는 날에는 그녀는 아침을 자크의 방으로 가지고 왔다. 그럴 때면 자크는 아주머니의 병세에 대해 묻곤 했다. 그러면 리스벳은 아주 자세히 이야기해주었다. 프릴링 어멈은 아주 서서히 회복되는 중이며, 매일 식욕이 조금씩 되돌아온다는 것이었다. 리스벳은 음식에 대해서 경외심을 가지고 있었다. 그녀는 키가 작고 통통했으며, 유연한 육체는 춤과 놀이와 노래에 대한 그녀의 열정을 여실히 드러내었다. 웃을 때면 스스럼없이 자크를 빤히 쳐다보곤 했다. 쾌활하고 귀여운 얼굴, 작은 코, 약간 도톰하고 신선한 두 입술, 회청색 두 눈, 그리고 이마 위에는 금발이 아니라 담황색의 머리카락 몇 가닥이 흩어져 있었다.

날이 갈수록 리스벳의 수다 떠는 시간이 조금씩 더 길어졌다. 자크의 소심성에 점차로 익숙해져 갔던 것이다. 그는 진지하게 주의를 기울이며 그녀의 이야기를 듣곤 했다. 자크는 남의 이야기에 귀를 기울일 줄 아는 좋은 점을 갖고 있어 항상 남들이 그에게 비밀 이야기를 털어놓곤 했다. 하인들이나 동창생들, 때로는 선생들까지도 비밀 이야기를 할 때가 있었다. 리스벳은 앙투안보다 자크에게 더 자유롭게 이야기할 수 있었다. 그녀는 앙투안을 대할 때는 더 앳되게 굴었다.

어느 날 아침, 자크가 독일어 사전을 뒤적이는 것을 본 그녀는 그나마 약간 간직하고 있던 조심성을 툭 털어버렸다. 자크가 번역하는 것이 무엇인지 보고 싶었던 것이다. 그리고 자기가 암기하고 있으면서 노래로까지 부를 줄 아는 괴테의 시를 보고 감격해 마지않았다.

Fliesse, fliesse, lieber Fluss

Nimmer werd'ich frob…*

독일어 시는 그녀를 심취시키는 데가 있었다. 그녀는 몇 곡의 연가를 흥얼거리며 그 노래의 첫 줄을 설명해주었다. 그녀가 가장 아름답다고 생각하는 시구는 항상 유치하고 슬픈 구절들이었다.

만일 내가 작은 제비라면

아, 너에게 날아가련만!…

그녀는 실러**의 시들을 특히 좋아했다. 잠시 정신을 집중하고 나더니 무엇보다도 제일 좋아하는 「메리 스튜어트」***의 한 장면을 단숨에 외었다. 그 장면은 갇혀 있는 젊은 여왕이 자기 감옥 마당을 몇 발짝 걸어도 된다는 허락을 받고 나서, 햇빛에 현혹되고, 젊음에 도취되어, 잔디밭 위로 몸을 던지는 장면이었다. 자크는 시구 모두를 알아들을 수는 없었다. 그녀가 조금씩 해석해주었다. 그리고 자유를 향한 이 비약을 표현하기 위

* 괴테의 시 「달에게(An den Mond)」 중에서. "흘러라, 흘러라, 사랑스러운 강물이여 / 난 결코 즐거울 수 없으리…"

** 18세기 독일의 시인으로 극작가와 역사가이기도 했다.

*** 실러가 쓴 희곡이자 역사극.

해 그녀가 어찌나 천연덕스런 소리로 읊조렸던지 듣고 있던 자크는 크루이 시절을 상기하면서 마음이 애잔해짐을 느꼈다. 자크는 한참 동안 침묵을 지키고 있다가 자신의 불행한 일을 단편적으로 이야기하기 시작했다. 자크는 아직도 철저히 혼자 살고 있는 데다가 남과 이야기할 기회가 별로 없었기 때문에 자기 목소리에 곧 도취되어버렸다. 그는 제멋에 겨워 멋대로 사실을 왜곡시켰으며, 자기 이야기에 소설에서 읽었던 온갖 일화들을 삽입시키며 늘어놓았다. 그도 그럴 만한 것이 두 달 전부터 그가 하는 공부 중에서 가장 큰 비중을 차지하는 것이 앙투안의 서재에 꽂힌 소설들을 탐독하는 일이었기 때문이다. 그는 이처럼 소설적으로 꾸밈으로써 이야기가 자신이 겪은 보잘것없는 현실보다 훨씬 리스벳의 감성을 더 자극하리라는 것을 잘 알고 있었다. 아름다운 처녀가 조국을 그리워하며 눈물을 흘리는 미뇽*과 같이 눈물을 닦는 것을 보았을 때 그는 그때까지 알지 못했던 작가적 쾌락을 맛보았으며, 그 상황에 대해 어찌나 커다란 감사를 느꼈던지 희망에 떨며 혹시 이것이 사랑이 아닐까 자문해보았다.

그런 일이 있은 다음 날 자크는 초조하게 그녀를 기다렸다. 아마 그녀 역시 그걸 알아차렸는지도 모른다. 그녀는 자크에게 그림엽서들이며, 사인들이며, 마른 꽃잎들이 가득 들어 있는 앨범 하나를 가지고 왔다. 그것은 삼 년 동안의 그녀의 생활, 그녀의 삶 전체의 이야기였다. 자크는 그녀에게 이것저것 다그쳐

* 괴테의 소설 『빌헬름 마이스터』에 나오는 소녀.

물었다. 그는 깜짝 놀라는 척하면서 즐거움을 느꼈다. 그러면서도 자기가 경험하지 못한 그 모든 것에 대해 놀라움을 금치 못했다. 리스벳의 이야기는 의심의 여지가 없는 사실로 이어져 있었기 때문에 그녀의 성실성에 대해 의구심을 품을 수가 없었다. 그렇지만 두 뺨에 홍조를 띠며 말을 더욱 느리게 할 때면, 사람들이 자기 꿈을 이야기하려고 할 때 볼 수 있는 그런 표정, 무엇인가 꾸며내면서, 거짓말을 하는 것 같은 그런 표정을 띠었다. 마을의 젊은 남녀들이 만나게 되는 무용학교에서의 겨울 저녁 파티에 관해 이야기를 하면서 그녀는 즐거워 발을 구르기까지 했다. 댄스 교사가 아주 작은 바이올린을 켜며 박자에 맞추어 춤을 추는 쌍쌍의 젊은이들 뒤를 따라다니는 동안, 교사 부인은 자동 피아노로 최신의 비엔나 왈츠를 쳐주었다고 했다. 자정이 되면 밤참을 들곤 했다는 것이다. 그러고 나서 떼를 지어 어두운 밤 속을 미친 듯이 활개 치며 쏘다녔으며, 헤어지기가 싫어 이 집 저 집 돌아다닐 때 발에 밟히는 눈은 그토록 부드러웠고, 밤공기는 그렇게도 맑았으며, 두 뺨에 불어오는 바람은 쌀쌀했다고 했다. 때때로 하사관들이 단골 청년들 사이에 끼어들곤 했다는 것이다. 그 가운데 한 사람의 이름은 프레디였고, 또 한 사람은 빌이었다. 리스벳은 한참 주저하다가 군복을 입은 한 떼의 군인들이 찍혀 있는 사진 속에서 빌이란 이름의 키가 크고 장난감 나무 병정 같은 사나이를 가리켰다. "아이구" 하고 그녀는 소맷부리로 사진의 먼지를 닦으며 혼자 중얼거렸다. "얼마나 고상하고, 얼마나 사랑에 번민했었는지!" 그녀가 빌의 집에 갔었던 것이 틀림없다. 왜냐하면 치타*라든가, 나무딸기술이라든가, 프레시 치즈에 관해 이야기를 했기 때문이다. 그러나 그런 이야기 도중에 그녀는 갑자기 짧은 웃음을 터뜨리면서 이야기를 중단하곤 했다. 어떤 때는 빌이 자기 약혼자라고 말하기도 했고, 또 어떤 때는 그와의 관계가 영원히 끝났다고 말하기도 했다. 마침내 자크는 빌이라는 자가 불분명하고 우스꽝스러운 사건 때문에 프로이센의 부대로 이송되어 갔다는 사실을 이해할 수 있게 되었다. 그 사건을 이야기하며 그녀는 때로는 겁에 질려 떨기도 했고, 또 때로는 킥킥 웃음을 터뜨리기도 했다. 곧 마루가 삐걱거리는 복도 끝에 호텔 방이 하나 있었다는 것이다. 그런데 그다음부터는 확실치 않다는 것이었다. 그 방이 프륄링 씨의 호텔에 있는 방이 틀림없었다는 것이다. 그렇지 않으면 한밤중에 늙은 아저씨가 셔츠와 양말 바람의 하사관을 마당으로 뒤쫓아가 그를 길바닥으로 내던질 수가 없었으리라는 것이다. 리스벳은 설명을 덧붙여서 아저씨는 그 호텔 경영을 맡기려고 자기를 그 사람과 결혼시킬 생각을 했다고도 했다. 그녀는 또한 아저씨가 언청이며 아침부터 저녁까지 시가를 피워서 깜부기 냄새가 났다는 이야기도 했다. 그러더니 갑자기 웃음을 멈추고 울기 시작했다.

자크는 자기 책상 앞에 앉아 있었다. 앨범은 자크 앞에 펼쳐져 있었다. 리스벳은 안락의자 팔걸이에 앉아 있었다. 그녀가 몸을 숙일 때면 자크는 그녀의 숨결을 느꼈다. 그리고 그녀의 곱슬한 머리카락이 그의 귀를 살짝 스쳐갔다. 그는 성적인 욕망을 전혀 느끼지 않았다. 그는 이미 타락한 행위를 체험한 바 있었다. 그러나 최근에 읽은 영국 소설에서 알게 된 또 다른 세

* 남부 독일과 오스트리아의 민속 악기.

계가 그를 자극하고 있었고, 그 세계는 자신 속에서 발견될 수 있다고 믿었다. 즉 순결한 사랑, 행복한 충족감과 순수한 감정.

하루 종일 그의 상상력은 다음 날 그녀와 만났을 때의 아주 상세한 일들을 준비하기에 여념이 없었다. 아파트 안에는 둘뿐이고, 오전 중에는 분명히 둘을 방해할 일이 아무것도 없을 것이다. 리스벳을 긴 의자의 오른쪽에 앉힐 것이다. 그녀는 고개를 앞으로 숙이고 있을 것이고 자신은 서서 그녀의 깃 사이로 흩어져 내린 고수머리 사이로 그녀의 목덜미를 바라본다. 그녀는 감히 눈을 들지 못하겠지. 자신은 몸을 숙여 이렇게 말한다. "당신이 다시 떠나지 않았으면 해요…." 그때 비로소 그녀는 의문에 찬 시선으로 고개를 들 것이다. 자신은 대답 대신 이마에 키스를, 약혼 키스를 할 것이다. "오 년 뒤엔 스무 살이 됩니다. 아버지께 이렇게 말씀드리겠습니다. '나는 이젠 어린애가 아닙니다.' 만일 식구들이 내게 '그 여잔 수위 아줌마의 딸이다'라고 말하면 나는…." 자크는 위협적인 몸짓을 했다. "약혼자! 약혼자!… 당신은 내 약혼자입니다!" 그렇게도 큰 기쁨을 누리기에는 자기 방이 너무 좁게 느껴졌다. 그는 밖으로 나왔다. 더운 날씨였다. 그는 뙤약볕 아래에서 쾌락을 느끼며 움직이기 시작했다. "약혼자! 약혼자! 리스벳은 내 약혼자다!"

그다음 날 자크는 어찌나 곤히 잤던지 초인종 소리도 못 들었다. 그는 앙투안의 방에서 나는 리스벳의 웃음소리를 듣고 벌떡 일어났다. 자크가 두 사람이 있는 방에 나타났을 때 앙투안은 아침을 막 끝내고 출근하려던 참이었다. 리스벳의 두 어깨를 꽉 쥐고 있었다.

"알겠니?" 하고 앙투안이 위협적으로 말했다. "만일 또다시 아주머니께 커피를 마시게 했다간 야단맞을 줄 알아!" 리스벳은 그녀 특유의 웃음을 띠었다. 그녀는 달고 뜨거운 독일식 밀크커피가 어멈에게 좋지 않다는 것을 믿으려고 하지 않았다.

둘만이 남았다. 리스벳은 전날 자크를 위해 손수 구운 아니스 열매가 박힌 꽈배기를 쟁반에 놓아두었었다. 그녀는 자크가 아침 먹는 것을 유심히 지켜보고 있었다. 자크는 게걸스럽게 먹는 자신이 원망스러웠다. 이런 것은 전혀 예기치 못했던 일이다. 그는 자기가 그렇게도 조심스럽게 준비했던 장면들과 지금의 현실을 어떻게 연결시켜야 할지 알 수 없었다. 설상가상으로 초인종 소리가 났다. 놀랍게도 프릴링 어멈이 절뚝거리며 들어왔다. 그녀는 아직 건강을 회복하지는 못했지만 전보다는 훨씬 나아져서 자크 도련님에게 인사하러 왔다는 것이다. 리스벳이 어멈을 부축해서 수위실 의자에까지 데리고 가야만 했다. 시간이 지나고 있었다. 리스벳은 돌아오지 않았다. 자크는 주변 사정으로 인해 지장받는 것을 참아본 적이 없었다. 그는 예전의 분노와 비슷한 그런 울화에 사로잡혀 방 안을 서성거렸다. 입을 꽉 다물고 호주머니에 두 주먹을 찔러 넣었다. 그는 리스벳을 원망하기 시작했다.

마침내 그녀가 돌아왔을 때 자크의 입은 말라붙었고, 눈은 분노로 이글거렸다. 기다리는 동안에 신경이 너무 날카로워져서 두 손이 떨리기까지 했다. 그는 해야 할 공부가 있는 척했다. 그녀는 집 안을 치우고는 그에게 작별 인사를 했다. 그는 책에 고개를 떨구고 마음속으로는 몹시 슬퍼하며 그녀를 떠나보냈다. 그러나 혼자가 되자마자 곧 몸을 뒤로 젖혔다. 얼굴에는 어찌나 씁쓸한 미소를 띠었던지 그는 자신의 모습을 객관적으로 관찰하려고 거울 앞으로 다가갔다. 그의 공상은 머릿속에 그렸던 장면을 스무 번도 더 떠올렸다. 곧 리스벳은 앉아 있고, 자신은 서서 그녀의 목덜미를 바라보며… 그는 그 장면에 구역질을 느꼈고, 두 손으로 눈을 가렸다. 울려고 긴 의자에 몸을 던졌으나 눈물이 나오지 않았다. 신경질과 원한만이 엄습할 따름이었다.

다음 날 리스벳이 들어왔을 때 그녀는 슬픈 표정을 하고 있었다. 자크는 자신을 원망하는 것으로 여기고 지금까지 품고 있던 섭섭한 마음을 말끔히 씻어버렸다. 실은 스트라스부르로부터 나쁜 소식을 받은 것이다. 아저씨가 그녀를 부르고 있었다. 호텔에 손님이 꽉 찼다는 것이다. 프륄링 씨는 한 주일은 더 참겠지만 그 이상은 안 된다고 했다. 리스벳은 그 편지를 자크에게 보여줄 생각이었다. 그러나 자크가 어찌나 수줍고 다정한 시선을 보내며 그녀에게 다가왔던지 그녀는 슬픈 이야기는 하지 않기로 했다. 그녀는 자크가 그렇게 했으면 하고 바라던 바로 그 긴 의자에 앉았다. 자크는 자기가 공상했던 바로 그 자리에 서 있었다. 그녀가 고개를 숙였다. 그러자 옷깃 사이 고수머리 틈새로 그녀의 목덜미가 자크의 눈에 들어왔다. 마치 자동인형처럼 그가 몸을 구부리자 그녀는 몸을 세웠다. 상상했던 것보다는 좀 빨리. 그녀는 놀라서 자크를 바라보더니 미소를 띠면서 자기 옆으로 자크를 이끌었다. 그리고 조금도 주저하지 않고 자기 얼굴을 자크의 얼굴에, 자기의 관자놀이를 그의 관자놀이에, 달아오른 자기의 뺨을 그의 뺨에 갖다 댔다.

Chéri… Liebling…*

감미로움에 사로잡힌 자크는 기절할 것만 같았다. 그래서 두 눈을 감았다. 바늘에 찔린 자국이 선명한 리스벳의 손가락이 자크의 다른 쪽 뺨을 쓰다듬다가 그의 칼라 속으로 미끄러져 들어오는 것을 느꼈다. 단추가 풀렸다. 그는 감미로움에 몸을 떨었다. 자석 같은 작은 손이 셔츠와 피부 사이로 미끄러져 내려와 그의 상체에 밀착되었다. 그러자 자크 또한 용기를 내어 두 손가락으로 브로치를 건드렸다. 그녀가 그를 도와서 앞섶을 열었다. 그는 숨을 죽였다. 그의 손이 미지의 육체를 스쳤다. 그녀가 간지럽다는 듯이 몸을 약간 움직였다. 그러자 갑자기 한쪽 가슴의 뜨거운 덩어리가 그의 손바닥에 잡히는 것을 느꼈다. 그는 얼굴을 붉히면서 어색하게 입을 맞추었다. 곧 그녀가 그에게 입 가득히 격렬한 키스를 되돌려주었다. 열렬한 키스 뒤에 타인의 침이 남겨놓는 서늘한 맛에 약간 불쾌감마저 느끼면서 그는 한동안 어쩔 줄 모르고 있었다. 그녀는 다시 자기 얼굴에 자크의 얼굴을 바짝 대고는 가만히 있었다. 자크는 자신의 관자놀이께에서 그녀가 눈을 깜빡이는 것을 느꼈다.

그날 이후 똑같은 일이 매일 반복되었다. 그녀는 현관에 들어서면서부터 브로치를 떼었다. 그리고 방에 들어서자마자 그것을 문간에 있는 커튼에 꽂아놓았다. 둘은 서로 뺨을 맞대고 뜨거운 두 손을 꼭 쥔 채 긴 의자에 앉아 아무 말 없이 오랫동안 그대로 있곤 했다. 혹은 그녀가 어떤 독일 연가를 시작하면

* 프랑스어와 독일어로 연인을 부르는 말.

둘 다 눈물을 글썽거렸다. 그리고 오랫동안 둘은 껴안은 상체를 박자 맞추어 흔들며, 더 이상 다른 어떤 기쁨도 바라지 않으면서 두 사람의 숨결을 섞곤 했다. 어쩌다가 자크의 손가락이 그녀의 속옷 속에서 약간 움직이거나, 입술을 건드리려고 뺨에서 머리가 약간 움직이기만 해도 그녀는 얌전히 있으라고 요구하는 것 같은 시선으로 그를 뚫어지게 바라보고는 속삭이곤 했다.

"사랑의 고뇌에 빠져보아요…."

일단 자리를 잡고 나면 그들의 두 손은 얌전히 있었다. 리스벳과 자크는 말 없는 동의로 쓸데없는 몸짓들을 피했다. 그들의 포옹은 인내심을 가지고 계속되어 서로의 얼굴을 맞대고 있는 것, 그리고 숨을 쉴 때마다 두 가슴의 따뜻한 고동이 손가락 끝에 느끼게 해주는 기분 좋은 촉감, 그것이 전부였다. 자주 지친 것 같아 보이는 리스벳의 경우, 그녀는 모든 육감적인 욕망을 쉽사리 떨쳐버렸다. 자크와 함께 있을 때면 그녀는 순수함에, 시詩적인 것에 흠뻑 빠지곤 했다. 자크의 경우, 좀 더 구체적인 욕망을 떨쳐버리고자 애쓸 필요조차 없었다. 이런 순결한 포옹은 그 자체 속에 목적을 포함하고 있었다. 이러한 포옹이 좀 더 뜨거운 열정의 서곡일 수도 있다는 사실은 염두에 두지도 않았다. 어쩌다가 리스벳의 육체의 따뜻함이 그에게 육체적인 충동을 일으켜도 그는 그것을 의식하지 못했다. 리스벳이 그런 사실을 눈치채지나 않았을까 하는 생각만 해도 그는 자기혐오와 수치심 때문에 죽고 싶을 지경이었다. 그녀 곁에서는 한 번도 어떤 불순한 탐욕에 사로잡혀본 적이 없었다. 그의 정신과 육체는 완전히 분리되어 있었다. 정신은 사랑하는 여인에게 속해 있었다. 그리고 육체는 별개의 세계, 리스벳이 들어올 수 없는 어두운 세계에서 고독한 삶을 영위하고 있었다. 어느 날 저녁, 잠을 이룰 수가 없어서 이불 밖으로 나와, 거울 앞에서 속옷을 벗고, 자신의 양팔에 입을 맞추거나, 욕구 불만으로 몸부림치며 자기 육체를 애무하는 일이 있어도 그런 일은 항상 혼자 있을 때, 그녀에게서 멀리 떨어져 있을 때의 일이었다. 자크가 일상적으로 떠올리는 일련의 공상 속에 리스벳의 모습이 나타난 적은 한 번도 없었다.

그러는 동안 리스벳의 출발 날짜가 가까워졌다. 그녀는 이번 일요일에 밤차로 파리를 떠나야만 했는데, 그 사실을 자크에게 말할 용기가 없었다.

그 일요일 저녁 식사 시간에 동생이 위층에 올라가 있다는 것을 안 앙투안은 자기 아파트로 돌아왔다. 리스벳이 기다리고 있었다. 그녀는 앙투안의 어깨에 몸을 던지고 울었다.

"어떻게 했어?" 하고 앙투안은 이상한 미소를 띠며 물었다. 그녀는 알리지 못했노라고 고갯짓으로 대답했다.

"그런데 넌 곧 출발하는 거니?"

"그래요."

앙투안은 안절부절못했다.

"이건 그의 잘못이기도 해요" 하고 그녀가 말했다. "그는 내가 떠나리라고는 생각도 못 하고 있어요."

"네가 그 일은 알아서 처리하겠다고 약속했었지."

리스벳은 앙투안을 바라보았다. 그녀는 그를 약간 경멸하는 눈치였다. 그녀가 볼 때 자크는 '경우가 다르다'는 사실을 앙투안은 이해할 수 없었다. 그러나 앙투안은 미남이었던 데다가 그녀는 앙투안의 천성적인 기품을 좋아했다. 그가 다른 남자들과 똑같다 하더라도 너그럽게 보아주었다.

그녀는 커튼에 브로치를 꽂아놓고 벌써 여행할 것을 생각하며 무심한 표정으로 옷을 벗었다. 앙투안이 그녀를 팔로 안았을 때 그녀는 킬킬거리고 웃었는데 그 소리는 목구멍 안으로 사라졌다.

"Liebling*… 우리의 마지막 저녁을 위해서 사랑의 고뇌에 빠져보아요…."

그날 저녁 내내 앙투안은 집에 없었다. 밤 열한시께 자크는 앙투안이 소리 없이 들어와서 자기 방으로 가는 소리를 들었다. 자크는 막 잠자리에 들려던 참이라 형을 부르지 않았다.

침대에 누우려는데 무엇인가 딱딱한 것이 무릎에 닿았다. 상자가 하나 있었다. 놀라운 일이었다! 초 먹인 종이 상자 속에서 캐러멜을 씌운 아니스 꽈배기 몇 개가 나왔다. 그리고 자크의 머리글자를 수놓은 비단 손수건에 싸인 붉은 보라색의 편지 한 장이 있었다.

나의 사랑하는 분에게!

그녀는 아직까지 한 번도 자크에게 편지를 쓴 적이 없었다. 이건 마치 그날 저녁에 그녀가 자크의 머리맡에 와서 고개를

* 독일어로 좋아하거나 사랑하는 사람을 두고 하는 말.

숙이고 그를 보아주는 것과 같았다. 그는 봉투를 뜯으며 회심의 미소를 지었다.

자크 도련님,

당신이 이 편지를 보실 때는 저는 이미 멀리…

편지의 글줄이 뒤죽박죽되어 있었다. 자크의 이마에 땀방울이 맺혔다.

…저는 이미 멀리 있을 겁니다. 왜냐하면 저는 오늘 저녁 동부역에서 스트라스부르행 22시 12분 열차를 타니까요…

"형!"

어찌나 비통하게 불렀던지 앙투안은 동생이 다친 줄 알고 뛰어왔다.

자크는 두 팔을 벌린 채 입을 반쯤 벌리고, 애원하는 듯한 눈빛으로 침대에 앉아 있었다. 죽어가고 있는 그를 구해줄 수 있는 사람은 앙투안뿐인 것 같았다. 편지는 시트 위에 내팽개쳐져 있었다. 앙투안은 태연하게 편지를 읽었다. 그는 리스벳을 역에 데려다주고 막 돌아오는 길이었다. 동생 쪽으로 몸을 숙였다. 그러나 자크는 그를 뿌리쳤다.

"아무 말도 마, 아무 말도… 형은 알 수 없어, 형은 이해할 수 없어…."

자크는 리스벳과 똑같은 말을 했다. 그의 얼굴은 고집스런 표정을 띠었다. 눈을 똑바로 뜨고 멍하니 바라보는 모습이 예전의 자크를 상기시켰다. 갑자기 심장이 터질 듯 부풀어 오르고, 입술이 떨리기 시작했다. 마치 몸을 의지할 사람을 찾기나 하듯 얼굴을 돌리더니 베개 위에 몸을 내던지며 울음을 터뜨렸다. 한쪽 팔이 몸 뒤로 나와 있었다. 앙투안이 꽉 쥐고 있는 그의 손을 건드렸다. 그 손은 곧 앙투안의 손을 잡았다. 앙투안은 그 손을 다정스럽게 꽉 쥐었다. 그는 무슨 말을 해야 할지 몰랐다. 흐느낌으로 들썩거리고 있는 동생의 굽은 등만 내려다보고 있었다. 언제나 타오를 태세를 갖추고 있는 불꽃, 잿더미 속에 파묻혀 있는 그 불꽃을 앙투안은 다시 한번 보는 듯했다. 그러면서 교육적인 면에서의 자신의 자부심이 얼마나 무모했는가를 새삼 헤아리고 있었다.

반 시간쯤 지나갔다. 자크의 손에서 힘이 빠졌다. 이제는 울음을 그치고 숨만 할딱이고 있었다. 점차 호흡이 고르게 되었다. 잠이 들었다. 앙투안은 이 방에서 나갈 결심도 못 하고 꼼짝 않고 있었다. 그는 이 어린것의 앞날을 불안스럽게 생각하고 있었다. 한 삼십 분 더 기다리고 나서 문을 반쯤 열어놓은 채 발끝으로 살금살금 걸어 나갔다.

다음 날 앙투안이 집을 나올 때까지도 자크는 자고 있었다. 아니, 자는 척했다.

형제는 위층의 가족 식탁에서 다시 만났다. 자크는 피곤한 모습을 하고 있었다. 그리고 두 입술 가에는 경멸하는 듯한 주름을 띠고 있었으며, 자신이 남에게서 인정받지 못한다는 것을 오히려 자만하는 어린아이들 같은 태도를 취하고 있었다. 식사하는 동안 내내 자크는 형의 시선을 피했다. 그는 남이 자기를 동정해주는 것조차 싫었다. 앙투안은 자크의 심정을 이해했다. 게다가 그 역시 리스벳에 관한 이야기는 조금도 하고 싶지 않았다.

형제는 마치 아무 일도 없었던 것처럼 다시 예전의 생활로 되돌아갔다.

10

어느 날, 저녁 식사 전에, 앙투안은 그날 온 우편물 중 자기 앞으로 온 봉투 속에서 자크에게 온 봉인한 편지 한 통을 발견하고 놀랐다. 그는 그 글씨가 누구의 것인지 알아보지 못했다. 그리고 마침 자크가 옆에 있었기 때문에 주저하는 것 같은 태도를 보이고 싶지 않았다.

"네게 온 거다." 앙투안이 말했다.

자크는 재빨리 다가왔다. 그리고 얼굴을 붉혔다. 도서 목록을 들추어 보던 앙투안은 동생을 보지도 않고 편지를 내주었다. 앙투안이 고개를 들었을 때 자크는 이미 편지를 호주머니 속에 집어넣은 뒤였다. 형제의 시선이 맞부딪쳤다. 자크의 시선은 도전적이었다.

"왜 그런 식으로 날 쳐다보는 거야?" 하고 자크가 말했다. "나도 편지 한 장 받아볼 권리는 있겠지?"

앙투안은 아무 말 없이 동생을 바라보다가 그에게서 등을 돌렸다. 그리고 방을 나갔다.

저녁 식사를 하는 동안 앙투안은 자크에게는 아무 말도 건네지 않고 아버지하고만 이야기를 나누었다. 여느 때처럼 형제는 함께 아래층 아파트로 내려왔지만 한마디 말도 나누지 않았다. 앙투안이 자기 방으로 들어와서 책상 앞에 앉자마자 자크가 노크도 없이 들어와 도전적인 태도로 다가왔다. 그러고는 펼쳐진 편지를 책상 위에 내던졌다.

"형이 내 편지를 검사해야 할 테니까!"

앙투안은 읽지도 않고 도로 접어서 동생에게 내밀었다. 동생이 편지를 받지 않자 그가 손가락을 펼쳐서 쥐어주었으나 편지는 양탄자 위에 떨어졌다. 자크는 편지를 주워 호주머니에 쑤셔 넣었다.

"그렇다면 날 삐딱한 눈으로 쳐다볼 필요가 없을 텐데." 자크가 비아냥거렸다.

앙투안은 어깨를 으쓱했다.

"그리고 형이 알고 싶다면 말하겠지만 나는 이젠 지긋지긋해!" 하고 자크가 갑자기 목소리를 높이며 말을 계속했다. "나는 이젠 어린애가 아니란 말이야. 나는… 내게도 권리가…" 앙투안의 주의 깊고 침착한 시선이 자크의 신경을 건드렸다. "나는 지긋지긋하단 말이야!" 하고 자크는 큰소리로 외쳤다.

"뭐가 지긋지긋해?"

"모든 게." 그의 얼굴은 완전히 굳어 있었다. 눈은 한 곳을 응시하고 있는가 하면, 살기가 등등했으며, 귀는 불쑥 튀어나와 있었고, 입을 반쯤 벌린 모습이 마치 넋을 잃은 사람처럼 보였다. 얼굴이 시뻘게졌다. "여하튼 이 편지가 이리로 온 것은 실수로 인한 것이었어! 나는 사서함 우편으로 보내라고 했거든! 그러면 그 누구에게도 보고할 필요 없이 내가 받고 싶은 편지들을 받을 수 있을 테니까!"

앙투안은 아무 대답도 않고 여전히 동생을 주의 깊게 살펴보았다. 이처럼 침묵을 지킴으로써 그에게는 좋은 기회가 마련되었으며, 그의 당혹감을 감추어주었다. 자크가 자기에게 이런 말투로 대든 적은 아직까지 한 번도 없었다.

"우선, 나는 퐁타냉을 다시 보고 싶단 말이야, 알겠어? 아무도 날 막지 못할 거야!"

그 말은 불현듯 앙투안에게 무엇인가 깨우쳐주는 것이 있었다. 곧 회색 노트의 글씨였던 것이다! 자크는 약속을 어기고 퐁타냉과 편지를 주고받은 것이다. 그런데 퐁타냉 부인은 이 사실을 알고 있을까? 부인은 이 은밀한 편지 왕래를 허락한 것일까?

앙투안은 처음으로 자신이 부모 역할을 하지 않을 수 없게 되었음을 느꼈다. 자크가 지금 자기 앞에서 취한 태도는 자신이 얼마 전에 아버지 앞에서 취했던 그런 태도와 다를 바가 없었다. 사건의 양상이 뒤바뀐 것이다.

"그래, 다니엘에게 편지를 썼다는 거니?" 하고 그는 눈살을 찌푸리면서 물었다.

자크는 분명히 그렇다는 몸짓을 해 보이며 형에게 정면으로 대들었다.

"내겐 아무 말도 없이?"

"그래서 어떻단 말이야?" 자크가 대들었다.

앙투안은 일어서서 동생의 뺨을 칠 뻔했다. 그는 두 주먹을 꽉 쥐었다. 이 논쟁의 추세로 보아 잘못했다가는 자신이 가장 중요시하는 것이 위태롭게 될 수도 있을 것 같았다.

"가봐라." 그는 실망한 척하면서 말했다. "오늘 저녁 너는 네가 무슨 말을 하고 있는지 모르고 있어."

"나는… 지긋지긋하다고 말했잖아!" 하고 자크가 발을 동동 구르면서 외쳤다. "나는 어린애가 아니란 말이야. 내 맘에 드는 사람들을 만나고 싶단 말이야. 이렇게 사는 것이 이젠 지긋지긋해. 나는 퐁타냉을 보고 싶어. 퐁타냉은 내 친구니까 말이야. 그래서 내가 그 애한테 편지를 썼던 거야. 나는 내가 무얼 하고 있는지 잘 알고 있어. 내가 그 애한테 만나자고 했어. 형이 이 일을… 누구에게든 일러도 좋아. 나는 이젠 지긋, 지긋, 지긋지긋해!" 자크는 발을 동동 굴렀다. 이제 그에게는 증오와 반항 외에 아무것도 남아 있지 않았다.

자크 자신도 말하지 않았고, 또한 앙투안도 거의 눈치채지 못한 사실이지만, 리스벳이 떠난 뒤로 자크는 너무나 허전함을 느끼는 동시에 너무나 견디기 어려웠기 때문에, 자신의 청춘의 비밀을 다니엘에게 털어놓고 싶은 욕망, 특히 자신을 짓누르고 있는 이 짐을 그와 함께 나누고 싶은 욕망에 사로잡혀 있었던 것이다. 그리고 이런 고독한 흥분 속에서 완전한 우정의 생활을 미리 체험한 자크는 앞으로 그의 친구에게 리스벳의 절반을 사랑해줄 것을, 그리고 리스벳에게는 사랑의 그 반쪽을 다니엘이 맡도록 해줄 것을 간청하기로 작정했다.

"가보라는데 그래." 앙투안은 태연한 척하면서도 자신의 우월감을 즐기면서 말을 이었다. "이성을 되찾으면 그때 다시 이야기해보기로 하자."

"비겁한 인간!" 자크는 침착한 형을 보고 더욱 화가 치밀어 소리 질렀다. "고자질쟁이!" 그러고 나서 문을 쾅 닫고 나갔다.

앙투안은 문을 잠그기 위해 일어섰다. 그리고 안락의자에 몸을 던졌다. 그의 얼굴은 분노로 창백해졌다.

'고자질쟁이라니! 바보 같은 녀석. 고자질쟁이라니! 어디 두고 보자. 내게 그 따위로 대해도 될 줄 알았다간 큰코다치지! 오늘 저녁은 망쳤어. 이젠 공부를 할 수 없단 말이야. 어디 두고 보자. 예전의 평온함은 간데없구나. 내가 정말 바보 같은 짓을 했구나! 이 바보 같은 녀석 때문에 그런 짓을 했다니. 고자질쟁이라니! 자기를 위해 희생하면 할수록…. 바보는 다름아닌 바로 나다. 이 녀석 때문에 시간만 낭비하고, 내 공부를 손해보다니. 하지만 이젠 끝장이다. 내겐 내 삶이 있어. 내 시험이 있고. 이 어린 바보가 내 인생을 망칠 수는…' 그는 한곳에 가만히 앉아 있을 수 없어서 온 방 안을 성큼성큼 걷기 시작했다. 별안간 퐁타냉 부인 앞에 선 자신을 상상해보았다. 그런 그의 얼굴은 확고하고 각성한 사람의 표정을 띠었다. '부인, 저는 제가 할 수 있는 일은 다했습니다. 애정을 가지고 부드럽게 대하려고 노력했습니다. 저는 자크에게 될 수 있는 한 모든 자유를 다 주었습니다. 그런데 이렇게 되었군요. 제 말을 믿어주십시오, 부인. 사람들 중에는 도저히 어떻게 해볼 수 없는 그런 성격의 사람이 있습니다. 사회가 보존되려면 단 한 가지 방법뿐입니다. 곧 그런 인간들이 해를 끼치지 않도록 막는 일뿐이지요. 소년원을 '사회 보존 단체'라고 부르는 데는 이유가 있습니다….'

바스락거리는 소리에 앙투안은 고개를 돌렸다. 잠긴 문 밑으로 종이쪽지 한 장이 미끄러져 들어왔다.

'고자질쟁이라고 말했던 것 사과해. 나 이젠 화가 풀렸어. 다시 들여보내 줘.'

앙투안은 자신도 모르게 미소를 지었다. 그는 갑자기 애정이 솟구치는 것을 느꼈다. 그리고 더 이상 깊이 생각하지 않고 문 쪽으로 가서 문을 열었다. 자크는 두 팔을 늘어뜨린 채 기다리고 있었다. 그때까지도 자크는 몹시 흥분해 있었기 때문에 고개를 숙이고 있었으며, 그리고 웃음을 터뜨리지 않으려고 입술을 깨물고 있었다. 화가 치밀어 냉담한 태도를 보였던 앙투안은 다시 의자로 돌아와 앉았다.

"나는 공부할 게 있다." 앙투안이 퉁명스럽게 말했다. "오늘 저녁엔 벌써 내 시간을 충분히 빼앗았어. 원하는 게 뭐야?"

자크는 두 눈을 생글거리며 형을 정면으로 바라보았다.

"나는 다니엘을 만나고 싶어." 자크가 말했다.

잠시 침묵이 흘렀다.

"아버지가 반대하신다는 건 너도 잘 알고 있겠지." 앙투안이 이야기를 시작했다. "네가 지난번에 그 이유를 구차스럽게 설명해준 적이 있어. 생각나니? 그날 너는 사태가 이쯤 되었으니 퐁타냉 식구들과는 다시는 관계를 맺으려고 하지 않겠다고 나와 약속했었지. 나는 네가 한 약속을 굳게 믿고 있었다. 그런데 이런 결과가 되다니. 넌 나를 속였어. 넌 기회가 생기자마자 약속을 파기한 거야. 이젠 다 끝장이야. 이제 더 이상 너를 믿지 못하겠다."

자크는 흐느끼고 있었다.

"그런 말 하지 마, 형. 그건 옳지 않아. 형은 알지 못해. 내가 잘못을 저지른 것은 사실이야. 형한테 아무 말도 않고 편지 쓰는 일은 삼가야 했어. 하지만 꼭 할 말이 있었기 때문에 하는 수 없이 편지에다 썼던 거야. 입 밖에 낼 수가 없었어." 자크는 낮은 소리로 말했다. "리스벳…."

"그게 문제가 아니다" 하고 앙투안은 동생보다도 자신을 더욱 거북스럽게 만들지도 모를 고백을 듣지 않으려고 즉각 자크의 말을 중단시켰다. 그러고 나서 이야기를 다른 곳으로 돌리게 하려고 이렇게 말했다. "마지막으로 다시 한번 너에게 기회를 주겠다. 넌 내게 약속해라…."

"아냐, 형. 다니엘을 다시 보지 않겠다고 약속할 수는 없어. 내가 그 애를 다시 보아도 된다는 허락을 형이 해줘. 형, 화내지 마. 다시는 아무것도 형한테 감추지 않겠다는 것을 하느님께 맹세하겠어. 하지만 나는 다니엘을 다시 보고 싶어. 그런데 형 모르게 만나고 싶지는 않아. 게다가 다니엘도 그렇게 생각하고 있어. 그 애한테 우편 사서함으로 회답해 달라는 편지를 썼었어. 그런데 다니엘은 그러기를 원치 않아. 그 애가 편지에 쓴 걸 좀 들어봐. '왜 우편 사서함이니. 우린 감출 게 아무것도 없는데. 네 형님은 항상 우리 편이셨어. 그래서 나는 너의 형님 앞으로 이 편지를 보낸다. 형님이 네게 전해주시겠지.' 결국 내가 팡테옹* 뒤에서 만나자고 한 제안을 그가 거절했어. '나는 이 이야기를 엄마한테 했다. 제일 간단한 방법은 되도록 빠른 시일 안에 어느 일요일을 택해서 네가 우리 집에 놀러 오는 것이다. 엄마는 너의 형님과 널 아주 좋아하신단다. 나에게 너희 두 형제를 초대하시겠다고 전해 달래.' 이것 봐, 다니엘은 정직한 애야. 아버지는 그걸 모르셔. 다니엘에 대해 아무것도 모르

* 프랑스 파리에 있는 국립묘지로 나라에 공헌한 위인들이 묻히는 곳이다.

면서 나쁘다고 생각하셔. 하지만 별로 아버지를 원망하지는 않아. 그런데 형, 형은 달라. 형은 다니엘을 알고 있지. 그 애를 이해할 거야. 형은 그 애 어머니도 보았어. 형이 아버지처럼 생각할 아무 이유도 없단 말이야. 형은 내게 이런 우정이 있다는 걸 대견스럽게 생각해야 할 거야. 내가 외롭게 살아온 지도 꽤 오래됐어! 미안해, 이 말은 형에 관해서 한 말은 아니었어. 형도 알고 있지. 하지만 형은 형이고 다니엘은 또 다른 문제야. 형도 형 나이 또래의 친구가 많이 있겠지? 형은 진정한 친구를 갖는다는 게 뭔지 잘 알지?"

'천만에….' 하고 앙투안은 생각했다. 그는 자크가 **친구**라는 말을 할 때 자크의 얼굴에서 흐뭇해하면서 애정 어린 표정을 엿볼 수 있었다. 그는 갑자기 동생에게로 다가가서 껴안아주고 싶은 욕망을 느꼈다. 그러나 자크의 눈길은 무엇인가 살기가 등등해 보이는 느낌을 주었다. 이것이 앙투안의 자존심을 상하게 했다. 그래서 그는 이 고집과 대결해서 이것을 꺾어버릴까 하는 생각도 했다. 그러나 자크의 기세에 약간 눌렸다. 그는 아무 대답도 않고 두 다리를 길게 뻗었다. 그리고 곰곰이 생각해 보았다. '사실' 하고 앙투안은 자문했다. '관대한 정신의 소유자인 나로서는 아버지의 금기가 이치에 닿지 않는다는 사실을 인정해야 한다. 그 퐁타냉의 영향이 자크에게 이롭다는 건 확실하다. 나무랄 데 없는 환경이지. 그 가정은 내 일에도 도움을 줄지 모른다. 그렇다. 확실히 **그녀**라면 나를 도울 수 있을 것이다. 그녀라면 사태를 나보다 더 명확하게 볼 수 있을 것이다. 그녀라면 이 아이를 재빨리 지배할 수 있을 것이다. 아주 훌륭한 성품의 여인이다. 하지만 혹시 아버지가 이 일을 알게 된다면….

그래 봤자지. 나는 이젠 어린애가 아니다. 누가 자크에 대해 책임졌던가? 나다. 그러니까 최후의 순간에 판단을 내릴 권리는 내게 있다. 정확히 보아서 아버지의 금지령은 이치에 맞지 않고 부당하다고 생각한다. 나는 아버지의 금기를 개의치 않겠다. 그뿐이다. 우선 그렇게 되면 자크는 내게 더 애정을 느끼게 될 것이다. 그 애는 '형은 아버지 같지 않다'고 생각할 거다. 그리고 분명히 그 부인은….' 앙투안은 미소 짓고 있는 퐁타냉 부인 앞에 서 있는 자신의 모습을 다시 한번 그려보았다. '부인, 제가 동생을 이곳으로 데려올 것을 고집했습니다.'

그는 일어서서 몇 걸음 걷다가 자크 앞으로 다가갔다. 자크는 형의 반대를 투쟁해서 꺾어버리리라 단단히 결심하고, 잔뜩 긴장한 채, 꼼짝 않고 서 있었다.

"네가 강요하니까 이런 말을 하지 않을 수 없구나. 아버지의 명령에도 불구하고 내 의도는 항상 네가 퐁타냉 가족을 다시 보도록 허락하고 싶었어. 나는 널 그 집으로 데리고 갈 생각까지 했었단다. 알겠니? 하지만 나는 너의 생활이 자리 잡히기를 기다리고 싶었어. 복학 때까지 참으려고 생각했지. 네가 다니엘에게 편지를 쓴 것이 이 일을 서두르게 만들었구나. 좋다. 내가 다 책임지겠다. 아버지도 신부님도 이 일에 관해선 아무것도 모르시도록 하자. 네가 원한다면 이번 일요일에 함께 가자."

"이봐." 앙투안은 잠시 침묵 끝에 애정 어린 꾸지람을 할 때처럼 덧붙였다. "네가 얼마나 오해하고 있었니? 날 좀 더 믿지 않은 게 얼마나 잘못이었니? 얘, 스무 번도 더 말했지. 우리 사이의 더할 나위 없는 솔직함, 상호 신뢰, 그것 없이는 우리가 희망했던 모든 것이 실패하고 말 거야."

"일요일에?" 하고 자크가 입 속으로 중얼거렸다. 그는 전혀 투쟁 없이 이겨버린 사실에 어찌할 바를 모르고 있었다. 그는 마치 자기가 알아차리지 못한 어떤 계략에 속고 있는 게 아닌가 하는 의심을 한 자신이 부끄러웠다. 형은 정말 제일 좋은 친구이다. 형이 그렇게 나이를 먹었다는 사실은 참 유감스러운 일이다! 하지만 뭐야, 이번 일요일이라고? 왜 이렇게 빠르지? 이제 그는 자신이 그렇게까지 다니엘을 다시 보고 싶어 했던 것이 사실이었는지를 자문하게 되었다.

11

일요일인 바로 그날, 다니엘은 어머니 곁에서 그림을 그리고 있었는데 강아지가 짖기 시작했다. 초인종 소리가 났다. 퐁타냉 부인은 읽던 책을 내려놓았다.

"그냥 계세요, 엄마" 하고 다니엘이 어머니보다 앞질러 문께로 나가며 말했다. 그들은 생활비에 쪼들려서 가정부를 내보내지 않을 수 없는 형편이었다. 다음 달에는 요리사도 내보내야 했다. 니콜과 제니가 살림을 거들었다.

문께로 귀를 기울이고 있던 퐁타냉 부인은 그레고리 목사의 목소리를 알아듣고는 미소를 띠며 그를 맞으려고 몇 발짝 걸어갔다. 목사는 다니엘의 두 어깨를 잡고 쉰 목소리로 웃으며 다니엘의 얼굴을 뚫어지게 보았다.

"웬일이야, boy, 이 아름다운 날씨에, 산책하러 나가지도 않았단 말인가? 요즈음 프랑스 사람들에게는 보트 놀이도, 크리

켓도, 스포츠도 없단 말이야?" 눈동자의 홍채가 눈꺼풀 사이에서 흰자위를 보이지 않게 가득 채우고 있는 검고 작은 두 눈의 광채가 어찌나 강렬했던지 다니엘은 가까이 마주 쳐다보기가 괴로워 거북스러운 미소를 띠며 시선을 돌렸다.

"그 애를 야단치지 마세요" 하고 퐁타냉 부인이 말했다. "저 애는 친구의 방문을 기다리고 있어요, 아시죠? 티보 형제 말이에요."

목사는 눈썹을 찡그리며 기억을 더듬었다. 그가 갑자기 무서운 힘을 발휘해서 마른 두 손을 힘차게 비벼대자 마치 불꽃이 튀는 듯했다. 아무 말 않고 있는 그의 입가에는 이상한 웃음이 감돌았다.

"Oh yes" 하고 마침내 목사가 말했다. "그 털보 의사 말이지요. 우리의 사랑스런 꼬마 따님이 회생했을 때 와서 보고 어떤 표정을 지었는지 기억나시지요? 그 사람은 그 회생을 체온계로 재려 했지요! Poor fellow!* 한데 우리의 darling은 어디 있지요? 이 찬란한 태양 아래 혹시 방 안에 갇혀 있는 건 아니겠지요?"

"아니에요, 안심하세요. 제니는 사촌과 밖에 나갔어요. 점심을 먹자마자 나갔답니다. 두 아이는 사진기를 시험해보고 있어요…. 제니가 생일 선물로 받았지요."

목사에게 권하려고 의자를 앞으로 내밀던 다니엘은 사진기 설명을 하는 어머니의 목소리가 흐트러지는 것을 느끼고 고개를 들어 어머니를 바라보았다.

* 영어로 '불쌍한 친구', '안쓰러운 녀석'이라는 뜻.

"참, 니콜은 어떻게 지내죠?" 하고 목사가 앉으며 물었다. "뭐 새로운 소식은 없나요?"

퐁타냉 부인이 별일 없다는 시늉을 했다. 부인은 아들 앞에서 그 문제를 이야기하고 싶지 않았던 것이다. 다니엘은 니콜의 이름을 듣자 목사 쪽을 흘낏 쳐다보았다.

"한데, 말 좀 해보렴, boy" 하고 갑자기 목사가 다니엘이 있는 쪽으로 몸을 돌리며 말했다. "그 털보 의사가 우리를 괴롭히러 오는 게 정확히 언제지?"

"잘 모르겠어요. 아마 세시쯤일 거예요."

그레고리는 몸을 세워서 목사들이 입는 조끼 주머니에서 찻잔 받침만큼 커다란 은시계를 꺼냈다.

"Very well!" 하며 그가 소리쳤다. "이 게으름뱅이야, 아직 한 시간 정도 시간이 있군! 웃옷을 걸치고 뤽상부르 공원을 한 바퀴 돌아봐. 육상 경기 기록을 낼 정도로 말이야! Go on!"

다니엘은 어머니와 시선을 주고받은 뒤 몸을 일으켰다.

"좋아요, 좋아요. 두 분만 계시게 해드리지요" 하고 다니엘은 짓궂게 말했다.

"영리한 녀석!" 목사가 다니엘에게 위협적으로 주먹을 흔들며 중얼거렸다.

그러나 퐁타냉 부인과 단둘이 되자 그의 수염 깎은 말끔한 얼굴은 선의로 가득 찬 표정으로 변하면서 눈길에는 깊은 애정이 나타났다.

"비로소" 하며 그가 말했다. "당신과 진정으로 이야기하고 싶은 시간이 되었소, dear." 그는 마치 기도 드리는 것처럼 마음을 가다듬었다. 그러더니 신경이 쓰인다는 태도로 손가락으로 검은 머리카락을 쓰다듬더니 의자를 가져와 말 타듯 걸터앉았다. "난 그를 만났습니다" 하고 그는 얼굴이 창백해지는 퐁타냉 부인을 바라보며 이야기를 꺼냈다. "그분이 보내서 왔소. 그분은 후회하고 있습니다. 그분은 얼마나 불행한지요!" 그의 눈길은 부인을 떠나지 않았다. 애써 유쾌한 눈길로 부인을 감싸서 부인에게 안겨준 고통을 진정시키려는 것 같았다.

"파리에 계신가요?" 부인은 자기가 무슨 말을 하는지 생각지도 않고 중얼거렸다. 그녀는 그저께 제니의 생일에 제롬이 딸을 위해 수위실에 사진기를 놓고 간 사실을 알고 있었다. 제롬은 어디에 있든 아직까지 한 번도 가족의 생일 축하를 잊은 적이 없었다. "그이를 보셨나요?" 그녀는 무심한 어조로 다시 물었다. 그러나 그녀의 얼굴 표정은 안정을 잃고 있었다. 몇 달 전부터 남편을 생각하는 그녀의 마음가짐에는 변함이 없었다. 그러나 몹시 어수선한 심정이었기 때문에 막상 남편 문제가 거론되기만 하면 이제는 이상스런 허탈 상태에 빠지곤 했다.

"그분은 불행합니다." 목사가 힘주어 거듭 말했다. "그분은 후회하는 마음으로 꽉 차 있습니다. 그의 가련한 여인은 여전히 노래를 부르고 있습니다. 그분은 그 여인에게 사실은 싫증을 느끼고 있으며, 다시는 만나고 싶어 하지 않습니다. 진정으로 부인 없이는, 아이들 없이는 살 수 없다고 했습니다. 난 그게 진실이라고 생각합니다. 그분은 부인에게 용서를 빌고 있습니다. 당신의 남편으로 남아 있기 위해 그 어떤 것도 다 약속하고 있습니다. 당신이 이혼하겠다는 생각을 거두어줄 것을 간청하고 있습니다. 그분의 얼굴을 나는 꿰뚫어 보았습니다. 이젠 '의로운' 얼굴입니다. 그분은 진정으로 올바른 사람이고 선한 사람입니다."

부인은 입을 다물고 멍하니 앞만 바라보고 있었다. 그녀의 통통한 두 뺨, 약간 살찐 턱, 부드럽고 감각적인 입이 너그러운 관용을 나타내고 있어서 그레고리는 부인이 용서하고 있다고 믿었다.

"그분은 당신들 두 분이 이달에 재판소에 간다고 말했습니다." 그레고리가 이야기를 계속했다. "조정을 위해서죠. 그리고 그 뒤에야 진정한 이혼 수속이 시작될 거라고 했습니다. 그래서 그분은 간절히 애원하고 있는 겁니다. 왜냐하면 그분은 완전히 변했으니까요. 자기가 겉으로 드러난 그런 사람이 아니며, 우리의 생각보다는 나은 사람이라고 말했습니다. 나도 그렇다고 생각합니다. 이제 일자리를 구할 수만 있다면 일하고 싶어 합니다. 그리고 만약 부인께서 원하신다면 그분은 과거의 잘못을 씻고 새사람이 되어 부인과 함께 이곳에서 살겠답니다."

그는 부인의 입이 꽉 다물어지고 얼굴의 아랫부분이 경련으로 떨리는 것을 보았다. 그녀는 갑자기 어깨를 흔들면서 말했다.

"안 돼요."

어조는 단호했고 시선은 침통하면서도 의연해 보였다. 그녀의 결정은 번복될 수 없는 것 같아 보였다. 그레고리는 하늘을 향해 두 눈을 감았다. 그리고 오랫동안 아무 말 없이 그대로 있었다.

"Look here"* 하면서 그는 마침내 아까와는 전혀 다른, 멀리서 들려오는 것같이 힘없는 목소리로 말했다. "내가 부인이 모르는 이야기를 하나 해드리겠습니다. 한 여인을 사랑했던 어떤 남자의 이야기입니다. 들어보십시오. 그 남자는 아주 젊었을 때 가난하고 착하며 아름다운 한 여인과 약혼했습니다. 그녀는 진정으로 하느님의 사랑을 받고 있었고, 그 남자 역시 그녀를 사랑하고 있었습니다⋯.” 그의 시선은 엄숙해졌다. “⋯그의 영혼을 다해서” 하고 그는 힘주어 말했다. 그러고 나서 자기가 무슨 얘기를 하고 있었는지를 애써 찾는 듯하더니 재빨리 이야기를 계속했다. “그런데 결혼 뒤에 이런 일이 일어났습니다. 남자는 자기 아내가 자기를 사랑하지 않을 뿐만 아니라 그 부부의 친구로 그 집에 자주 놀러 오던 남자를 사랑하고 있다는 사실을 알게 되었습니다. 그러자 그 가련한 남편은 아내로 하여금 그 남자를 잊게 하려고 아내와 함께 긴 여행을 떠났습니다. 그러나 아내가 이제는 그 친구를 영원히 사랑하고 절대로 자기는 사랑하지 않으리라는 것을 깨닫게 되었습니다. 그러자 그들에게 지옥이 시작되었습니다. 그는 아내가 자기 몸속에 있는 간음 때문에 괴로워하는 것을 보았습니다. 그러더니 그녀는 마음도, 끝내는 영혼까지도 괴로워했습니다. 그녀는 부정하게 되고 성질도 사악하게 변했으니까요. 그래요.” 그는 엄숙하게 말을 이었다. “그건 정말 끔찍한 일이었습니다. 그녀는 부당한 사랑 때문에 성질이 사악해졌습니다. 부정적인 것이 그들 주위를 온통 둘러싸고 있었으므로 그 또한 사악해졌습니다. 그러니 그 남자가 어떻게 했으리라고 생각하십니까? 그 남자는 기도를 했습니다. 그리고 이렇게 생각했습니다. ‘나는 한 사람을 사

* 영어로 ‘이봐’, ‘여기 봐’라는 뜻.

랑하고 있다. 그 사람에게 해로운 일을 피하게 해줘야 한다.' 그래서 기꺼이 자기 부인과 그 친구를 자기 방에 초대해서 『신약성서』 앞에서 이렇게 말했습니다. '하느님 앞에 두 사람이 나로 인하여 엄숙히 결합하시오.' 세 사람 모두 울었습니다. 그 뒤에 남자는 이렇게 말했습니다. '걱정 마십시오. 나는 떠나겠습니다. 그리고 두 분의 행복을 그르치게 될 테니까 이제 다시는 돌아오지 않겠습니다.'"

그레고리는 한 손을 눈에 대고 낮은 소리로 말했다.

"아, dear, 그런 완전히 희생적인 사랑의 추억은 얼마나 큰 하느님의 보상인지요!" 그러고 나서 그는 다시 얼굴을 들었다. "그 뒤에 남자는 자기가 말한 대로 행했습니다. 남자는 굉장한 부자였고 여자는 가난한 욥*처럼 한 푼도 없었기 때문에 자기의 모든 재산을 두 사람에게 남겨주었습니다. 그런 뒤에 남자는 멀리, 지구의 다른 끝으로 떠났습니다. 남자는 칠 년 전부터 지금까지 혼자 빈털터리로 살고 있습니다. 근근히 벌어먹고 살지요. 지금 내가 그렇듯이, Christian Scientist Society**의 평간호수사로서 말입니다."

퐁타냉 부인은 감격해 마지않으며 그를 바라보았다.

"잠깐만" 하며 그가 격렬한 어조로 말을 이었다. "이제 그 이야기의 끝을 말씀드리겠습니다." 그의 얼굴이 씰룩거렸고 그

* 성경에 나오는 「욥기」의 주인공. 하느님이 신앙심을 시험하려고 모든 지위와 재산을 잃게 하고 가난과 병고에 시달리게 했으나 굳은 신앙심으로 이겨내었다고 한다.

** 19세기 미국에서 생겨난 신흥 종교로 올바른 지식과 신앙으로 질병을 치유할 수 있다는 목적으로 설립되었다.

가 팔꿈치를 기댔던 의자 등받이 위에서 뼈만 앙상한 그의 두 손이 갑자기 서로 얽혔다. "가련한 그 남자는 두 사람을 위해 행복을 뒤로하고 나쁜 것은 모두 자신과 함께 가지고 떠났다고 생각했었지요. 그러나 이게 하느님의 비결이십니다. 두 사람과 함께 남은 건 사악한 것이었던 겁니다. 그들은 남자를 비웃었습니다. 두 사람은 성령을 배반했습니다. 두 사람은 눈물로 그의 희생을 받아들였지만 마음으로는 그 남자를 비웃었습니다. 그 두 사람은 그에 관해 모든 gentry*에게 거짓말을 했습니다. 그 두 사람은 그의 편지들을 이 사람 저 사람에게 보여주었습니다. 그 두 사람은 그가 거짓 친절을 베풀었다고 떠들어댔습니다. 그런가 하면 그가 유럽에서 다른 여자를 얻기 위해 한 푼도 주지 않고 부인을 버렸다고까지 했습니다. 그런 말까지 했어요, 그래요! 그러고는 두 사람은 그에게 불리한 이혼 판결까지 돈으로 샀답니다."

그는 잠시 눈을 감았다가 킥킥대며 웃더니 일어서서 정성껏 의자를 있던 곳에 다시 놓았다. 그의 얼굴에서 모든 고통의 흔적이 사라졌다.

"자" 하고 그는 꼼짝 않고 있는 퐁타냉 부인 쪽으로 몸을 굽히며 이야기를 계속했다. "사랑이란 이런 것입니다. 그리고 필요하다면 용서란 이런 겁니다. 그래서 이 순간에라도 그 부정한 여인이 갑자기 내게로 와서 이렇게 말한다고 합시다. '제임스, 이제 당신의 지붕 아래로 되돌아오겠습니다. 당신은 또다시 나의 짓밟힘을 당하는 노예가 되십시오. 내가 원할 때면 나

* 영어로 '그 계층', '주변인'이라는 뜻.

는 여전히 당신을 비웃겠습니다.' 그렇다면 나는 이렇게 말할 겁니다. '오십시오, 내가 가지고 있는 이 하찮은 것이나마 모두 가지십시오. 당신이 돌아와주신 것을 하느님께 감사합니다. 이제 나는 당신 앞에 진정으로 선량하도록 더욱더 노력할 것입니다. 그럼으로써 당신 역시 선량해질 겁니다. 왜냐하면 악이란 존재하지 않으니까요.' 그래요, 진실로, 부인, 만일 언제고 나의 Dolly가 내 곁에 피난처를 구하러 온다면 나는 그렇게 할 겁니다. 그리고 나는 'Dolly, 용서하오'라고 말하는 대신 다만 '그리스도께서 당신을 지켜주시기를!'이라고 말할 겁니다. 그럼으로써 내가 한 말이 헛되이 내게로 돌아오지 않을 겁니다. 왜냐하면 부정적인 것을 근절시킬 수 있는 유일한 힘은 선뿐이니까요!" 그는 입을 다물고 팔짱을 끼더니 네모난 턱을 한 손 가득히 쥐었다. 그러고 나서 설교하는 목사처럼 노래하는 듯 울려 퍼지는 목소리로 말했다. "부인도 그와 같이 하셔야 합니다, 퐁타냉 부인. 부인은 그분을 사랑하고 있으니까요. 그리고 사랑은 의롭습니다. 그리스도께서는 이렇게 말씀하셨습니다. **'내가 너희에게 이르노니 너희 의가 율법학자들과 바리새파 사람보다 더 낫지 못하면 결단코 하늘나라에 들어가지 못하리라.'**"*

가련한 부인이 고개를 저었다.

"제임스, 당신은 그이를 모르세요." 그녀는 작은 목소리로 말했다. "그이 주위에서는 호흡할 수가 없습니다. 그이는 어디에나 악을 뿌리고 다닙니다. 그이는 또다시 우리의 행복을 파괴해버릴 겁니다. 아이들에게 악을 전염시키고 말 거예요."

* 「마태복음」 제5장에 나오는 구절.

"그리스도께서 당신의 손으로 나병 환자의 상처를 만지셨을 때 당신의 손이 나병에 전염된 것이 아니라 그 손으로 나병 환자가 깨끗이 치유되었습니다."

"내가 그를 사랑한다고 말씀하셨지요. 아니에요. 그건 잘못 생각하셨어요! 나는 이제 그이를 너무나 잘 알고 있습니다. 나는 그이가 한 약속이 어떤 건지 잘 알고 있습니다. 나는 너무 자주 용서했습니다."

"그때 베드로가 나와 가로되 '**주여, 형제가 저에게 잘못을 저지르면 몇 번이나 용서해주어야 합니까? 일곱 번이면 되겠습니까?**' 예수께서 이렇게 대답하셨다. '**네게 말하노니 일곱 번뿐 아니라 일곱 번씩 일흔 번이라도 하여라.**'"*

"제임스, 당신은 그이를 모르신다니까요!"

"**내가 내 형제를 알고 있는가**라고 생각할 수 있는 자가 누구입니까? 예수께서는 **나는 그 누구도 심판하지 않노라**고 말씀하셨습니다. 그런데 나, 그레고리는 이렇게 말할 겁니다. 자기 마음속에 혼란과 불행을 느끼지 못한 채 죄악의 생활을 하고 있는 자는 아직도 진실의 시간에 멀리 있는 자이다. 그러나 자기 삶이 죄악 속에 있기에 눈물 흘리는 자는 진실의 시간 가까이에 있는 자이다. 부인께 말씀드리지만 그분은 후회하고 있습니다. 그분은 의인의 얼굴을 하고 있습니다."

"제임스, 당신은 속속들이 알지 못해요. 그 여자가 자기를 괴롭히는 빚쟁이들을 피해서 벨기에로 도망가야 했을 때 그이가 무슨 짓을 했는지 좀 물어보세요. 그 여자는 다른 남자와 떠

* 「마태복음」 제18장 21-22절 말씀.

났었지요. 그이는 그 여자를 따라가려고 모든 걸 다 버렸습니다. 그리고 온갖 모욕을 다 감수했습니다. 그는 두 달 동안이나 그 여자가 노래 부르고 있는 극장에서 검표원 노릇을 했답니다! 그건 수치스러운 일이에요. 그 여자는 계속 바이올린 주자와 살고 있었지만 그이는 모든 걸 다 받아들였어요. 그 두 사람이 사는 집에 가서 저녁도 먹고 자기 정부의 애인과 연주를 하기도 했어요. '의인'의 얼굴이라니요! 당신은 그이를 모르세요. 오늘, 그이가 후회하며 파리에 있다고요. 그 여자와 헤어졌으며, 다시는 안 만난다고 한다면서요. 그렇다면 왜 그 여자의 빚을 갚아주려는 걸까요? 다시 그 여자와 가까워지려는 게 아니라면? 그이는 노에미의 빚을 차츰 갚아주고 있답니다. 그래요, 그이가 파리에 있는 이유는 그 때문이에요! 무슨 돈으로요? 내 돈과 아이들의 돈으로요. 삼 주 전에 그이가 무슨 짓을 했는지 아세요? 더 이상 못 참겠다고 아우성치는 노에미의 빚쟁이에게 이만 오천 프랑을 주려고 메종 라피트의 우리 집을 저당잡혔어요!"

부인은 고개를 숙였다. 이야기를 모두 다 한 것이 아니었다. 그녀는 공증인의 소환을 상기하고 있었다. 별생각 없이 공증인에게 갔었는데, 문 앞에서 그녀를 기다리고 있던 제롬을 만났던 것이다. 그 집은 상속 유산으로 받은 그녀의 소유였기에 저당잡히는 데는 그녀의 위임장이 필요했다. 남편은 한 푼도 없어서 꼼짝 못 하고 자살할 수밖에 없노라고 애원했다. 그러면서 길가에서 양쪽 호주머니를 뒤집어 보이는 시늉까지 했다. 그녀는 거의 아무 저항 없이 남편이 하자는 대로 해주었다. 그렇게 한길가에서 남편과 실랑이를 벌이는 것을 피하고자 그와 함께 공증인에게 갔다. 그녀 또한 돈이 떨어진 데다가 이혼 후 재산 처분을 기다리는 여섯 달 동안 필요한 생활비 조로 남편이 저당하고 남은 돈 중에서 천 프랑짜리 지폐 몇 장을 그녀에게 미리 떼어주겠다고 약속했기 때문이다.

"다시 말하지만 제임스, 당신은 그이를 모르세요. 모든 게 다 변했어요. 우리 곁에서 살고 싶다고 하던가요? 그저께 제니의 생일 선물을 아래층 수위실에 두려고 왔을 때 그이는 우리 집 문밖에서 백 미터쯤 떨어진 곳에 차를 대놓았었다고 말씀드린다면…. 그런데 차에는 그이 혼자가 아니었어요!" 그녀는 몸서리쳤다. 갑자기 튀일리 강변 벤치에 앉아 있던 제롬과 그 옆에서 울고 있던 검은 옷을 입은 작은 여공이 눈앞에 떠올랐기 때문이다. 그녀는 자리에서 일어났다. "그이는 그런 사람이에요." 그녀는 큰소리로 말했다. "그이는 모든 도덕적 감각이 그 정도로 타락했어요. 자기 딸의 생일을 축하하려는 날 아무 데서나 만난 그런 여자와 함께 오는 그런 사람이에요! 그런데 당신은 내가 아직도 그이를 사랑하고 있다고 하시는군. 아니에요, 그렇지 않아요!" 부인은 자세를 바로 했다. 그 순간에는 정말 남편을 증오하는 것 같아 보였다.

그레고리는 그녀를 준엄하게 바라보았다.

"당신은 잘못 생각하고 있습니다." 그가 말했다. "마음속으로도 우리가 악을 악으로 갚아야 할까요? 성령이 전부입니다. 물질은 영혼의 노예입니다. 예수님께서 말씀하시기를…" 퓌스가 짖는 소리가 나자 그는 말을 중단했다. "당신들의 몹쓸 털보 의사가 왔군요!" 그는 얼굴을 찌푸리며 중얼거렸다. 그는 재빨리 의자 쪽으로 가서 다시 앉았다.

문이 열렸다. 과연 앙투안이었다. 그 뒤로 자크와 다니엘이 들어왔다.

앙투안은 이 방문의 결과를 자기가 책임지기로 했으므로 단호한 걸음으로 들어왔다. 열린 창문에서 들어오는 햇빛이 그의 얼굴을 환히 비추었다. 그의 머리카락과 수염이 어두운 덩어리를 이루었다. 모든 햇살이 네모난 그의 하얀 이마에 집중적으로 비치고 있었는데, 그가 재능 있어 보이는 것은 그 이마 덕택이었다. 중키였음에도 불구하고 한순간 거인 같은 느낌을 풍겼다. 퐁타냉 부인은 그가 걸어오는 것을 바라보고 있었다. 돌연 친밀감이 온통 되살아나면서 부인의 마음을 부풀게 했다. 앙투안은 부인 앞에 와서 몸을 굽혔다. 부인이 그의 손을 잡아주었을 때 앙투안은 그레고리를 알아보았다. 그리고 그가 거기 있다는 것이 불만스러웠다. 목사는 앉은 자리에서 기사와 같은 고갯짓으로 앙투안에게 인사를 했다.

자크는 좀 떨어진 곳에서 이 기이한 인물을 호기심에 찬 눈으로 관찰하고 있었다. 한편 말 타듯 의자에 걸터앉은 그레고리는 팔짱을 낀 팔 위에 턱을 괴고, 붉은 코에, 이해할 수 없는 미소로 입을 씰룩거리면서 호의를 가지고 젊은이들을 바라보고 있었다. 그 순간 퐁타냉 부인이 자크에게로 다가왔다. 부인의 두 눈이 애정 어린 표정으로 가득 차 있었기 때문에, 자크는 울고 있던 자신을 품에 안아주던 그날 저녁이 생각났다. 부인 역시 그때를 상기하면서 큰 소리로 말했다.

"어찌나 키가 컸는지 이제는 감히…" 부인은 자크를 껴안더니 이렇게 말하며 웃음을 터뜨렸다. "내가 엄마나 다름없어. 다니엘과 형제나 다름없어…." 그때 부인은 그레고리가 일어서서 갈 채비를 하는 것을 보았다. "제임스, 가시려는 건 아니겠지요?"

"미안해요" 하며 그가 말했다. "이제 가야 합니다." 그는 두 형제와 힘차게 악수를 하고 나서 부인에게로 왔다.

"한마디만 더" 하고 퐁타냉 부인은 그레고리와 함께 밖으로 나오며 말했다. "솔직히 대답해주세요. 내가 당신에게 한 말을 듣고 나서도 당신은 제롬이 우리 곁으로 돌아와 자기 위치를 다시 찾을 자격이 있다고 생각하시는지요?" 부인은 눈으로 물어보고 있었다. "제임스, 신중히 대답해주세요. 당신이 내게 '용서하라'고 말씀하신다면, 용서하겠습니다."

목사는 아무 말도 안 했다. 그의 눈길, 그의 얼굴에서는 '진리'를 깨달은 것으로 확신하는 사람들에게서 흔히 볼 수 있는 보편적인 자비의 표정을 읽을 수 있었다. 그는 잠시 퐁타냉 부인의 눈빛에서 희망의 서광을 본 듯했다. 그리스도가 이 부인에게 원하는 것은 이런 종류의 용서가 아니었다. 그는 고개를 돌렸다. 그리고 나무라는 듯한 비웃음 소리를 냈다.

그러자 부인이 목사의 팔을 붙들었다. 그리고 그를 다정하게 돌려보내려는 듯이 이렇게 말했다.

"제임스, 고마워요. 그이에게 안 된다는 말을 전해주세요."

목사는 듣고 있지 않았다. 그녀를 위해 기도를 하고 있었다.

"그리스도께서 당신의 마음을 지배하시기를." 목사는 그녀를 바라보지도 않고 나가면서 중얼거렸다.

앙투안이 거실에서 주위를 바라보며 처음으로 이 집을 방문했을 당시의 일을 생각하고 있었을 때 퐁타냉 부인이 되돌아왔다. 그녀는 자신의 어지러운 마음을 가라앉히기 위해 애쓰는 모습이 역력했다.

"동생분과 함께 오신 건 참 잘한 일이에요." 부인은 환영의 뜻을 과장 없이 표현했다. "여기 앉으세요." 그녀는 앙투안에게 자기 옆에 있는 의자를 가리켰다. "오늘은 우리끼리 이야기를 나눌 수 있도록 애들이 우리 곁에 있지 않는 것이 좋겠어요…."

다니엘은 자기의 팔을 자크의 팔 밑에 집어넣다시피 해서 그를 자기 방으로 데리고 갔다. 이제 두 사람의 키는 비슷했다. 다니엘은 자크가 이렇게까지 변했으리라고는 예상하지 못했다. 그로 인해 그의 우정은 더욱 돈독해졌으며, 그럴수록 자기 속마음을 털어놓고 싶은 욕구는 더욱 절실하게 다가왔다. 단둘이만 있게 되자 그의 얼굴에 생기가 돌면서 신비스런 표정이 떠올랐다.

"우선 내가 미리 알려줄게. 이제 곧 그 여자를 보게 될 거야. 우리 집에서 살고 있는 사촌이야. 그 애는… 아주 멋져!" 다니엘은 자크의 태도에서 약간 당혹해하는 것을 포착한 것일까? 이 뒤늦은 조심성 때문에 마음이 불안해진 것일까? "우선 네 이야기부터 들어보자" 하고 다정한 미소를 띠며 다니엘이 말했다. 그는 친구와의 우정에서까지 약간 의식적인 예절을 갖추고 있었다. "일 년이나 되었으니까 생각 좀 해봐!" 자크가 여전히 아무 말도 안 하자 "오, 아직은 아무것도 아니야" 하고 다니엘이 몸을 숙이며 말을 이었다. "하지만 나는 희망을 가지고 있어."

자크는 친구의 집요한 눈짓과, 목소리의 울림에 거북함을 느꼈다. 마침내 그는 다니엘이 전과 같지 않다는 것을 알아차렸지만 뭐가 변했는지는 알 수 없었다. 그의 모습은 그대로였다. 타원형의 얼굴이 약간 더 길어진 것 같긴 했지만 입은 여전히 복잡하게 굽어 있었고, 콧수염 때문에 가장자리가 더 뚜렷하게 드러나 보였다. 그는 여전히 얼굴 한쪽만으로 미소 지어서 갑자기 얼굴의 선을 혼란시켰고, 왼쪽으로 윗니를 드러내 보였다. 그의 눈빛이 덜 순수해진 것 같았다. 그의 눈썹이 전보다 더 관자놀이 쪽으로 찌푸려져서 시선에 비길 데 없이 매끄럽고 유연함을 주는 것 같았다. 또한 그의 목소리와 태도에서 전에는 찾아볼 수 없었던 일종의 멋을 부리고 있어서일까?

자크는 대답할 생각도 하지 않고 다니엘을 관찰했다. 다니엘의 철면피 같은 언행에 신경이 곤두서기도 했지만 그래도 그에게 매료되어버린 자크는 중학교 때 그에 대해 느꼈던 열정적인 애정이 갑자기 되살아나는 것을 느꼈다. 자크의 눈에는 눈물이 글썽거렸다.

"자, 이봐, 지난 일 년 동안 뭘 했어? 얘기해 봐!" 안절부절못하고 있던 다니엘이 큰 소리로 다그쳤다. 그리고 자크의 주의를 끌려고 의자에 앉았다.

그의 태도는 뭐니 뭐니 해도 진실한 애정을 드러내 보이고 있었다. 그러나 자크는 그의 태도에서 무언가 애쓰는 흔적을 엿보고는 굳어져버렸다. 그렇지만 그는 서서히 소년원에서의 나날을 이야기하기 시작했다. 그는 분명히 그럴 생각은 없었지만 리스벳에게 한 번 해준 적이 있는 판에 박은 듯한 문학적인 묘사로 빠져들어 갔다. 일종의 수치심 때문에 그곳에서의 매일의 생활을 적나라하게 이야기할 수 없었던 것이다.

"하지만 편지를 왜 그렇게 조금밖에 안 했니?"

자크는 진정한 이유를 피했다. 그것은 아버지가 악의에 찬 온갖 비난의 대상이 되는 것을 피하기 위해서였다. 그렇다고 자크 자신이 아버지의 처사가 모든 면에서 옳다고 여기는 것은 아니었다.

"고독이 그래, 사람을 변하게 만들어" 하고 잠시 후 자크가 말했다. 그곳에서의 일을 생각만 해도 그의 얼굴은 무표정해지고 바보처럼 되었다. "모든 일에 무관심하게 돼. 그리고 또 애매한 공포 같은 게 항상 따라다니고. 행동하긴 하지만 아무것도 생각하지 않으면서 하는 거야. 나중에는 자기가 누군지, 자기가 살아 있는지 어떤지조차 모르게 돼. 마침내는 죽어버리고 말 거야…. 아니면 미쳐버리던가." 그는 의문에 찬 시선으로 앞을 응시하면서 덧붙였다. 그는 살짝 몸을 떨더니 어조를 바꾸어 앙투안이 크루이를 방문했던 이야기를 했다.

다니엘은 자크의 이야기를 중단시키지 않고 듣고만 있었다. 그러나 자크의 고백이 끝나자 그의 표정에 생기가 돌았다.

"내가 너한테 그 애 이름을 가르쳐주지 않았구나." 다니엘이 말했다. "니콜이야. 네 맘에 들어?"

"아주" 하고 대답하면서 자크는 처음으로 리스벳의 이름을 생각했다.

"그 애에게 잘 어울리는 이름이야, 내 생각엔. 너도 곧 보게 될 거야. 예쁘지는 않아. 아니 예쁘다고 할 수도 있지. 하지만 그 이상이야. 발랄해. 생명력이 넘쳐. 그 눈이란!" 그는 머뭇거리다가 덧붙였다. "육감적이야, 이해하겠어?"

자크는 그의 시선을 피했다. 자크 역시 자기 사랑 이야기를 툭 털어놓고 싶었으리라. 여기에 온 것도 그 때문이었다. 그러나 다니엘이 사랑 이야기를 시작하자마자 그는 거북함을 느꼈다. 그리고 시선을 떨군 채 다니엘의 이야기를 듣고는 있었지만 뭔가 당혹스러움을 넘어 수치심에 가까운 느낌마저 들었던 것이다.

"오늘 아침엔" 하고 다니엘이 흥분을 감추지 못하며 이야기했다. "엄마와 제니는 일찍 외출했어. 그래서 니콜과 나 단둘이 차를 마셨지. 집에는 단둘뿐이었어. 그 애는 아직 제대로 옷을 걸치지 않은 상태였어. 매혹적이었어. 난 그 애가 잠자는 제니의 방까지 그 애를 따라갔어. 이봐, 그 방이며, 처녀의 침대이며… 난 그 애를 내 품에 안았어. 잠시 동안. 그 애는 몸부림치면서도 웃고 있었어. 몸이 얼마나 부드럽던지! 그 애는 도망가더니 엄마 방에 숨어서 문을 잠갔어. 절대로 열어주지 않으려 했어…. 내가 이런 말을 하다니 바보 같은 짓이야" 하며 그는 일어섰다. 미소 지으려 했다. 그러나 입술에 경련을 일으키고 있었다.

"그 애와 결혼하고 싶니?" 자크가 물었다.

"내가?"

자크는 마치 모욕을 당하기나 한 것처럼 고통스러움을 느꼈다. 시간이 감에 따라 자크에게는 다니엘이 낯선 사람처럼 느껴졌다. 그를 바라보는 다니엘의 호기심에 차 있으며 약간 비웃는 듯한 눈길이 끝내 자크를 얼어붙게 만들었다.

"한데 너는?" 하고 가까이 다가오며 다니엘이 물었다. "네 편지에 의하면 너도 역시…."

여전히 아래만 보고 있던 자크가 고개를 저었다. '아니야, 끝났어, 너는 아무것도 알아내지 못할 거야'라고 말하는 것 같았다. 그런데 대답도 기다리지 않고 다니엘은 자리에서 일어났다. 시끄럽게 떠드는 젊은이들의 목소리가 그들에게까지 들려왔기 때문이다.

"나중에 얘기해 줘…. 저기 왔어, 이리 와!" 그는 자신을 거울에 잠시 비추어보고 나서 고개를 쳐들고 복도 쪽으로 뛰어나갔다.

"얘들아" 하고 퐁타냉 부인이 불렀다. "뭐 좀 먹지 않겠니…."

홍차가 식당에 준비되어 있었다.

자크는 문지방에서부터 가슴을 두근거리며 식탁 근처에 있는 두 소녀를 보았다. 두 소녀는 아직도 모자를 쓰고 장갑을 낀 채였다. 그리고 산책에서 돌아와 상기되어 있었다. 제니가 다니엘에게로 와서 팔에 매달렸다. 다니엘은 이런 제니를 거들떠보지도 않고 자크를 니콜 쪽으로 떠밀면서 능청을 떨며 서로를 소개했다. 자크는 니콜의 호기심에 찬 시선과 제니의 탐색하는 듯한 눈초리가 자기에게로 쏠리고 있다는 것을 느꼈다. 그는 퐁타냉 부인 쪽으로 눈을 돌렸다. 그녀는 거실의 문께에 선 채로 앙투안과 하던 이야기를 막 끝내려는 참이었다.

"…아이들에게" 하고 그녀는 우울한 미소를 띠며 말했다. "인생보다 더 귀중한 것은 없다는 것과 인생이란 믿을 수 없을 정도로 짧다는 것을 알게 하는 것이야말로."

자크는 낯선 사람들 사이에 있어 본 지가 퍽 오래되었다. 그래서 이런 광경에 흥분한 그는 수줍음 따위는 깡그리 잊을 정도였다. 제니는 어리게, 아니 오히려 추하게 느껴졌다. 니콜에게는 자연스러운 우아함과 화려함이 있었다. 니콜은 다니엘과 이야기를 나누며 웃고 있었다. 자크는 그들이 무슨 이야기를 하는지 알 수 없었다. 니콜은 놀랍고 즐겁다는 표시로 눈썹을 끊임없이 치켜떴다. 그리 짙지 않은 엷은 청회색의 그녀의 두 눈은 지나치게 동그랗고, 사이가 너무 떨어져 있었지만 초롱초롱하고 즐거운 빛을 띠고 있어서 통통하고 해맑은 얼굴에 끊임없이 생명력을 불어넣어 주고 있었다. 그리고 그녀의 머리를 빙 두른 두텁게 땋은 머리 때문에 얼굴에 둔중한 인상을 풍기게 했다. 그녀는 몸을 약간 앞으로 구부리는 버릇이 있었다. 그것이 그녀에게 당장에 친구에게 달려갈 것처럼 보이게 했고, 누구에게나 활발한 미소를 제공하려는 인상을 주었다. 자크는 그녀를 관찰하며 자신을 심히 불쾌하게 했던 '육감적이야…'라는 다니엘의 말이 자기도 모르게 생각났다. 그녀는 자기가 주목의 대상이 되고 있다는 것을 느꼈다. 그래서 곧 자연스러움을 잃고 과장스러운 행동을 하기에 이르렀다.

자크는 사람들에 대해 갖는 호기심을 조금도 숨기지 않고 있는 그대로 드러내곤 했다. 그는 입을 벌리고 뭔가 정신없이 바라보는 어린애 같은 순박함을 지니고 있었다. 그럴 때면 그의 얼굴 표정은 멍청해지고 시선에는 생기가 사라지곤 했다. 예전에 크루이에 있을 때는 그렇지 않았다. 그는 사람들을 너무 무심하게 지나쳤기 때문에 누가 누구인지 통 알아보는 일이 없었다. 이제는 가게에 들어가든, 거리에 있든 어디에 있든 그의 시선은 지나가는 사람들을 주시했다. 그렇다고 그들에게서 발견한 것을 분석하지는 않았다. 그러나 자기도 모르는 사이에 사고력은 활동하고 있었다. 우연히 마주친 이 낯선 사람들이 그의 상상력 속에서 개별적인 특성을 가진 특별한 인물이 되기 위해서는 얼굴이나 몸가짐의 특징을 간파하는 것으로 그에게는 족했다.

퐁타냉 부인이 그의 팔에 손을 얹자 그는 공상에서 깨어났다.

"자, 내 곁에서 과자 좀 먹으렴." 그녀가 말했다. "자, 이제 이리로 와요." 그녀는 찻잔과 접시 하나를 주었다. "네가 와서 무척 기쁘단다. 제니야, 우리에게 과자 좀 다오. 두 형제가 그 작은 아파트에서 어떻게 생활하는지를 형님이 얘기해주셨단다. 난 그 생활을 참으로 만족스럽게 생각해! 진정한 친구처럼 마음이 맞는 두 형제, 그건 정말 멋진 일이지! 다니엘과 제니, 저 애들도 서로 마음이 맞는 아이들이지. 얘야, 내 이야기에 넌 웃는구나" 하고 부인은 앙투안과 함께 그쪽으로 다가온 다니엘을 향해 말했다. "저 애는 항상 이 늙은 엄마를 비웃지. 자, 벌로 내게 키스해주렴. 모든 사람들 앞에서."

다니엘은 약간 거북해하며 웃었다. 그러나 몸을 굽혀서 어머니의 관자놀이에 입술을 댔다. 다니엘의 하찮은 몸짓에도 멋이 깃들어 있었다.

식탁 반대편에서 제니가 그 장면을 지켜보고 있었다. 그녀는 묘한 미소를 띠었는데, 앙투안은 그 미소에 매혹되었다. 제니는 홀연히 다시 오빠에게로 와서 팔에 매달렸다. '여기에 또' 하고 앙투안이 생각했다. '자신이 받는 것보다 더 많은 것을 주는 소녀가 있군.' 처음 방문했을 때부터 이 어린 소녀의 얼굴에 나타난 성숙한 여인 같은 눈길이 그의 마음을 끌었다. 그는 제니가 자기도 모르게 어깨를 들먹이면서 귀엽게 구는 모습을 주시했다. 그럴 때면 소녀는 막 싹트기 시작하는 자신의 젖가슴을 코르셋 위로 치켜올렸다가 서서히 제자리로 가져가곤 했다. 제니는 조금도 어머니를 닮은 데가 없었다. 다니엘과 비슷한 데는 더더욱 없었다. 그런데 아무도 그 점에 대해 놀라지 않았다. 제니는 다른 사람들과는 전혀 다른 인생을 위해 태어난 것처럼 보였다.

퐁타냉 부인은 미소를 띤 얼굴 가까이에 찻잔을 치켜들고 한 모금씩 마시고 있었다. 그리고 찻잔에서 피어오르는 김 사이로 자크에게 우정의 표시를 보내곤 했다. 한없이 밝고 애정에 찬 부인의 시선은 지적이고 정열적인 인상을 주었다. 그리고 흰 머리카락은 넓게 드러난 그녀의 훤한 이마를 호화로운 머리띠처럼 장식하고 있었다. 자크의 시선이 어머니 쪽에서 아들 쪽으로 향했다. 그 순간 그는 그들 모자를 너무나 열렬히 좋아하게 되어 자크는 이 사실을 두 사람이 꼭 알아주었으면 했다. 그는 누구보다도 타인에게서 인정받고 싶었기 때문이다. 타인을 향한 그의 관심은 이럴 정도에 이르렀다. 곧 타인의 마음속 깊은 곳에 자신의 자리를 하나 두고 싶어 했고, 자기 인생이 남의 인생 속에서 용해되어버리기를 바랄 정도에까지 이르렀다.

창무 앞에서 니콜과 제니 사이에 언쟁이 벌어지자 다니엘이 가서 끼어들었다. 세 사람은 마지막 필름 한 장이 남아 있는지 어떤지를 확인하려고 사진기 위로 고개를 숙였다.

"날 기쁘게 해주렴!" 하고 별안간 다니엘이 전에는 볼 수 없었던 정열적인 목소리로 외쳤다. 그러면서 그는 정다우면서도 숙연한 눈길로 니콜을 뚫어지게 바라보고 있었다. "그래! 지금 그대로 모자를 쓴 채로 말이야. 그리고 내 친구 티보를 네 옆에 세워서!"

"자크!" 하고 그가 불렀다. 그리고 낮은 목소리로 덧붙였다. "부탁이야. 난 꼭 너희들이 함께 있는 사진을 찍고 싶어!"

자크가 그들에게로 갔다. 다니엘은 거실이 더 환하다고 하며 그들을 억지로 거실로 끌고 갔다.

퐁타냉 부인과 앙투안만이 식당에 남았다.

"이 방문에 대해 부인께서 오해가 없기를 바랍니다" 하고 앙투안은 자기가 하는 말이 솔직하다는 것을 강조하려는 것처럼 당돌하게 결론부터 말했다. "만일에 아버님께서 자크가 이곳에 왔다는 것과, 데리고 온 사람이 저라는 것을 아시게 된다면 아버님께서는 동생이 제 영향을 받지 못하도록 조치하실 것이고, 모든 것을 다시 시작해야 할 겁니다."

"가련한 분" 하고 속삭이는 퐁타냉 부인의 말투에 앙투안은 미소를 지었다.

"부인께서는 아버님을 동정하십니까?"

"당신 같은 훌륭한 아드님의 신뢰를 얻지 못하셨다니."

"그건 아버님 잘못이 아닙니다. 또 제 잘못도 아니고요. 저의 아버님은 이른바 저명인사, 훌륭한 사람이라고 불리는 그런 사람에 속해 있는 분이십니다. 저는 아버님을 존경하고 있습니다. 그러나 어쩌겠습니까? 모든 점에서 우리는 생각하는 대상이나 방식이 너무나 다릅니다. 어떤 문제에서도 우리는 같은 관점을 가질 수가 없답니다."

"모든 사람들이 아직은 다 광명을 받은 게 아니니까요."

"만약 부인께서 종교를 생각하고 계시다면" 하고 앙투안이 힘차게 말했다. "저의 아버님은 지극히 독실한 신도랍니다!"

퐁타냉 부인은 머리를 설레설레 흔들었다.

"사도 바울께서는 이미 하느님 앞에서 옳은 자는 율법을 따르는 자가 아니라 율법을 행하는 자라고 말씀하셨지요."

그녀는 자신이 진심으로 불쌍히 여기고 있는 티보 씨에 대해서 본능적이며 완강한 혐오감을 느꼈다. 자기 아들, 자기 집, 그녀 자신을 금하고 있다는 것은 비열하고 부당한 일이며, 가장 비열한 동기에 기인하고 있는 것으로 그녀는 여겼다. 그 몸집 큰 사람의 모습을 혐오감을 가지고 상기하며 그녀는 자신이 가장 집착하는 것, 그녀의 정신적인 숭고함, 그녀의 프로테스탄티즘을 의심한다는 사실을 용서할 수 없었다. 그래서 앙투안이 아버지의 조치를 파기했다는 것에 더욱 감사를 느끼고 있었다.

"그런데, 당신은" 하고 부인은 불안한 마음으로 물었다. "당신은 열성적인 신자입니까?"

그가 아니라는 시늉을 해 보였다. 그러자 무척 다행스럽게 여긴 부인의 얼굴이 환히 빛났다.

"사실은 제가 성당에 나가기 시작한 것은 다 커서였습니다." 앙투안이 설명했다. 퐁타냉 부인의 존재가 자기로 하여금 훨씬 통찰력을 가지도록 만들어줄 뿐만 아니라 말을 많이 하도록 해준다는 생각이 들었다. 호의를 가지고 남의 말을 들어주는 그녀의 태도는 이야기하는 상대를 돋보이게 해주며, 동시에 상대로 하여금 평상시의 수준 이상으로 자신을 높일 수 있도록 북돋아주었다. "저는 진정한 신앙심 없이 그저 관례만 따를 뿐이었습니다. 제게 하느님이란 그 눈에서 벗어날 수 없는 교장 선생처럼 생각되었습니다. 몇 가지 행동을 함으로써 어떤 규율을 지키며 그 교장 선생을 만족시키는 편이 더 신중하다고 생각했었지요. 그래서 하라는 대로 했지만 그저 귀찮은 일로만 생각했습니다. 저는 모든 면에서 우등생이었지요. 종교 과목에서도 그러했습니다. 어떤 계기로 제가 신앙을 잃게 되었을까요? 이젠 전혀 기억나지 않는군요. 제가 그걸 의식하게 된 것은—사오 년도 채 안 된 일입니다만—저는 이미 종교적인 믿음이 들어갈 여지가 별로 남아 있지 않을 정도로 과학적인 지식을 습득한 뒤였습니다. 저는 실증주의자입니다." 하고 그는 자랑스럽게 말했다. 솔직히 말해서 그가 지금 한 말은 즉흥적으로 생각해낸 말이었다. 그때까지는 이렇게 신나게 자신을 분석해볼 기회가 거의 없었다. "제 말은 과학이 모든 것을 다 해명해주는 것은 아니지만, 확인을 해준다는 겁니다. 그리고 제게는 그걸로 족합니다. '어떻게'만으로도 저는 충분히 흥미를 느끼기 때문에 헛되이 '왜'를 찾으려는 수고는 후회 없이 포기합니다. 더구나" 하고 그는 목소리를 낮추면서 재빨리 덧붙였다. "이 두 해석 방법 사이에는 아마 정도의 차이밖에 없겠지요?" 그는 마치 실례를 용서해 달라는 듯이 미소를 지었다. "도덕적인 것에 관해 말하면" 하며 그가 말을 이었다. "이건 저의 관심을 별로 끌지 못합니다. 제 말에 부인께선 놀라셨는지요? 아시겠지만, 저는 제 일을 좋아하고 있습니다. 인생을 사랑하고 있습니다. 저는 힘이 넘치고 능동적인 사람입니다. 그리고 저는 이 능동성이 그 자체로서 하나의 행동 원칙임을 느끼고 있다고 생각합니다. 여하튼 지금까지 제가 이루어야 할 일을 앞에 두고는 한 번도 주저해본 적이 없으니까요."

퐁타냉 부인은 아무런 대답도 하지 않았다. 그녀는 자신의 신앙심과는 거리가 먼 앙투안의 입장을 탓하지 않았다. 그러나 내심 깊은 곳에서는 항상 주님이 그녀의 마음속에 함께 계신 것을 더욱 감사하고 있었다. 그녀는 주님의 보호로부터 무한한 기쁨의 은총을 끌어내고 있었다. 그리고 그러한 은총이 그녀 자신으로부터 발산되고 있었던 것이다. 상황에 의해 항상 어려움을 당하고 있고, 주위에 있는 대부분의 사람들보다 훨씬 불행한 부인이었지만, 그 사람들에게 용기와 균형과 행복의 근원이 될 수 있는 존재로서의 특권을 지니고 있었다. 바로 이 순간에도 앙투안이 그것을 경험하고 있었다. 아버지의 주위 사람들에게서는 이처럼 용기를 북돋아주고 존경심을 느끼게 하는 사람, 그 사람의 주변 공기가 순수하다 못해 흥분할 정도까지 이르게 하는 사람을 만난 적이 없었다. 그는 진실을 희생시키는 한이 있더라도 그녀에게 한 발 더 다가가고 싶었다.

"프로테스탄티즘은 항상 저의 마음을 끌었습니다." 그는 비록 퐁타냉 가족을 만나기 전에는 한 번도 프로테스탄트에 대해서 생각해본 적이 없었음에도 불구하고 이렇게 말했다. "신교의 개혁은 종교적인 영역에서 혁명입니다. 신교에서는 해방의 원칙이 있습니다…."

그녀는 점점 더 공감을 느끼며 그의 말을 듣고 있었다. 부인의 눈에는 그가 젊고 열정적이며 기사도 정신을 소유한 사람 같아 보였다. 그의 생동적인 모습, 이마에 잡힌 주름을 감탄하며 바라보았다. 그가 고개를 들 때면 부인은 그의 얼굴에서 사려 깊은 시선을 두드러지게 해주는 어떤 특성을 발견하며 어린애 같은 즐거움을 느꼈다. 그의 윗눈꺼풀은 아주 좁아서 눈을 크게 뜰 때면 눈두덩의 굽은 선 속에 거의 감추어져서 눈썹과 함께 어울려 합쳐져버리곤 했다. '저런 이마를 가진 사람은' 하며 그녀는 생각했다. '천박한 행동을 할 수 없는 사람이지….' 그러자 이런 생각이 그녀의 뇌리를 스쳐갔다. 앙투안은 사랑받을 만한 남자이다. 그녀는 아직도 남편에 대한 원망으로 온몸을 떨고 있었다. '이런 관자놀이를 가진 사람과 자기 인생을 합친다면….' 그녀가 제롬을 다른 사람과 비교해본 것은 이번이 처음 있는 일이다. 특히 분명한 후회가 그녀를 스치고 지나간 것도 처음이었고, 다른 누군가가 그녀에게 행복을 가져다줄 수도 있지 않을까 하는 생각을 해본 것도 이것이 처음 있는 일이다. 이것은 순간적으로 그녀의 마음속 깊은 곳까지 흔들어놓은 열정적이며 은밀한 충동에 지나지 않았다. 그녀는 즉시 부끄러움을 느끼면서 재빨리 그 충동을 떨쳐버렸다. 그런가 하면 회개하는 마음이라기보다는 쓰라린 감정이 천천히 사라지면서, 아울러 미련 비슷한 것이 그들 뒤에는 남아 있었던 것이다.

제니와 자크가 식당으로 들어오자 부인은 공상으로부터 깨어났다. 부인은 멀리서부터 상냥한 몸짓을 해 보이며 아이들을 곁으로 불렀다. 그것은 두 사람이 그들을 귀찮게 여기는 것으로 생각하지 않을까 해서였다. 그런데 언뜻 보자마자 그녀는 두 아이들 사이에 무슨 일이 있었음을 직감적으로 느꼈다.

그것은 사실이었다.

니콜과 자크가 함께 있는 사진을 찍자마자 다니엘은 당장에 그 사진이 성공했는지를 확인해보겠다고 했다. 그날 아침 다니엘은 제니와 사촌에게 현상하는 방법을 가르쳐줄 것을 약속했었다. 복도 끝에 위치해 있으며, 요즈음에는 사용하지 않고 있는 벽장에 필요한 것들을 두 소녀는 이미 다 준비했었다. 그 벽장은 예전에 다니엘이 암실로 사용하곤 했었다. 벽장은 너무 작아서 두 사람 이상은 들어갈 수가 없었다. 그래서 다니엘은 니콜이 제일 먼저 들어가도록 술책을 썼다. 그는 제니에게로 다가가서 열에 들뜬 한 손을 그녀의 어깨에 얹으며 그녀의 귀에 대고 속삭였다.

"티보를 상대해주렴."

제니는 예리하고 비난하는 듯한 눈초리로 다니엘을 바라보았다. 그러나 제니는 오빠가 시키는 대로 따르기로 했다. 그만큼 오빠의 위엄이 제니에게 큰 영향력을 미쳤고, 그만큼 오빠가 요구하는 이런 태도는 거역할 수 없는 것이었다. 그 목소리, 뻔뻔스러운 그 시선, 초조하게 구는 그의 온갖 태도에는 거절하지 못하고 복종할 수밖에 없게 만드는 무엇인가가 있었다.

이 짧은 장면이 벌어지고 있는 동안 자크는 거실의 유리문 앞에 물러서 있었다. 제니는 자크에게로 왔다. 자크가 다니엘의 술책에 대해서 아무것도 눈치채지 못한 것을 확인하고는 입을 삐쭉거리며 말했다.

"사진 만들 줄 아세요?"

"몰라요."

제니는 그의 대답에서 눈에 띄지 않을 정도로 당혹해하는 모습을 보고 그 질문은 하지 말았어야 했음을 깨달았다. 자크가 감옥과 같은 곳에 오랫동안 갇혀 있었다는 사실을 제니는 상기했다. 사고의 연상 작용과 그리고 또 뭔가 이야기를 하기 위해서 제니는 다시 말했다.

"오빠를 오래전부터 만나지 못했지요?"

자크는 시선을 떨구었다.

"네, 아주 오랫동안. 그러니까… 일 년이 넘어요."

제니의 얼굴에 검은 그림자가 스쳐갔다. 그녀의 두 번째 질문도 첫 번째 못지않게 실망스러웠다. 곧, 자크에게는 마르세유로 도망쳤던 일을 상기시키려 했던 것으로 여겨졌기 때문이다. 할 수 없지 뭐. 제니는 그 사건 때문에 늘 자크를 원망해왔던 것이다. 그녀가 볼 때 모든 책임은 자크에게 있었다. 그래서 자크가 누군지도 모르면서 오래전부터 자크를 증오하고 있었다. 그날 오후에는 간식 직전에 자크를 보면서 자신도 모르게 그가 자기 식구에게 안겨다준 고통을 상기했다. 그리고 처음 보는 순간부터 자크가 전혀 마음에 들지 않았다. 우선 제멋대로 생긴 커다란 머리며, 턱이며, 터진 입술이며, 귀며, 이마에 곤두선 갈색 머리털 따위 때문에 밉고 천하게까지 생각되었다. 사실 이따위 친구를 좋아하는 오빠를 제니는 용서할 수가 없었다. 질투심을 느끼면서도 남매간의 애정 일부를 감히 앗아가려고 했던 인물이 별로 매력이 없는 사람이라는 사실을 확인하면서 적이 안심하는 눈치였다.

그녀는 강아지를 무릎에 안고 별생각 없이 쓰다듬어주고 있었다. 자크 역시 눈을 내리깔고, 가출 사건과, 처음으로 이 집 문턱을 넘어섰던 날 저녁을 생각하고 있었다.

"오빠가 많이 변한 것 같지 않아요?" 제니가 침묵을 깨려고 물었다.

"아니요." 자크는 대답했다가 곧 생각을 바꾸어 이렇게 다시 말했다. "하긴 변했어요."

자크의 이런 세심한 배려를 알아차린 제니는 그의 성실한 태도를 고맙게 여겼다. 잠시 그에 대한 불쾌한 생각이 가셨다. 일시적인 용서를 자크가 눈치챘을까? 자크는 다니엘을 더 이상 염두에 두지 않았다. 제니를 바라보면서 그녀에 관한 이런저런 질문을 스스로에게 던져보았다. 그는 이 소녀의 성격에 관해 자기가 어렴풋이나마 알고 있는 것을 어떻게 표현할 길이 없었다. 그러나 표정이 다양하면서도 동시에 무표정한 이 얼굴 뒤에는, 생기가 있지만 그것들의 비밀을 드러내지 않은 눈동자 깊숙한 곳에, 자크는 신경의 불안정과 그칠 사이 없는 예리한 감각이 도사리고 있음을 알아볼 수 있었다. 그리고 이런 생각을 해보았다. 이 소녀를 더 잘 알고, 이 닫혀 있는 심장 속을 뚫고 들어가서, 이 소녀의 친구가 된다는 것은 유쾌한 일이 아닐까? 그녀를 사랑하는 건? 한순간 그는 그 일을 상상해보았다. 그것은 한순간의 황홀경이었다. 그는 지난날에 겪었던 고통스러운 일들을 깡그리 잊고 있었으며, 이제 다시는 그런 불행한 일이 없을 것 같았다. 그의 두 눈은 방 안을 두리번거리면서 호기심과 수줍음이 뒤섞인 눈초리로 제니를 힐끔 바라보곤 했다. 그러면서도 그는 제니가 얼마나 조심성 있고 자기방어적인지를 알아차리지 못했다. 갑자기 사고의 운명적인 전환에 의해 리스벳의 모습이 떠올랐다. 보잘것없고, 가족적이며, 하녀에 지나지 않는 여자. 거의 아무 의미도 없는 여자. 리스벳과 결혼한다? 이런 가정을 한다는 것이 유치하다는 생각이 처음으로 그에게 떠올랐다. 그렇다면? 갑작스러운 공허감이 그의 인생을 뻥 뚫어놓았다. 무슨 대가를 치르더라도 채워놓아야만 할 끔찍스러운 공허감, 제니가 어쩌면 아주 자연스럽게 채워줄 수도 있을 것 같았다. 그러나….

"…학교에는요?"

그는 소스라쳐 놀랐다. 그녀가 자기에게 말을 하고 있는 것이었다.

"뭐라고요?"

"학교에 다니세요?"

"아직은 아닙니다" 하고 그는 몹시 당황하며 대답했다. "나는 아주 뒤져 있어요. 형의 친구들인 선생님들과 공부를 하고 있어요." 그러고 나서 그는 아무런 악의 없이 덧붙였다. "당신은요?"

제니는 감히 자기에게 질문을 던졌다는 사실에, 더욱이 다정한 시선을 한 것에 모욕을 느꼈다. 그녀는 퉁명스럽게 대답했다.

"아니에요, 나는 학교에 안 다녀요. 가정교사와 공부해요."

그는 사태를 더욱 악화시키는 말을 던졌다.

"그래요, 여자들에게는 중요하지 않으니까요."

제니는 발끈했다.

"그건 엄마의 의견이 아닙니다. 오빠의 의견도 아니고요."

그녀는 정말로 적의를 품은 눈초리로 자크의 얼굴을 뚫어지게 바라보았다. 자신이 실수했음을 알아차린 자크는 그 실수를 만회하기 위해 무엇인가 다정한 말을 해야겠다고 생각했다.

"여자란 항상 자기에게 필요한 게 무엇인가를 잘 알고 있지요…."

그는 자기가 제 꾀에 넘어갔음을 알아차렸다. 자신의 생각과 말을 지배할 수가 없었다. 소년원이 자기를 바보로 만들어놓았다는 느낌이 들었다. 그는 얼굴을 붉혔다. 얼굴이 갑자기 격앙되면서 어찌할 바를 모르고 있었다. 해결책이라고는 버럭 화를 내는 길밖에 없었다. 그는 복수하기 위해서 어떤 악의에 찬 말을 생각했으나 찾지 못했다. 그는 제정신을 완전히 잃었다. 그리고 아버지가 자주 하던 속된 야유의 투로 이렇게 말했다.

"중요한 것은 학교에서 배울 수 없지요. 중요한 것은 좋은 성격을 갖는다는 겁니다."

그녀는 자신을 억제하다 보니 어깨를 으쓱해 보일 생각조차 못 했다. 그러나 퓌스가 요란스럽게 하품을 하자,

"오, 못된 것! 버릇없는 것!" 하며 제니는 화가 치민 목소리로 말했다. "오, 버릇없는 것!" 제니는 다시 한번 보라는 듯이 집요하게 되풀이했다. 그녀는 강아지를 바닥에 내려놓고 일어섰다. 그리고 발코니로 나가서 팔꿈치로 기대고 섰다.

견딜 수 없는 침묵 속에서 기나긴 오 분이 흘렀다. 자크는 의자에서 꼼짝도 안 했다. 그는 숨이 막힐 것만 같았다. 식당에서는 퐁타냉 부인의 목소리와 앙투안의 목소리가 번갈아 들려왔다. 제니는 그에게 등을 돌리고 있었다. 그녀는 자기가 피아노 연습을 하는 곡조를 흥얼거리고 있었다. 그러면서 무례하게 한쪽 발로 그 곡조의 박자를 맞추고 있었다. 아, 나는 오빠한테 다 말할 거야. 다시는 저런 버릇없는 녀석과는 사귀지 말라고 해야지! 제니는 자크를 증오하고 있었다. 얼굴이 붉어진 채 점잖게 앉아 있는 자크를 슬쩍 훔쳐보았다. 그녀의 뻔뻔스러움은 점점 더해갔다. 자크의 마음을 더욱 상하게 해줄 만한 것이 무엇이 있을까 모색했다.

"이리 와, 퓌스! 난 갈래."

그리고 발코니를 떠나는 제니의 거동은 마치 자크의 존재를 의식하지 않는 듯 그의 앞을 지나서 유유히 식당 쪽으로 갔다.

자크는 그 상태로 거기 있다가는 나중에 어떻게 그곳을 떠날지가 무엇보다도 걱정스러웠다. 그래서 제니의 뒤를 따라갔지만 함께 가지는 않았다.

퐁타냉 부인이 그를 친절하게 맞아주자 분한 생각이 슬픈 생각으로 바뀌었다.

"오빠가 너희 둘만 내버려두었니?" 하고 부인이 제니에게 물었다.

제니는 겁에 질린 얼굴을 하고 말했다.

"내가 오빠한테 필름을 당장 현상해 달라고 했어요. 아마 곧 끝낼 거예요."

그녀는 자크가 속지 않았음을 눈치채고 그의 시선을 피했다. 그리고 본의 아닌 공범자 꼴이 된 것 때문에 그들의 반감은 더욱 악화되었다. 그는 제니를 거짓말쟁이라고 생각했다. 그리고 자기 오빠의 행위를 감싸면서 흐뭇해하고 있는 그녀를 괘씸하게 여겼다. 제니도 자크가 그렇게 생각하고 있다는 것을 알아차리고는 자존심이 상했다.

퐁타냉 부인은 두 아이들에게 미소를 지으며 앉으라는 손짓을 했다.

"저의 어린 환자는 아름답게 자랐군요." 앙투안이 말했다. 자크는 아무 말도 안 하고 아래만 보고 있었다. 그는 절망 속으로 빠져들어 갔다. 결코 예전의 자크로 되돌아가지 못하리라. 그는 자신이 환자라는 생각이 들었다. 마음속 깊은 곳까지 병들어 있는 것 같았다. 자기 몸이 허약해졌는가 하면 난폭해진 것 같기도 했고, 일시적 감정에 내맡겨지기도 한 것 같고, 가혹한 운명의 노리개가 된 것 같기도 했다.

"음악을 좋아하니?" 퐁타냉 부인이 자크에게 물었다.

그는 무슨 말을 하는지 이해하는 것 같지가 않았다. 그의 눈은 눈물로 가득했다. 그는 재빨리 몸을 숙이고는 구두끈을 매는 척했다. 앙투안이 자기 대신 대답하는 것이 들렸다. 귀가 멍해졌다. 그는 죽고 싶었다. 제니가 자기를 바라보고 있을까?

다니엘과 니콜이 암실에 들어간 지 벌써 십오 분 이상 되었다.

다니엘은 재빨리 문의 걸쇠를 잠그고 사진기에서 필름을 꺼냈다.

"문을 건드리지 마." 그가 말했다. "빛이 조금만 들어와도 몽땅 망치게 돼."

처음엔 깜깜해서 아무것도 볼 수 없었던 니콜은 곧 자기 바로 옆에 있는 하얀 그림자들을 알아보았다. 그것들은 전등의 희미한 불빛 속에서 움직이고 있었다. 점차 길고 섬세하며, 손목에서 잘려진 것처럼 유령 같은 두 손이 작고 네모난 현상통을 흔드는 것이 눈에 띄었다. 다니엘의 모습 중에서 움직이고 있는 두 개의 작은 부분밖에는 아무것도 보이지 않았다. 그런데 이 골방이 어찌나 좁은지 다니엘이 움직일 때마다 자기 몸을 스치는 것같이 느껴졌다. 그들은 숨을 죽이고 서로가 숙명적인 강박 관념에 사로잡혀 그날 아침 방에서 한 키스를 생각하고 있었다.

"저… 뭐가 보여요?" 하고 니콜이 작은 목소리로 물었다.

그는 바로 대답하고 싶지 않았다. 그는 이 침묵이 만들어주는 달콤한 불안감을 즐기고 있었다. 암흑으로 인해서 모든 자제력으로부터 해방된 다니엘이 몸을 니콜 쪽으로 돌려서 그녀를 감싸고 있는 공기를 들이마시려고 코를 벌름거렸다.

"아니, 아직은." 하고 마침내 다니엘이 대답했다.

다시 침묵이 흘렀다. 니콜이 유심히 지켜보고 있던 현상통이 움직이지 않았다. 전등 불빛으로부터 타오르는 듯한 두 손이 사라졌다. 끝없는 순간 같았다. 돌연 니콜은 두 팔 안에 폭 안겨 있음을 느꼈다. 그녀는 조금도 놀라지 않았다. 오히려 기다림에서 해방된 것에 안도감마저 들었다. 그러나 그녀는 자신이 기대하고 있었으면서도 동시에 두려워했던 다니엘의 입술을 피하기 위해 상체를 뒤로 젖히고 고개를 좌우로 흔들었다. 드디어 그들의 얼굴이 마주쳤다. 정염에 불타는 다니엘의 얼굴에 무엇인가 탄력 있고 매끄러우며 차가운 것이 닿았다. 니콜의 머리를 두르고 있던 땋은 머리채였다. 그는 몸서리치며 약간 뒤로 물러섰다. 그 순간을 이용해서 니콜은 입술을 그에게서 떼어냈다. 그리고 순간적으로 불렀다.

"제니!"

다니엘이 한 손으로 그녀의 외침을 막았다. 우뚝 선 채 니콜의 몸을 문 쪽으로 밀치면서 자신의 온몸으로 누르고 있던 다니엘이 마치 헛소리를 하듯 이를 악물고 중얼거렸다.

"조용히 해, 가만있어…. 니콜… 사랑스런 니콜… 내 말 좀 들어봐…."

니콜의 저항은 약해졌다. 다니엘은 그녀가 굴복하는 것으로 생각했다. 그녀는 한 팔을 뒤로 뻗어서 걸쇠를 찾았다. 요란스럽게 문이 열리면서 햇빛이 확 들어왔다. 그는 니콜을 놓아주고 문을 다시 닫았다. 바로 그 순간 다니엘의 얼굴을 본 그녀는 섬뜩했다! 알아볼 수 없을 만큼 변한 모습이었다! 중국의 가면처럼 납빛에다 관자놀이 쪽으로 쭉 뻗은 눈가에는 분홍색 반점이 여러 개 있었다. 무표정한 얼굴에 거슴츠레한 눈동자. 조금 전만 해도 그렇게 가늘던 그의 입이 이제는 부풀어 올라 형체를 알아볼 수 없었으며, 반쯤 벌어져 있었다…. 영락없는 제롬의 얼굴이었다! 다니엘의 얼굴에는 아버지와 닮은 데가 조금도 없었다. 그런데 이 비정한 햇빛을 통해 그녀에게 비친 다니엘의 얼굴은 바로 제롬의 얼굴이었다!

"고맙군." 마침내 다니엘이 휘파람을 부는 듯한 목소리로 말했다. "필름이 몽땅 못 쓰게 됐어."

니콜은 침착하게 대답했다.

"나는 여기 있고 싶어요. 할 말이 있어요. 하지만 문을 열어줘요."

"안 돼, 제니가 올 텐데."

그녀는 잠시 주저하다가 이렇게 말했다.

"그렇다면 다시는 날 건드리지 않겠다고 약속해주세요."

그는 그녀에게 달려들어 주먹으로 그녀의 입을 틀어막고 웃옷을 찢어버리고 싶은 생각이 굴뚝 같았다. 그러나 동시에 자기가 졌음을 느꼈다.

"맹세할게."

"저 그럼, 내 말 좀 들어봐요, 다니엘. 나는… 나는 오빠가 심하게 구는 것, 너무 심하게 구는 것을 내버려두었어요. 오늘 아침엔 내가 잘못했어요. 하지만 이번엔 안 돼요. 내가 집에서 도망 나온 건 이러려고 한 게 아니었어요." 그녀는 마지막 말을 빨리했다. 그리고 그것은 자기 자신에게 한 말이었다. 그녀는 다니엘을 향해 말을 이었다. "내 비밀을 가르쳐드릴게요. 난 엄마 집에서 도망친 거예요. 오, 엄마한테는 잘못이 없어요. 단지 엄마는 몹시 불행했어요…. 그리고 남에게 끌려다니는 생활이었고요. 더 이상 말할 게 없어요." 그녀는 잠시 말을 중단했다. 제롬의 가증스러운 얼굴이 그녀의 눈앞에 아른거렸던 것이다. 모르긴 해도 제롬이 엄마에게 한 짓을 그 아들이 자기에게도 마찬가지로 하겠지. "오빠는 나를 잘 몰라요." 그녀는 서둘러 이야기를 계속했다. 왜냐하면 다니엘의 침묵이 무서웠기 때문이다. "더구나 이건 내 잘못이었어요. 나도 알고 있어요. 나는 오빠 앞에서 진정한 나를 보여주지 않았어요. 제니 앞에서는 진정한 나를 보여주었어요. 오빠한테 내가 가만히 있었기 때문에 오빠는… 하지만 사실은 싫었어요. 그건 싫어요. 나는 이렇게… 이렇게 시작하는 인생은 싫어요. 이럴 바에야 굳이 테레즈 아줌마와 같은 여자 곁으로 올 필요가 있었을까요? 싫어요! 나는… 오빠가 날 비웃겠지만 상관없어요. 나는 나중에… 영원히 날 진정으로 사랑해줄 남자로부터 대접받을 수 있기를 바라고 있어요…. 그러니까 신중한 남자 말이에요…."

"하지만 나는 신중해" 하고 다니엘은 씁쓸한 미소를 띠며 말했다. 니콜은 그의 말투로 미루어 그런 미소임을 알았다. 그녀는 곧 모든 위험이 사라졌음을 알아차렸다.

"오, 아니에요" 하고 그녀는 언짢은 기색 없이 말했다. "오빠, 이런 말 한다고 화내지 마세요. 오빠는 날 사랑하지 않아요."

"설마!"

"그래요. 오빠가 좋아하는 건 나라는 인간이 아니에요. 그건… 다른 거예요. 그리고 나 또한 오빠를… 자, 솔직히 말할게요. 난 절대로 오빠 같은 남자를 사랑할 수 없을 거라고 생각해요."

"나 같은?"

"내 말은, 다른 모든 남자와 같은 남자 말이에요…. 나는… 사랑하고 싶어요. 그래요, 훗날. 그런데 그 사람은 누군가… 뭐니 뭐니 해도 순수한 사람… 나에게 다르게… 다른 일로 다가온 사람… 어떻게 설명해야 할지 모르겠군요. 하여간 오빠하고는 아주 다른 사람 말이에요."

"고맙군!"

그의 욕망은 사그라졌다. 그는 오직 자신이 우습게 보이지 않으려는 생각만 하고 있었다.

"자" 하며 그녀가 말을 계속했다. "그만해요. 그리고 없었던 일로 해요." 니콜이 문을 반쯤 열었다. 이번에는 니콜이 하는 대로 가만히 내버려두었다. "우린 친구죠?" 하고 그에게 손을 내밀며 니콜이 말했다. 그는 대답하지 않았다. 그는 그녀의 치아를, 그녀의 두 눈을, 그녀의 피부를, 과일을 내밀듯 내보이고 있는 그녀의 드러난 얼굴을 바라보고 있었다. 그는 억지로 미소를 지으면서 눈을 깐박거렸다. 니콜은 다니엘의 손을 잡은 다음 그 손을 꽉 쥐었다.

"내 인생을 망치지 말아주세요." 그녀가 아양 떠는 듯한 어조로 속삭였다. 그리고 이상하게 눈썹을 치켜올리며 말했다. "필름 한 통을 망친 걸로 오늘은 족해요."

그는 웃어넘기기로 했다. 그녀는 그에게 많은 것을 요구하지 않았다. 그래서 약간 슬픈 생각이 들었다. 그러나 뭐니 뭐니 해도 자신의 승리를 흐뭇하게 여기고 있었다. 그리고 훗날 그가 자신에 대해 좋은 인상을 갖게 되리라고 생각하면서 흐뭇해했다.

"어떻게 됐어?" 하고 두 사람이 식당에 나타나자마자 제니가 큰 소리로 물었다.

"망쳤어" 하고 다니엘이 퉁명스럽게 말했다.

자크는 그 말을 듣자 고소해했다. 니콜은 비웃으며 말했다.

"완전히 망쳤어!" 니콜이 되풀이했다.

그러나 찡그린 얼굴을 돌리는 순간 두 눈에 눈물이 글썽한 제니를 보고 니콜은 그녀에게로 달려가 껴안았다.

다니엘이 식당에 들어오는 순간부터 자크는 자기 자신에 대한 상념에서 벗어났다. 그는 다니엘로부터 시선을 뗄 수가 없었다. 다니엘의 얼굴은 보기에 고통스러울 정도로 전혀 다른 모습이었다. 얼굴의 상반부와 하반부가 완전히 분리된 것 같았다. 베일에 싸여 있고, 근심이 서려 있으며, 겁에 질린 것 같은 시선, 반면에 한쪽 입술만 위로 올려서 왼쪽 얼굴이 일그러져 보이는 냉소적인 미소 사이의 부조화.

두 소년의 시선이 마주쳤다. 다니엘이 눈썹을 약간 찌푸리며 자리를 옮겼다.

다니엘의 이와 같은 불신의 태도가 지금까지의 어떤 일보다 더욱 자크의 마음을 아프게 했다. 자크가 이 집에 온 이후 다니엘은 끊임없이 그를 실망시켰던 것이다. 드디어 자크는 그 이유를 깨달았다. 둘 사이에는 단 한순간도 진실한 접촉이 없었다. 그는 친구에게 리스벳의 이름조차 말해줄 수 없지 않았는가! 그는 한순간 이와 같은 환멸 때문에 괴로워하는 것으로 생각했었다. 그런데 사실 그가 무엇보다도 괴로워하고 있었던 것은,

자신도 그 사실을 이해하지 못하고 있었지만, 처음으로 자기의 연인을 비판적으로 생각해보았다는 사실, 그로 인해 그 연인이 자기에게서 떠나가버렸다는 사실 때문이었다. 모든 아이들이 그렇듯 자크도 현재만을 살고 있었다. 왜냐하면 과거는 너무도 빨리 망각 속으로 사라져버리는 반면, 미래란 그에게 초조함밖에는 아무것도 일깨워주지 못하기 때문이었다. 그런데 오늘은 현재가 참을 수 없도록 씁쓸한 맛을 집요하게 물고 늘어지는 것이었다. 한없는 실망 속에서 오후가 끝나가고 있었다. 그래서 앙투안이 그에게 떠날 준비를 하라는 눈짓을 했을 때 자크는 안도감을 느꼈다.

다니엘이 앙투안의 눈짓을 알아챘다. 그는 서둘러 자크에게로 갔다.

"벌써 가려는 건 아니겠지?"

"가야 돼."

"벌써?" 그가 목소리를 낮추며 덧붙였다. "우린 별로 얘기도 못 했는데."

다니엘 역시 그날 하루가 실망스럽기만 했다. 그 실망 때문에 자크를 향한 양심의 가책이 더해졌고, 이로 인해 그들의 우정에 대해 더욱더 회한의 느낌을 가지게 했다.

"잠깐만" 하고 다니엘이 느닷없이 자크를 창가로 이끌고 가며 말했다. 그런 그의 태도가 겸허하고 하도 친절했기 때문에 자크는 모든 환멸을 잊고 또다시 지난날의 애정의 열기가 솟구침을 느꼈다. "오늘은 일진이 좋지 못했어…. 언제 다시 널 볼 수 있을까?" 하고 다니엘이 간절한 목소리로 말을 이었다. "나는 너와 단둘이만 오랫동안 만나야겠어. 우리는 서로를 잘 알지 못하고 있어. 놀라운 일은 아니지. 생각해 봐, 일 년 내내 못 봤으니! 하지만 그래서는 안 돼."

다니엘은 즉시 이런 우정이 앞으로 어떻게 될 것인가 생각해 보았다. 오래전부터 맹목적인 성실성 이외에는 아무런 동기 부여도 없었던 이 우정, 그들은 이런 우정이 얼마나 깨지기 쉬운지를 지금 막 깨달았던 것이다. 아, 어떻게 해서든지 이 우정이 사그라지지 않도록 해야 한다! 다니엘에게는 자크가 약간 어리게 느껴졌다. 그러나 자크를 향한 우정은 예전과 조금도 다름없었다. 혹시 또 누가 알아? 이렇게 형처럼 느낌으로써 더욱 돈독해질지?

"우린 일요일엔 항상 집에 있답니다." 하고 바로 그 순간 퐁타냉 부인이 앙투안에게 말했다. "우린 시상식이 거행된 뒤에나 파리를 떠날 거예요." 그녀의 두 눈이 빛났다. "다니엘이 상을 타거든요." 그녀는 자부심을 감추지 않으면서 작은 목소리로 속삭였다. "이것 보세요" 하고 부인은 아들이 등을 돌리고 있어서 자기 말을 틀림없이 듣지 못했으리라고 생각하면서 불쑥 덧붙여 말했다. "이리 좀 와보세요. 제 보물들을 보여드리고 싶어요." 그녀는 유쾌한 걸음으로 자기 방으로 향했다. 앙투안이 그녀를 따라갔다. 책상의 어느 서랍 속에 색색의 마분지로 만든 스무 개가량의 월계관*들이 한 줄로 늘어서 있었다. 그녀는 즉시 서랍을 닫고는 이렇게 유치한 일을 스스럼없이 한 것이 좀 쑥스러워서 웃음을 터뜨렸다. "다니엘에게는 아무 말씀 말아주세요." 하며 그녀는 말을 이었다. "그 애는 제가 이걸 모

* 우등생에게 주는 상.

아둔 걸 모르고 있답니다."

두 사람은 아무 말 없이 현관까지 되돌아왔다.

"자, 그럼 자크!" 하고 앙투안이 불렀다.

"오늘은 그렇다치고" 하고 퐁타냉 부인이 자크에게 두 손을 내밀며 말했다. 그녀는 자크를 줄곧 바라보고 있었다. 마치 모든 것을 다 짐작이나 한 것 같았다. "자크, 여긴 네 친구의 집이다. 언제든 오고 싶을 때 오너라. 대환영이니까. 물론 형님도 그러시고." 부인은 우아한 자태로 앙투안 쪽을 향해 몸을 돌리며 말했다.

자크는 눈으로 제니를 찾았다. 그러나 제니는 사촌과 함께 사라지고 없었다. 그는 작은 강아지 쪽으로 몸을 굽혔다. 그리고 강아지의 부드럽고 매끈한 이마에 키스해주었다.

퐁타냉 부인은 식탁을 치우려고 식당으로 되돌아갔다. 무심히 엄마 뒤를 따라온 다니엘이 식당 문에 등을 기대고 서서 아무 말 없이 담배를 피워 물었다. 그는 니콜이 자기한테 했던 말을 생각하고 있었다. 왜 니콜이 집에서 도망 나와 이 집에 살러 왔다는 사실을 자기에게 숨겼을까? 무엇을 피해서 왔다는 걸까?

퐁타냉 부인은 젊은 여인의 자태를 보여주는 그런 여유 있는 동작으로 왔다 갔다 했다. 그녀는 앙투안이 한 이야기를 떠올리고 있었다. 앙투안 자신에 관한 것, 그의 연구, 그의 미래의 계획, 그의 아버지에 대해서 그가 한 이야기를 모두 생각하고 있었다. '정직한 마음씨' 하고 그녀는 생각했다. '그리고 얼마나 아름다운 이마인가….' 그녀는 알맞은 수식어를 찾아보았다. '명상적인'이라고 덧붙이면서 그녀는 흐뭇해했다. 그런데 돌연 조금 전에 그녀의 뇌리를 스쳐갔던 생각이 떠올랐다. 잠시 마음속으로 자신도 죄를 지은 것이 아니었나? 그레고리의 이런 저런 말이 기억났다. 그리고 갑자기, 정확한 이유도 없이 커다란 희열이 솟구침을 느꼈다. 그래서 이 환희가 얼굴에 나타나지 않았는지 확인이라도 하려는 듯이 쥐고 있던 접시를 내려놓고 자기 얼굴을 쓰다듬었다. 놀란 그녀는 아들에게로 가까이 가서 두 손을 아들의 어깨에 쾌활하게 올려놓고는 아들의 눈을 깊숙한 곳까지 들여다보았다. 그리고 아무 말 없이 아들을 껴안아준 다음 홀홀히 식당을 나왔다.

그녀는 곧장 자기 책상으로 가서 어린아이가 떨리는 손으로 쓸 때 하듯이 굵은 필체로 이렇게 썼다.

친애하는 제임스,

나는 당신 앞에서 참으로 오만했습니다. 우리들 가운데 그 누가 판단할 권리를 가졌단 말입니까? 다시 한번 나를 깨우쳐주신 하느님께 감사드립니다. 제롬에게 이혼 청구를 포기하겠다고 전해주세요. 그이에게 전해주세요…

눈물 때문에 글자들이 아롱거렸다.

12

그로부터 며칠이 지난 어느 날 새벽에 앙투안은 덧문을 두드리는 소리에 잠에서 깨었다. 쓰레기 치우는 사람이 대문을 열어주는 사람이 없다는 것이었다. 그는 수위실에서 초인종 소리가 나는 것이 들려서 혹시 무슨 사고라도 난 것이 아닌가 염려스러웠다는 것이다.

올 것이 온 것이다. 프릴링 어멈이 세상을 떠났다. 그녀는 마지막 발작을 일으키며 침대 발치에 쓰러졌던 것이다.

사람들이 그녀의 시체를 매트리스 위에 올려놓을 때 자크가 도착했다. 반쯤 벌어진 입 사이로 노란 치아가 보였다. 그 모습이 그에게 뭔가 끔찍한 일을 상기시켜 주었다. 아, 그렇다. 툴롱으로 가던 도로에서 보았던 회색 말의 사체…. 어쩌면 리스벳이 오지 않을까 하는 생각이 문득 떠올랐다.

이틀이 지났다. 그녀는 오지 않았다. 오지 않을지도 모른다. 다행스런 일이었다. 그는 자기 감정을 정확히 분석할 수 없었다. 옵세르바투아르가街의 다니엘 집을 방문하고 난 뒤에도 그는 연인을 찬양하며 그 연인과 멀리 떨어져 있는 것을 한탄하는 시를 계속 썼던 것이다. 그러나 진정으로 그녀를 다시 보고 싶은 것은 아니었다.

그러나 그는 하루에도 열 번 이상이나 수위실 앞을 서성거렸고, 매번 불안한 시선으로 수위실 안을 들여다보곤 했다. 그러면서 매번 다행스럽게 생각하면서도 다른 한편으로는 아쉬움을 간직한 채 그곳을 떠나곤 했다.

장례식 전날 저녁, 작은 식당—티보 씨가 메종 라피트로 떠난 뒤부터 자크와 앙투안은 이곳에서 식사했다—에서 혼자 저녁을 먹고 아래층 집으로 돌아온 자크의 시선을 제일 먼저 끈

것은 수위실 문 앞에 놓인 트렁크였다. 그는 온몸이 오싹해오는 것을 느꼈다. 그의 얼굴은 땀으로 흠뻑 젖었다. 이마에 땀이 솟았다. 관 주위에 켜놓은 촛불의 불빛을 통해서 검은 베일을 쓰고 무릎을 꿇고 있는 어린 소녀의 모습이 엿보였다. 서슴지 않고 그곳으로 들어갔다. 수녀 두 사람이 그에게 무심한 시선을 던졌다. 그러나 리스벳은 몸을 돌리지 않았다. 소나기가 쏟아질 듯한 저녁이었다. 따뜻하고 달콤한 향기가 그 방을 가득 채우고 있었다. 관 위의 꽃들은 시들어 있었다. 자크는 이 방으로 들어온 것을 후회하면서도 그대로 서 있었다. 이러한 장례 준비가 그에게는 뭔가 억제할 수 없는 불쾌감을 일으켰다. 리스벳은 더 이상 안중에도 없었다. 이곳을 빠져나갈 틈만 찾고 있었다. 수녀 한 명이 촛대의 촛농을 닦으려고 일어섰다. 그는 이곳을 빠져나가기 위해 이 기회를 이용했다.

리스벳은 자기가 온 것을 알아차리고, 발소리를 듣고 나간다는 것을 눈치챈 것일까? 자크가 아파트의 문에 이르기도 전에 그녀가 뒤따라왔다. 그녀가 오는 소리를 듣고 자크는 몸을 돌렸다. 두 사람은 계단의 어두운 구석에서 마주 선 채 얼마 동안 그대로 있었다. 리스벳은 자크가 내민 손을 보지도 못하고 베일을 내려뜨린 채 울고 있었다. 자크 역시 태연하게 함께 눈물을 흘릴 수도 있었을 것이다. 그러나 권태와 쑥스러운 느낌만 조금 들었을 뿐, 아무런 감흥도 없었다.

위에서 문 열리는 소리가 났다. 자크는 둘이 이렇게 있는 것을 누가 보지나 않을까 해서 열쇠를 꺼냈다. 그러나 앞을 제대로 분간할 수 없는 어둠 때문에 열쇠 구멍을 찾을 수가 없었다.

"열쇠가 다른 거 아니에요?" 하고 그녀가 넌지시 말했다. 그는 느릿느릿하고 단조로운 이 목소리에 몹시 동요되었다. 마침내 문이 열렸다. 그녀는 머뭇거렸다. 층계를 내려오고 있는 누군가의 발소리가 들렸기 때문이다.

"앙투안은 숙직이에요." 그녀를 안심시키려고 자크가 속삭였다. 그는 자신의 얼굴이 붉어지는 걸 느꼈다. 그녀는 거북해하지 않으며 문지방으로 들어섰다.

그가 문을 다시 닫고 전등을 켰을 때 리스벳이 곧장 방으로 가서 그전처럼 긴 의자에 앉는 것이 보였다. 그때 베일 사이로 부어오른 눈꺼풀과 추하다기보다는 슬픔 때문에 일그러진 그녀의 얼굴 모습을 보았다. 한 손가락에는 붕대가 감겨져 있는 것이 눈에 띄었다. 그는 감히 앉을 수가 없었다. 그녀를 다시 오게 만든 이 침울한 상황을 뇌리에서 지워버릴 수 없었다.

"날씨가 무덥죠." 그녀는 말했다. "소나기가 오려나 봐요."

리스벳은 자리를 조금 옮겨 앉았다. 그녀의 태도는 자크에게 옆에 앉으라고 권유하는 것 같았다. 자크는 앉았다. 그러자 아무 말도 없이 베일을 벗지도 않은 채, 자크 쪽의 베일만을 약간 들치고 전처럼 홀연히 자기의 얼굴을 자크의 얼굴에 바짝 댔다. 젖은 뺨의 감촉이 그에게 불쾌감을 주었다. 검은 베일에서는 염색 냄새와 바니시 냄새가 났다. 그는 어떻게 해야 할지, 무슨 말을 해야 할지 몰랐다. 그가 그녀의 손을 잡으려 하자 그녀가 외마디 소리를 질렀다.

"다쳤어요?"

"아, 이건… 표저瘭疽*예요" 하며 그녀가 한숨지었다.

* 손끝에 생긴 악성 종기.

이 한숨 속에 모든 것이 뒤섞여 있었다. 곧 그녀의 아픔, 그녀의 슬픔, 그녀의 이루어질 수 없는 애정의 물결이. 그녀는 무심히 붕대를 풀었다. 곪아서 손톱이 빠진 납빛의 손가락이 나타났을 때 자크는 마치 그녀가 갑자기 은밀한 속살의 어느 부분을 드러내기라도 한 듯이 숨이 콱 막히면서 순간 현기증이 났다. 그러나 아주 가까이 있는 이 육체의 열기가 옷을 통해서 그에게까지 전해졌다. 그녀는 자기를 괴롭히지 말아 달라고 비는 듯한 질그릇 같은 눈길을 여전히 자크에게 보냈다. 그러자 자크는 혐오감에도 불구하고 그 손을 낫게 해주기 위해 아픈 손에 키스를 해주고 싶었다.

그러나 리스벳은 일어나 있었다. 그리고 슬픈 표정으로 손가락에 붕대를 감고 있었다.

"난 돌아가야 해요." 그녀가 말했다.

리스벳이 어찌나 지쳐 있는 것 같아 보였던지 자크는 이렇게 말했다.

"내가 차 한 잔 끓여도 되겠지요? 어때요?"

그녀는 자크에게 이상한 시선을 던지더니 잠시 후에야 미소를 지었다.

"좋아요. 저기 가서 잠깐 기도드리고 돌아올게요."

자크는 서둘러 물을 끓이고 차를 준비해서 자기 방으로 가지고 왔다. 리스벳은 아직 돌아오지 않았다. 그는 의자에 앉았다.

자크는 리스벳이 돌아오기를 기다리고 있었다. 그는 마음의 불안을 느꼈으나 애써 그 이유를 찾으려 하지 않았다. 왜 그녀는 돌아오지 않을까? 그는 감히 그녀를 부를 용기도 없었고, 또 그렇다고 프륄링 어멈에게서 그녀를 빼앗아 올 생각도 없었다.

그런데 리스벳은 뭘 기다리느라고 오지 않는 걸까? 시간이 흘렀다. 그는 몇 번이고 찻주전자가 식지 않았나 만져보았다. 차가 식어버리자 그는 더 이상 일어날 이유가 없었다. 그래서 꼼짝도 않고 있었다. 마침내 램프 불을 쳐다보기에도 눈이 아팠다. 너무 초조한 나머지 열이 났다. 덧문 틈 사이로 들어오는 번갯불 때문에 그의 신경이 더욱 날카로워졌다. 다시는 돌아오지 않을 건가? 온몸이 나른해졌다. 그리고 자신이 처량하게 느껴졌다. 죽고 싶을 정도로.

멀리서 천둥소리가 들렸다. 쾅! 찻주전자가 터진 모양이군! 꼴좋다! 차가 비처럼 쏟아져 내려 덧문을 후려치고 있군. 리스벳은 흠뻑 젖어 있고, 홍차가 그녀의 두 뺨 위로, 베일 위로, 흘러내리고 있다. 베일의 색이 바래지더니 아주 엷은 색이 되어 신부의 베일처럼 투명하게 된다….

자크는 깜짝 놀라 일어났다. 리스벳이 그때 막 다시 자리에 와 앉아 자기 얼굴을 그의 얼굴에 갖다 대면서 이렇게 말했다.

"Liebling,* 당신 잠들었었어?"

아직 한 번도 그녀가 그에게 반말을 한 적이 없었다. 그녀는 베일을 벗었다. 아직 덜 깬 상태였지만 그는 그녀의 퉁퉁 부은 눈과 일그러진 입에도 불구하고 마침내 리스벳의 참모습을 다시 볼 수 있었다. 그녀는 어깨로 피곤한 몸짓을 해 보였다.

"이제는" 하고 그녀가 말했다. "아저씨가 나와 결혼할 거야."

그녀는 머리를 숙였다. 울고 있는 것일까? 그녀의 어조는 애처롭게 들렸으나 체념한 듯했다. 그녀가 이 새로운 미래에

* 독일어로 좋아하거나 사랑하는 사람을 두고 하는 말.

대해 약간의 호기심을 느끼고 있는지 어떤지 누가 알 수 있겠는가?

자크는 더 깊이 분석해보려고 하지 않았다. 그는 그녀가 불행했으면 싶었다. 그럴 정도로 그는 이 순간 그녀를 불쌍히 여김으로써 쾌감을 느끼고 싶었다. 그는 두 팔로 그녀를 감싸 안았다. 점점 더 세게 껴안았다. 마치 그녀를 녹여서 자기 속에 담고 싶어 하는 것 같았다. 리스벳이 그의 입을 찾았다. 그는 탐욕스레 입을 맡겼다. 이처럼 자신의 몸 전체가 끓어오른 것은 아직까지 한 번도 경험한 일이 없었다. 그녀가 미리 윗도리의 단추를 끌러놓았던 것 같다. 그가 애써 찾지도 않았는데 그의 손바닥에 뜨거운 가슴살이 잡혔기 때문이다.

그때 자크의 손이 좀 더 쉽게 자기 몸 위아래로 왔다 갔다 할 수 있도록 하기 위해 그녀는 몸을 돌렸다. 그러자 자크는 손에 자유로움을 느꼈다.

"프릴링 아주머니를 위해서 함께 기도해." 그녀가 중얼거렸다.

그는 조금도 미소를 짓고 싶은 생각이 없었다. 그는 너무도 열정적으로 애무하고 있었기 때문에 기도드리고 있는 것이나 다름없다고 믿고 있을 정도였다.

갑자기 그녀가 신음 비슷한 소리를 내며 몸을 뺐다. 그녀의 아픈 손을 건드렸거나 아니면 도망가려나 보다고 생각했다. 그러나 그녀는 한 발 내디디면서 불을 껐다. 그리고 다시 그에게로 왔다. 그의 귀에 그녀의 "Liebling!" 하는 소리가 들렸다. 그러고 나서 매끄러운 입과 가냘픈 손가락이 또다시 그의 옷 안을 더듬는 것을 느꼈다….

또다시 들려오는 천둥소리에 그는 잠에서 깼다. 정원의 땅바닥에서 비가 따닥따닥 소리를 내고 있었다. 리스벳…. 어디에 있을까? 캄캄한 밤이었다. 이것저것 흐트러져 있는 긴 의자에 자크는 혼자 있었다. 그는 일어서서 그녀를 찾으려 했다. 한쪽 팔꿈치를 기대고 몸을 일으키려 했다. 그러나 졸음을 이길 수 없어서 쿠션 위에 다시 몸을 던졌다.

그가 마침내 눈을 떴을 때는 해가 하늘 한가운데 떠 있었다.

우선 테이블 위에 있는 찻주전자가 눈에 띄었다. 그리고 방바닥에 아무렇게나 내던져진 윗도리가 보였다. 그러자 기억이 되살아났다. 그는 일어났다. 걸친 옷을 당장 벗어버리고 축축한 사지를 씻고 싶은 참을 수 없는 욕망이 솟구쳤다. 욕조의 차가운 감촉이 세례받는 것같이 느껴졌다. 그는 온몸이 흥건히 젖은 채, 허리를 굽히기도 하고, 억센 두 다리와 신선한 피부를 쓰다듬기도 하면서, 자신의 벌거벗은 모습을 본다는 것이 얼마나 수치스러운 일인지를 깡그리 잊고, 방 안을 왔다 갔다 하기 시작했다. 늘씬한 모습이 거울에 비추어졌다. 아주 오랜만에 처음으로 그는 조금도 동요하지 않고 자기 육체의 특성들을 관찰했다. 이런저런 자신의 탈선을 회상하며 그는 어깨를 으쓱해 보이고 나서 허탈한 미소를 지었다. '어린애 장난이었지.' 그는 생각했다. 이제 그런 문제는 완전히 끝난 듯싶었다. 마치 오랫동안 숨겨져 있던 힘, 갈피를 못 잡고 있던 힘이 마침내 올바른 방향을 찾은 느낌이었다. 전날 밤에 있었던 일은 별로 생각해보지도 않았고, 리스벳과의 일은 떠올리지도 않았는데 그는 기분이 상쾌해지고 몸과 마음이 깨끗해진 것을 스스로 느꼈다. 그것은 무엇인가를 발견했다는 느낌이 아니라, 지난날의 안정을 되찾았다는 그런 느낌이었다. 그것은 마치 다시 건강을 찾은 환자가 그 사실을 기뻐하지 않고 당연하게 여기는 것이나 다름없었다.

그는 여전히 알몸으로 현관에 가서 문을 반쯤 열어보았다. 수위실의 어둠 속에서 리스벳이 어제저녁처럼 베일을 쓴 채 무릎을 꿇고 있는 모습이 눈에 띄었다. 사람들이 사다리 위에서 건물 정문 앞으로 검은 헝겊을 늘어뜨리고 있었다. 장례식이 아홉시에 있다는 것이 생각났다. 그래서 축제에 가는 기분으로 서둘러 옷을 입었다. 그날 아침의 모든 행위는 그에게는 일종의 환희였다.

그가 자기 방을 막 정돈해놓고 나자 마침 메종 라피트에서 일부러 돌아온 티보 씨가 그를 데리러 왔다.

자크는 아버지 곁에서 장례 행렬을 따라갔다. 성당에서 그는 다른 사람들, 아무도 모르는 사람들 사이에 끼여 따라갔다. 그리고 별로 큰 감동 없이, 나름대로의 우월감을 갖고 리스벳과 악수했다.

하루 종일 수위실은 비어 있었다. 자크는 이제나저제나 리스벳이 돌아오기를 기다리고 있었다. 그러나 이 초조함 속에서 끓어오르고 있는 욕망을 일부러 나타내지는 않았다.

네시에 초인종 소리가 났다. 그는 달려가 문을 열었다. 그의 라틴어 선생이 아닌가! 그날 복습이 있다는 것을 완전히 잊고 있었던 것이다.

그가 아무 생각 없이 호라티우스*에 관한 설명을 듣고 있었는데, 그때 또다시 초인종 소리가 났다. 이번에는 리스벳이었다. 그녀는 문지방으로부터 문이 열려 있는 자크의 방과, 책상 위로 구부리고 있는 선생님의 등을 보았다. 두 사람은 잠시 서로 마주 보며 눈으로 물어보았다. 자크는 그녀가 작별 인사를 하러 왔다는 것, 여섯시 기차로 다시 떠난다는 것을 짐작도 못했던 것이다. 리스벳은 감히 아무 말도 하지 못했으나 가볍게 몸을 떨었다. 그녀는 눈꺼풀을 깜박거리면서 아픈 손가락을 자기 입언저리까지 올리더니, 마치 벌써 기차가 그녀를 영원히 데리고 가기라도 하는 듯, 자크에게로 가까이 와서 짧은 키스를 던졌다. 그리고 홀홀히 사라졌다.

선생님이 중단했던 구절을 다시 되풀이했다.

"**푸르푸라룸 우수스****는 **푸르푸라쿠 우툰투르*****와 같은 뜻입니다. 이 미묘한 뉘앙스를 느낄 수 있겠습니까?"

자크는 그 뉘앙스를 느꼈다는 듯이 미소를 지어 보였다. 그는 리스벳이 잠시 후 다시 올 것으로 생각했다. 그는 어두운 현관에서 들추어진 베일 아래로 드러난 그녀의 얼굴, 그리고 붕대 감은 손가락으로 입술로부터 뽑아낸 것처럼 자기에게 던지던 그 키스를 다시 생각하고 있었다.

"계속하시오." 선생님이 말했다.

1921년

* 기원전 로마의 시인.

** '보라색 옷을 입는 것'이라는 뜻의 라틴어.

*** '그들이 입는 보라색 옷'이라는 뜻의 라틴어.

작품 해설

정지영

2부 「소년원Le pénitencier」

「소년원」은 두 부분으로 뚜렷이 나누어진다. 전반부는 앙투안의 소년원 방문이고, 후반부는 파리에서의 두 형제의 생활이다. 특히 그들이 퐁타냉가家를 방문하는 장면과 프륄링 어멈의 장례식 날에 자크와 리스벳의 사랑의 장면이 두드러지게 나타난다.

「회색 노트」에서의 탈출 시도는 자크가 소년원에 유폐되는 것으로 귀결된다. 앙투안은 소년원을 방문한다. 이 부분은 일종의 탐정 소설식의 미스터리 수법으로 진행된다. 앙투안이 면회한 자크는 딴사람으로 변해 있다. 아주 무기력한 상태에서 소년원 생활에 만족하고 있다고만 할 뿐 조금도 자신의 현재 상황에 대해 솔직히 마음을 털어놓지 않는 자크의 이상한 태도에서 앙투안은 오히려 의혹과 함께 불안을 느낀다. 자크의 한결같은 침묵과 원장 펨므 씨의 상냥한 접대, 이러한 것들 뒤에는 무엇인가 석연치 않은 현실이 감추어져 있다는 것을 앙투안은 눈치챘으나 그 실체를 파악할 수 없어 몹시 괴로워한다.

이러한 조바심과 불안은 불투명한 세계에 둘러싸인 카프카 소설의 주인공들이 느끼는 불안과 비슷하다. 그러나 상징적인 세계에서 벌어지는 카프카의 형이상학적 불안과는 달리 이 소설에서 등장인물들이 겪는 불안은 어디까지나 구체적인 현실 세계에서 경험하는 불안이다. 그렇기 때문에 이 소년원이라는 세계는 당시의 가톨릭적인 관리 사회의 위선과 부패를 상징하는 것이기도 하다.

자크의 이러한 극단적인 성격의 변화를 어떻게 설명할 수 있을까? 지금까지는 반항 일변도였던 소년이 어떻게 이처럼 순식간에 무기력하게 되었을까? 여기에서 「회색 노트」에서 제니가 알 수 없는 병에 걸렸던 일을 생각해볼 수 있다. 제니의 경우는 견딜 수 없는 정신적인 중압감이 육체를 짓눌렀다. 그러나 「소년원」에서 자크의 경우는 이와는 반대의 현상이 극단적으로 나타났다고 볼 수 있다. 크루이 소년원은 징벌 기관으로서, 탈출이라는 것은 상상조차 할 수 없는 일종의 감옥이다. 그곳에서는 개인의 인격은 전혀 인정되지 않으며 오직 정신적인 압박과 육체적인 학대만이 행해지고 있다. 마르탱 뒤 가르는 여기에서 제니의 병과는 반대의 경우를 다루고 있다.

크루이 소년원의 실태를 어렴풋이나마 파악한 앙투안은 동생을 그곳에서 끌어낼 결심을 한다. 그가 자크를 소년원에서 데려와 함께 생활하면서 교육시키겠다는 말을 했을 때 아버지 티보 씨는 거세게 반대하지만 베카르 신부가 설득하고 학사원 회원이 되기 위한 티보 씨의 명예욕 때문에 자크의 귀환이 허락된다.

마침내 동생을 구출해낸 앙투안에게는 심리적으로 미묘한 갈등이 생겨나지 않을 수 없었다. 물론 동생에 대한 사랑의 정과 보살펴주어야겠다는 열성에는 거짓이 없었으나, 극단적인 현실주의자이고 자기중심적인 그로서는 동생의 귀환으로 자기의 생활이 지장받지나 않을까 하는 걱정에 사로잡힌다. 물론 이것은 순간적인 기우에 지나지 않았다. 다음 날 앙투안은 새로운 기분으로 자크의 귀가를 맞이한다. 여기에서 작가는 작중 인물들의 심리 상태나 사소한 행동들을 어느 것 하나 빼놓지 않고 소상하게 묘사하고 있다. 이러한 장면들을 읽을 때 우리는 마치 살아 있는 인물들이 우리 앞에서 움직이는 것 같은 생동감을 느끼게 된다. 이와 같은 치밀한 인간 관찰의 태도를 모럴리스트적 태도라고 할 수 있을 것이다.

앙투안과 자크의 성격 차이는 자크가 파리에서 돌아온 뒤에 두 형제가 리스벳과 서로 접촉하는 과정에서 잘 나타나고 있다. 리스벳은 티보가家의 가정부인 프륄링 어멈의 조카딸이다. 뇌출혈로 쓰러진 어멈을 간호하기 위해 그녀는 몇 주일 동안 티보 씨 댁에 머무르게 된다. 앙투안은 스물네 살, 자크는 열다섯 살, 리스벳은 열아홉 살이다. 리스벳은 먼저 앙투안과 성관계를 가진다. 그러나 앙투안은 동생의 심리 상태를 빨리 안정시켜 주려는 생각에서 그녀로 하여금 자크를 유혹할 수 있는 기회를 갖게 한다. 그러나 그녀가 티보 씨 댁에 머물렀던 몇 주일 동안, 앙투안이 기대했던 것과는 달리 자크는 성에 대해 눈을 뜨지 못한다. 둘은 괴테의 시 등을 통하여 아주 빨리 가까워지기는 하지만 육체적인 접촉은 없이 '청순한 애무' 정도에서 끝난다. 왜냐하면 '그녀 곁에서는 한 번도 어떤 불순한 탐욕에 사로잡혀본 적이 없었다. 그의 정신과 육체는 완전히 분리되어 있었'기 때문이다. 리스벳은 그동안 있었던 일을 앙투안에게 말하고 떠나는데, 그녀가 떠남으로 자크는 몹시 슬퍼한다. 그리고 자크는 형에게 "아무 말도 마, 아무 말도… 형은 알 수 없어, 형은 이해할 수 없어….”라고 말한다. 이 말을 자크는 죽을 때까지 형에게 반복한다.

앙투안과 자크가 퐁타냉가를 방문하는 장면은 실로 감격적이다. 이것은 앙투안과 퐁타냉 부인, 다니엘과 니콜, 자크와 제니라는 세 쌍의 남녀가 연출하는 무대로 엮어져 있다. 앙투안과 퐁타냉 부인 사이의 조숙하고 분별력 있는 사모의 감정과 아버지 제롬을 연상시키는 다니엘의 니콜에 대한 호색적 불장난이 대비적인 사랑의 유형으로 나타난다.

가장 어려운 것은 자크와 제니의 경우이다. 제니는 오빠를 가출하게 한 자크에 대해 일종의 적의를 품고 있다. 그러나 제니는 기질적으로 자크를 가장 많이 닮은 인간형이다. 그렇지만 인간관계에서 어느 누구보다도 서툰 자크와 비밀을 지키기 위해 중병에 걸릴 만큼 신경질적인 제니가 쉽사리 결합되기는 어려울 것이다. 그뿐만 아니라 두 사람은 서로 증오심밖에 느끼지 않고 있다. 그러나 서로 닮은 데가 있고 남녀 관계에서 극단으로 치닫는다는 것은 가까워질 수 있는 동기가 될 수도 있을 것이다.

자크가 이성을 접하게 되는 것은 제니가 아니고 리스벳이다. 프륄링 어멈의 장례식에 참석하기 위해 다시 돌아온 리스벳과 자크가 맺어지는 사랑의 장면은 카뮈도 지적했듯이 ‘섹스와 죽음의 동시적 결합’이다. 리스벳은 프륄링 어멈의 시체가 있는 방과 자크가 기다리고 있는 방을 왕래하는 사이에 자크를 육체적 사랑이라는 분위기로 끌어들인다. 자크가 연상의 여인에 의해 섹스를 처음 경험하는 것은 마르세유에서 다니엘이 체험했던 것과 비슷한 점이 있으나, 자크의 경험은 죽음과 연관됨으로써 다니엘의 경우에서 볼 수 없었던 진실한 의미를 띤다. 이것은 쾌락과는 거리가 멀다. 다시 말해서 자크는 육체적인 쾌락만을 추구하는 인간형이 아니라 추상적 사색형이다. 자크의 사랑은 육체적인 것이 배제된 정신적이고 정결하면서도 약간은 서툰 사랑이다.

그런 일이 있고 나서 자크는 고등사범학교 입학시험을 치르기 위해 공부에 매진한다.

미행에서 만든 책들

1	소설	마르셀 프루스트	최미경	**쾌락과 나날**
2	시	조르주 바타유	권지현	**아르캉젤리크**
3	소설	유리 올레샤	김성일	**리옴빠**
4	시	월리스 스티븐스	정하연	**하모니엄**
5	소설	나카지마 아쓰시	박은정	**빛과 바람과 꿈**
6	시	요제프 어틸러	진경애	**너무 아프다**
7	시	플로르벨라 이스팡카	김지은	**누구의 것도 아닌 나**
8	소설	카트린 퀴세	권지현	**데이비드 호크니의 인생**
9	르포	스티그 다게르만	이유진	**독일의 가을**
10	동화	거트루드 스타인	신혜빈	**세상은 둥글다**
11	산문	미시마 유키오	강방화·손정임	**문장독본**
12	소설	마르셀 프루스트	최미경	**익명의 발신인**
13	시	E. E. 커밍스	송혜리	**내 심장이 항상 열려 있기를**
14	시	E. E. 커밍스	송혜리	**세상이 더 푸르러진다면**
15	산문	데라야마 슈지	손정임	**가출 예찬**
16	칼럼	에릭 사티	박윤신	**사티 에릭 사티**
17	산문	뤽 다르덴	조은미	**인간의 일에 대하여**
18	르포	존 스타인벡·로버트 카파	허승철	**러시아 저널**
19	소설	윌리엄 포크너	신혜빈	**나이츠 갬빗**
20	산문	미시마 유키오	손정임·강방화	**소설독본**
21	소설	조르주 로덴바흐	임민지	**죽음의 도시 브뤼주**
22	시	프랭크 오하라	송혜리	**점심 시집**
23	산문	브론테 자매	김자영·이수진	**벨기에 에세이**
24	소설	뱅자맹 콩스탕	이수진	**아돌프 / 세실**
25	산문	안드레이 플라토노프	윤영순	**전쟁 산문**
26	소설	안토니 포고렐스키 외	김경준	**난 지금 잠에서 깼다**
27	소설	모리 오가이	전양주	**청년**
28	소설	알베르틴 사라쟁	이수진	**복사뼈**
29	산문	페르난두 페소아	김지은	**이명의 탄생**
30	산문	가타야마 히로코	손정임	**등화절**
31	산문	고바야시 히데오	유은경·이재창	**비평가의 책 읽기**

32	소설	조르주 바타유	유기환	**마담 에드와르다 / 나의 어머니 / 시체**
33	시론	라헬 베스팔로프	이세진	**일리아스에 대하여**
34	시	하트 크레인	손혜숙	**다리**
35	산문	다니자키 준이치로	이한정	**문장독본**
36	소설	로제 마르탱 뒤 가르	정지영	**티보가 사람들(전 11권)**

한국 문학

1	시	김성호	**로로**
2	시	유기환	**당신이 꽃 옆에 서기 전에는**

로제 마르탱 뒤 가르(Roger Martin du Gard, 1881-1958)는 예술의 중흥기인 '벨 에포크'에서 전란과 이념의 시대로 이행하는 20세기의 역사의 한복판에서 활동한 작가이다. 1881년 파리 근교의 뇌이쉬르센에서 태어났다. 페늘롱 중학교를 졸업하고, 국립 고문서 학교에서 공부했다. 마르탱 뒤 가르는 이곳에서 면밀한 자료 수집, 과학적 논리 전개, 객관적 문장력 등의 훈련을 쌓았다.
1908년에 장편소설『생성』을 발표하면서 문단에 데뷔한 그는 1913년『장 바루아』를 발표하면서 두각을 나타내기 시작했다. 그 뒤로『오래된 프랑스』,『아프리카의 비화』등의 소설과『를뢰 영감의 유언』등의 희곡 작품들을 발표했다.
1920년부터 대하소설『티보가 사람들』을 집필하기 시작했으며, 그중 1936년에 발표된「1914년 여름」으로 이듬해 노벨문학상을 수상했다. 그리고「에필로그」는 1940년에 발표했다.『티보가 사람들』의 완성 뒤로 전원에 칩거하며 제2차 세계대전을 다룬 제2의 대하소설『모모르 중령의 수기』를 집필하였으며, 이 작품을 자신이 죽은 뒤에 출판할 것을 조건으로 국립도서관에 맡겼다. 1958년 8월 벨렘에서 사망했다.
로제 마르탱 뒤 가르의 대표작『티보가 사람들』은 1, 2차 양차 세계대전 사이에 위치한 작가가 참혹한 전쟁의 소용돌이 속에서도 20세기의 역사를 웅장한 인간 벽화로 그려낸 대작이다. 총 여덟 편의 연작 소설로 이루어진 이 작품은 신과 인간, 예술과 이념에 대한 작가의 고찰을 고스란히 보여주면서 영원히 해소되지 않을 인간 본원의 갈등을 그리고 있다.
알베르 카뮈는 로제 마르탱 뒤 가르를 "영원한 현대인으로 남을 작가", 앙드레 지드는 "20년 후에야 진정한 평가를 받을 작가"라는 찬사를 보냈다.

옮긴이 정지영은 1937년 함경북도 회령에서 출생하였다. 서울대 불문과 및 동 대학원을 졸업하고 프랑스 그르노블 대학에서 문학박사 학위를 받았다. 서울대 불문과 교수를 역임하였고, 현재 같은 과 명예교수로 있다. 저서로는『프라임 불한사전』이 있고, 주요 논문으로는『티보가 사람들』에 대한 다수의 논문을 비롯「까뮈의『이방인』에 쓰인 자유 간접 화법」,「빅토르 위고의 시의 형식」등이 있다.『티보가 사람들』을 국내에 처음 완역하여 소개했다.

티보가 사람들

2부 소년원

로제 마르탱 뒤 가르
정지영 옮김

초판 1쇄 발행 2025년 10월 31일

펴낸곳 미행
출판등록 제2020-000047호
전화 070-4045-7249
메일 mihaenghouse@gmail.com
인쇄 제책 영신사

ISBN 979-11-92004-33-4 04860
979-11-92004-31-0 (세트)